終わりからの旅（下）

Takashi
Tsujii

辻井喬

P+D
BOOKS
小学館

目次

二つの時間

前の年に二百年ぶりに噴火した雲仙の普賢岳の勢いはいつまで経っても収まりそうになかった。一月にアメリカ軍を中心にするイラク攻撃が行われ、ペルシャ湾岸の戦争を巡って世界的に反戦運動の広がりが見られている時、国内では皇太子の立太子礼が行われ、普賢岳は噴火を続けていた。

灰は雲仙の温泉街にも降り積もり、観光客の足は途絶え、人々の生活は苦しくなっていた。

良也《よしなり》は社会部のベテラン記者として、国際間の紛争が戦いに発展し、一方国を挙げて立太子礼を祝う行事が進むなかで自然災害に悩む人々の姿を捕らえ、平和な日常生活とは何なのかを問う連載企画の取材のために九州に出張した。

雲仙で良也は、次第に降り積もる灰を受ける毎日に耐え、いずれは明るい空気の澄んだ日々が戻ってくると信じて暮らしている人々の姿を見た。その胸中には日常性への、信仰に近い凭《もた》れ掛かりがある。日常性というのは平和ということなのだろうかというのが連載の主題だった。それは普賢岳の噴火と湾岸戦争を結ぶ企画とも言えた。そしてその背後にはソビエト体制の消滅、東西冷戦の解消とバブル経済の崩壊という大きな規模での変革の時代への良也たちの身構えがあった。

腰を据えて時代と向き合うためには自分がどこから来たのかということ、少なくとも直近の歴史をうやむやにしておいてはいけないと良也は考えていた。戦争のことなども自分が日本の敗戦の翌年に生まれているだけにしっかりと調べておかなければいけない、戦争が終わってからこの世に来てよかったというだけではジャーナリストとしての、思想に基づく批評精神の喪失に繋がると良也は思っていた。

そうした考えのなかから、良也は九州の大学で今は名誉教授になっているアメリカ文学の原口俊雄のインタビューを思いついた。

彼の存在を知ったのは、日系人だというだけの理由で太平洋戦争の時収容所に入れられていた人たちの写真集の日本語版を作るために菅野《かんの》春雄とアメリカに行った時だった。留学生としてニューヨークにいた時、アメリカに帰化した彼は一時、英語でのむずかしい交渉は得意ではない日系人のためにアメリカ当局との通訳をしていたのだった。

庭師をしていたり農業に従事している幾人もの日系人が通訳の原口という人に世話になった

と言っていたので彼の行方を探すと、戦争が終わってから、今度は日本に帰化して郷里に近い福岡で大学のアメリカ文学の教授になっていることが分かって面会したのである。

原口俊雄は良也から見て動物の麒麟《きりん》を連想させる物静かな学者という印象だったが、菅野春雄に言わせれば、「何でも見てきてしまった人の暗さ」がその顔には宿っているというのだ。

数年後、原口は博多の酒問屋の次男で、アメリカに帰化し戦争中の一時期、インドに作られた日本兵捕虜収容所で、今度はアメリカ側の通訳をしていたことを知った時、良也は菅野の言っていたことを想起したのであったが。そのことを原口は最初のインタビューの際はひと言も話さなかった。

取材のテーマが、アメリカにおける日系人の生活、それが日本軍の真珠湾奇襲によってどう変わったか、であったから話さなかったのだ、と言われてしまえばそれまでなのだが、良也には原口が前歴を隠していたというような釈然としないものが残っていた。

そのことはさておいて、今回は雲仙まで取材に行くことでもあるし、原口に会って日常性が脅かされた時のアメリカ社会の反応と日本との違いを聞くつもりだった。それに加えて、もし原口教授が拒否しないのならば、日本軍の捕虜がいかに強く皇国史観に捕らわれていたか、そのために彼らが日常性に復帰するのにどれほど困難だったか、などの彼の観察した事実を聞きたかった。

この、一九九〇年代のはじめの頃から、良也の頭には『きけわだつみのこえ』の私家版、『潮騒の旅人』の構想が具体的な形をとりはじめていた。この私家版に登場する人物像は、心ならずも戦争に駆り出され、日常性と自由を夢みながら命を落とした芸術家志望の犠牲者ばかりではなかった。

万世一系の天皇制を信じ、輝かしい皇国神話の大義に進んで殉じた英霊も含まれていた。また、凜々《りり》しい軍服姿に憧れ、愛国教育の虜《とりこ》になって職業軍人の道を選び日常性を捨て親兄弟を嘆かせた青年もその浅はかさの故に犠牲者の資格があるという扱いになっていた。

良也をそのような編集方針へと向かわせたのは、茜《あかね》を通じて知った元陸軍大佐葉中長蔵の物言わぬ抗議の姿だった。おそらく彼は、自分が誰に、また何に向かって抗議をしたらいいのか、果たして抗議をする資格が与えられているかどうかも分からなかったのではないか。葉中長蔵にはっきりしているのは、自分の不運、そのために犯さざるを得なかった罪のようなもののために妻を病死させ、一人娘の茜の青春を台無しにしているという事実だけであったろう。

茜の消息はまだ良也には分かっていなかった。

自宅を指定された良也は応接間で原口俊雄と向かい合うとすぐ「戦争がはじまった時、先生はボストンにいらっしゃったと伺ったことがありますが、真珠湾攻撃の報《しら》せをお聞きになった時の印象などを伺いたいのです」と切り出した。

その説明として「今年は開戦五十年になりますので、十二月八日にいくつかの特集を考えています、まだ先のことですが」と言い、続けて「それとの関連で、昨日、雲仙の取材をしたのですが、町の人はいずれ日常が戻ってくると信じて動揺していません。そこで、事故とか事件が起こった時の人々の反応が、アメリカと日本では少し違うような気がしたのですが」と説明と質問を重ね、締め括《くく》りに「先生でなければ伺えない感想なり御判断なりを伺いたいと思いまして」と言った。

「いや、あの時はもう駄目だと思ったのですよ。アメリカと日本の間にはカウントできないような国力の差があった。アメリカ側に隙があったとすれば日本の判断があまりに非常識だったからでしょう。僕は指導教授の家に駆け込んで亡命したいと頼みました。ナチスのドイツから逃げてきた人と同じ行動を取ったんです。おそらく指導教授、マックス・ホーソンという人でしたが、彼の推薦がなかったら僕は帰還船に乗せられて日本に送還されたでしょう」

原口はそう言い、「しかし僕は日本を捨てるつもりはなかった。ただファシストが支配していない国になって欲しいと思っていました」。彼は冷静に、少しの感情の起伏も見せずにそう語った。良也は思い切って「先生はたしか二年ほどインドで日本人捕虜を取り締まる立場におられたと聞いていますが」と質問してみた。

原口は頷いて「いやあれは徴兵の一種です。アメリカ国籍を取得したので当然兵役義務が生まれた。そこで私は軍の通訳を志願したんです」と落ち着いていた。「そこのところを伺えれば」と良也は寛《くつろ》いだ気分になって出されていたお茶を一口飲むことができた。原口は「もうずいぶん昔のことだし、忘れてしまったことも多いと思うが」と遠くを見る目つきになったが、「収容所によっては日本の敗北を信じない集団が生まれて捕虜仲間を支配するようになりました」と話しはじめた。それは神州不滅という皇国史観に基づいて、日本が戦争に敗《ま》けたという事実を認めない集団のことらしかった。

やがて彼らは日本が降伏したと認めている捕虜仲間を制裁するようになった。彼らは面従腹背の精神で忍従自重していれば、どこからか神の軍隊が現れて自分らを救出してくれると信じていた。

「これは信念なんだから説得不能なんだ。連合軍の方は世界情勢などを話して早く洗脳状態を正常に戻せという。そのうちに神州不滅派は自分らに同調しない者を一人ずつ国賊として処刑しはじめた。殺しておいて、どうも逃亡したらしいとうそぶいているわけです。日系アメリカ人になりきっていた僕も身の危険を感じて、別の捕虜収容所に移してもらったんです」

そこで原口はまた遠くを見る顔になった。すると麒麟が長い首を立てて遠くから迫る身の危険を測っている格好になった。良也は彼が神州不滅派の脅し文句を記憶に蘇らせているのだと思った。

「せっかく助かった命を仲間同士の殺し合いで失う。こんな馬鹿なことがありますか。そう思ってもどうすることもできなかった。関君、これってどっちが戦争の犠牲者だろうか。殺された捕虜か、洗脳から抜け出られないで仲間を殺した方か」

そう聞かれると良也はすぐ答えることができない。考えていると日本の敗北を信じることができない連中は最も惨めな戦争被害者に思えてきたりもする。

「移った二つ目の収容所ではそういうことはなかった。そこには不思議なというか、奇妙な癖を持った男がいた。二重人格を悪いとばかりは言えないが、彼は強い放心癖と、死地を潜《くぐ》ってきただけに変に現実的なところと幻想癖とが共存していて、状況が許せば新興宗教なんかのカリスマになれただろう。もっとも死に直面した戦闘場面の記憶は失われていたが」

原口はそこで話を切り記憶を整理する様子だったが、やがてまた微笑を浮かべて「しかしまあ人間というのは逞しいものだ。その男は復員してからアメリカに行ってサンドイッチチェーンをはじめた。はじめは商社に入ったらしいが、今でいう脱サラをやったんだろう。最近この福岡とか北九州にも店を出しはじめましたよ。彼の記事を見るたびにあの逆行性記憶喪失症はすっかり治癒したのかなあと思うんだが。もっとも僕のところへはさっぱり音沙汰はありませんがね」。そこまで言って原口は先刻渡した良也の名刺を取り上げ、「彼は関忠一郎といいましたが」と良也をまじまじと見た。目元とか額のあたりに感じが共通していることを発見したのらしい。

「それは多分、私の異母兄だと思います。今はネス（NSSC）チェーンの創業者として威張っていますが」と良也は正直に告げた。

忠一郎は戦地でのことは四十年以上経った今でも誰にも話したくなかった。話そうとしても記憶が失われている部分が多かった。だから、そんな暇があったら明日何をしたらいいかを考えた方がいいというのが忠一郎の主張だった。

彼がそうした意見を口にする背後には自信と不安の交錯があった。いろいろな事情から経営者としての道を歩きはじめた忠一郎は、時おり自分の選択は間違っていたのではないかという懐疑に捕らえられることがあった。

戦争に動員されて傷つき、捕虜になり、国が降伏するという波瀾のなかで彼は英文学への情熱を失ってしまったのだ。そのこと自体が一時的な現象であったのに、それを自分の本質が変わったのだと思い間違えて商社に入った。時代の空気に染まってアメリカに行きたいという気持が強かったのは事実だ。その程度の軽薄な若者であったことは認める。そして希望は難なく叶《かな》えられた。しかし自分が大きな組織の一員として一生を終えられるような人間ではないことを見逃していたのは浅はかだった。この性格は母親譲りのものなのかもしれない。しかし失敗に気付いた時、なぜ働きながらでもアメリカの大学に行くことを考えなかったのか。シンドバッドという店をなんとかしなければという目先のことに心を奪われていた。もっと正確に言えばグレタという女性に夢中だったからだ。その意味でも、これは自分で選んだ道だ。若気の過ちで事故を起こしたり恥をかいたりすることは多い。それだけに、事業を興した以上成功させるしかない。

それでも最初の頃は、自分がはじめたNSSCチェーンが一定の規模になって安定した成長軌道を走れるようになったら誰かに見てもらおうと考えていた。しかし日本に戻ってから数年経ち、会社で働く人間が二百人、店の数は東京とその周辺で三十店となってみると、おいそれと引退できなくなった。

ヤマナカがもうニューヨークのグレタのところに戻ってくるつもりがないことは、日本へ行って一年後に彼が署名した英文の離婚同意書ではっきりしてしまった。その頃、彼はもうグレタと一緒に住んでいた。彼にはヤマナカの気持が分かるような気がした。いい気なものだと言われれば一言も弁解できないのを知りながら、グレタと別れる決心をしたのは辛かったろうと思った。忠一郎はグレタに夢中だったのだ。ヤマナカは彼女が嫌いになったのではないことは何度か忠一郎宛てに送られてきた文面で明らかであった。

ヤマナカは広島の中国山脈寄りの伯父の家にグレタを呼ぶことを一時は考えてみたのだった。

しかし伯父の二度目の妻だった女性と後継ぎであるまだ成人前の息子とヤマナカの三人のなかにグレタが入ることには無理があると彼は考えたらしい。そこで「グレタのことを頼む」という文章が彼の手紙に再三現れるようになった。その後では「今になって僕の人生は何だったのかと思ったりしている」という自らへの懐疑の文章が書かれたりもするのだったけれども。

グレタは、この問題ではすでに零《こぼ》す涙を涸らしてしまったように黙って、ほとんど無表情に近い顔で離婚に同意の署名をした。それから一年以上経ち、商社を辞めた忠一郎が結婚を考えるようになったある晩、グレタは一度どうしてもリトアニアに帰って両親や兄の消息を確かめたいと言い出した。そうすれば、今、生きている自分とは何かをはっきりさせることができると彼女は言い張った。

忠一郎は、リトアニアの状況が分からないし、アメリカ政府が発行した彼女のパスポートはまだグレタ・ヤマナカになっているはずだ。それにアメリカからの帰国者の入国をソビエトの支配下にある今の政府が認めるかどうかも不確かだ、そうしたところへグレタを一人でやるわけにはいかない、と強硬に反対したが、彼女は引き下がらなかった。押し問答を続けた結果とうとう彼女に押し切られた形で忠一郎は同意しなければならなかった。しかし彼女はフランクフルトの空港から、「これから私が生まれたカウナスに飛ぶソビエトの飛行機に乗ります。旅に出ていると、私にはつくづくあなたを愛しているんだという実感が押し寄せてきます。本当の愛を有り難う」という英語で書いた葉書を最後にぷっつり消息を絶ってしまった。

一日延ばしに連絡を待ち、とうとう一月が経った時、グレタの身の上に何か良くないことが起こったのだと考えざるを得なくなった。絶望と悔いが彼を捕えた。ヤマナカにどう謝ったらいいのかというようなことも考えた。悪い予感は毎日形を変えて忠一郎を襲い、仕事が手につかなくなった。

グレタの気が変わって途中から日本にいるヤマナカに会うことにしたのかと迷い、思い切って彼に連絡してみたが、やはりそこにも彼女からの連絡はなかった。ヤマナカは日本の外務省に掛け合って、「自分の妻が行方不明になってしまった」と申し立てて消息を調べてもらったが、リトアニア政府からは、「そのような女性は入国していない」という通り一遍の返事が来ただけだった。忠一郎はやむを得ずグレタのためにグリニッチビレッジの街角に用意した小さなサンドイッチ店を自分で経営して彼女の帰国を待つことにした。


良也は異母兄の忠一郎のこうした過去の懊悩や彷徨《ほうこう》については何も知らなかった。ただ捕虜収容所で毎日のように顔を付き合わせ、烈しい議論をしたであろう原口が忠一郎のことを、それだから「悪いとばかりは言えない」という但し書き付きではあったが「二重人格」と評したことと「幻想癖と現実的なところとが同居していてカリスマになれる」という意味の批評をしたことが良也を驚かした。ある特定の人物について受ける印象はその人その人によっていろいろだろう。従って評価の点はさておくとしても、忠一郎が戦争の際、死地を潜り抜けたと言えるような経験をしたことは動かせないようだと良也は考えた。異母兄の戦場体験を追うことができるなら、ありきたりではない事実が浮かんでくるかもしれないと思い、良也は胸中に久しく眠っていた、記者としての好奇心が動くのを覚えた。

しかし、忠一郎はその体験が異常であればあるほど話したがらないだろう。それならば、敵側に立っていた原口でさえ良也が聞いたような事実を摑んでいるのだから、ずっと行動を共にした戦友がもし探し出せるのならいろいろなことが分かるはずだ。もしかするとNSSCチェーン成功の秘密がそこから見付けられるかもしれない。良也はどこかの出版社が戦線別の記録をシリーズで出していたのを思い出し、東京に戻ったら早速探し出して読んでみようと計画した。

良也はかつて人間は自分にとって都合の悪い過去は忘れるという、能力というか癖と言った方がいいような心的な傾向を持っていると教わったことがあった。それが忠一郎の場合、放心癖と結びついているのだろうかとも考えた。

一方、目の前にいる記者と捕虜収容所で烈しくやり合ったりした関忠一郎少尉とが異母兄弟だと知って、原口は内心あわてていた。原口は「彼は元気かね」と弱々しく聞いた。「たぶん

な状態なのかもしれない。」という意味の記者の言葉に対して

「そうですね。お互いに元気なのだと思います。あまり会っていませんので」と良也は答えた。この答えは原口をいくらか安心させた。口振りからするとかなりよそよそしい関係で、たがいに反感を持っているような状態なのかもしれない。

それなら関少尉についてある程度自由に話しても構わないのではないか。目の前にいる記者の母親は関少尉の父親の愛人であったとの推測も可能だ。戦争という抑圧のなかで人は愛情を注ぐ対象を新しく見付けることでせめてもの自己確認をしなければならなくなる場合がある、と原口は青春のなかにあった当時の自分の苦しさを振り返った。

良也は教授の原口に「先生が二つ目の収容所に転勤された時、関忠一郎は一足先にそこに送られていたんでしょうか」と聞いてみた。もし忠一郎がそこで仲間に幅を利かせていたのならそれなりの理由があってのことと思ったからである。戦争中は烈しい戦闘を体験した者ほど尊敬される。その事情は捕虜になっても変わらない、という話を良也は聞いたことがあった。

「転勤ね、ふーむ、あれも転勤と言うのかな」と原口は会社内での配置換えしか知らない若い世代と自分とのズレを感じた表情になったが気を取り直して、「そうだね。僕が行った時はもう秩序ができていたな。その代表が関少尉、他に房という少尉、それに元軍曹とか上等兵だった者もいた。なんでも関少尉はシッタン河に沿って広がっているペグー山系の密林のなかを逃げ回っているうちにイギリス軍の追撃砲弾の破片を受けて意識を失っていたところを運良く発

見されてアメリカの野戦病院に運び込まれたと聞いた。その時、肝炎も起こしていたらしい。きっと変なものを食っていたんだろう。それにしては回復が早かったと野戦病院から巡回してきた軍医が話していた」と伝えた。

良也は子供の頃、週に一度は泊まりに来る父親が「忠一郎は烈しい戦闘を潜り抜けてよく還《かえ》ってきた」と母親に話しているのを聞いた覚えがかすかにあったが、それだけだった。やはり母が本宅の話を聞くのをあまり喜ばなかったからだろうと今になれば分かるのだが。それだけに、この際忠一郎のことをはっきり聞いておきたいという気持になった。

「彼の英語は素晴らしかったな。日本で勉強した者にありがちな発音上の癖や言い回しの堅苦しさはあったが、それも僕と英語で議論しているうちにどんどん修正されていった。もともと語学の才能があったんだろう」

原口はそこでまた遠い昔を想起しようとする麒麟の格好になったが、視線を良也に戻して「しかし関少尉の場合は例外だな。だいたい我の強い人間は語学は不得手だから」と言い、良也に「かなり個性的な人物ということですか」と再質問するきっかけを与えた。「いや、それはまあ一般論だが」と原口は逃げた。

良也はもう少し打ち解けないとなかなかざっくばらんな話が聞けないと分かって話題を変えることにした。原口から忠一郎のこと、戦争時代の印象などを聞こうとしているうちに良也の意識は取材になっていた。

「実は僕も半分は九州人なんです」と良也は自分の出自を語ることにした。

「母は柳川の生まれで藤美佐緒と言いました。ですからここでの仕事が終わったら柳川に墓参りに行くつもりです」

原口は素直に反応して「藤って、あの廻船問屋だった藤さんのことか」と念を押した。良也は忠一郎と同じ年頃のアメリカ文学者の原口が郷里のことに敏感なのをいくらか不思議に思い、若い頃戦争を嫌うあまりもう日本には帰るまいとまで思い詰めた記憶が逆に平和になると郷里への愛情を強めているのかもしれないと考えた。

「これはまた奇縁だ。僕は勉強は好きだったが不良でね。今僕のいる大学に入ると休学届を出してすぐアメリカに行ってしまった。家は戦争がはじまってしまったので廻船問屋に見切りをつけて福岡に出て知人の酒問屋を譲ってもらったんだ。それまでは柳川で藤伴右衛門《ばんえもん》商店と並ぶ廻船問屋だったんだ」

良也が「はあ」と相槌《あいづち》を打っていると、「それで君のお母さん、美佐緒さんと言ったかな、どこで君のお父さんと出会ったんだね。そんなこと無遠慮に聞いてもいいのかどうか知らんが」とからだを乗りだしてきた。良也は多少覚束ないところもあったが、遅ればせに店を閉めた実家は八幡市に出て製鉄会社の子会社の鉄鋼問屋になり住まいは小倉に移し母親は勤労動員というか、女子挺身隊《ていしん》に編入されて門司鉄道局の下で作業服を縫っていた、と告げた。

「たぶんそこで出会ったんだと思います。父は門司鉄道局の幹部というのか局長でしたから」

それを聞いて原口は思い出したらしく、「そうか、関少尉から父親のことは聞いた」と言い、

「僕は連合軍側の通訳、彼は日本人捕虜の代表で言ってみれば敵味方の関係だったが、やり合っているうちに心が通じるようになったのでね、ずいぶん助かったんだよ」と述懐した。

良也は二十歳そこそこの関忠一郎少尉の姿を想像しようとしたが、一度すれ違っただけで、あとは新聞や雑誌の顔写真だったから、うまくイメージが湧かなかった。

「それにしても関少尉には妙な癖があったなあ」と原口はまた呟いた。

連合軍の捕虜収容所でアメリカ国籍の人間として通訳をしていた原口が見た少尉の奇妙な癖とはどんなものなのだろう。今は九州の大学の教授になっている原口の呟きを聞いて良也は緊張した。同じ父親を持ち、年が二十三も違う異母兄の癖は、その内容によっては自分に擬せられた剣のようなものだ。それが肉親だからよく似ているといわれるような、ちょっとした癖、嬉しい時に喉を鳴らすとか、食べ物の咀嚼《そしゃく》の仕方といったような癖だったら愛敬というようなものなのだが。

「それはどういった癖でしょうか」と良也は恐る恐る聞いた。

誤解されないような表現を探しているのだろう、原口は何度か話しかけてはやめて迷ってい

たが、「何と言ったらいいかな」と口に出して「歴然たる放心癖とでも言ったらいいかな」と話しはじめた。

良也が黙っていると、正確に、あるいは具体的に表現しないと礼を失するとでも考えたのか、「交渉の最中にふうーっと表情が変わって夢想状態に入るんだ。眼が据わってしまう」。

原口はそう言って、「はじめ僕は密林の戦闘の際に受けた頭の怪我の後遺症だろうと思ったんだがね、付き合っているうちにどうもそうばかりとも思えなくなってきたんだ」。

原口はそこでまたしばらく迷っていたが、「というのは実に彼にとって都合のいい時に放心癖がはじまるんだよ。例えば連合軍が罰則や管理を強化するというような、捕虜にとっては厭《いや》な通達のような時だ。聞こえないふりをしているのかと思って、僕も若かったから大きな声を出した」。話しているうちに原口の記憶に当時の情景が浮かんでくるのだろう、「そんな後の、現実に戻ってからの関少尉の応対は見事だったね。僕は何回か所長の将校のところへ彼を引っ張っていって捕虜の言い分を述べてもらったことがある」。そこで原口は一度言葉を切った。しかしすぐ「それからこういうことがあった」と話し出した。原口は人さし指を立てて、顎の下で話し相手を納得させようとしているように前後に振って、「夜、一人だけでハウスを抜け出して長い時間月を見ているんだ。ある晩、ふとその姿を見て僕はあわてた。脱走を考えていると誤認されれば射殺される危険がある。注意しようと僕が管理棟を出て歩き出した時、関少尉が吠えはじめた。よく狼が月に向かって吠えている図があるだろう。あれは不思議だった、奇妙だったな」。そう言って彼の話は終わった。

柳川の宿に入って良也は原口俊雄とのインタビューを記事にするためにノートを整理した。次の日は日曜なので良也は母親の墓に参り、白秋記念館なども訪ねることにしていた。

原口は、あくまでも日常性のなかで生きていくためには、人間は非日常的な時間を持つことで活力を回復する必要があるのだと言った。文学、芸術はそのためにある。逆に、自分のように英文学などを専攻している人間は日常の時間から滑り落ちてしまわないように些細な俗事を大事にしなければいけない。学者や作家詩人のなかに地位や勲章に拘泥《こうでい》する者がいるのは一種の生理現象かもしれない。普賢岳のことは地元の人には気の毒だが日常性の回復に対して彼らが動揺していないのは、噴火そのものを非日常と思っているからだ。

あの戦争の時だってアメリカ人は少しも動揺していなかった。不意打ちをした日本への怒りで団結が強まった。自分たちのいるところが攻撃されなかったからでもあるが、風船爆弾が飛んできた時などでも、これは主に西海岸だったが、見物人が集まったくらいだった、と原口は説明した。

聞いていて良也は原口の見方には皮肉でその奥には抜き難いニヒリズムがあるように感じた。その原口が忠一郎と同じ捕虜収容所で、少なくとも一年ぐらいは敵味方の関係ではあったが一緒にいたというのは良也にとって初耳だった。日本の敗戦を信じないグループの存在も、当時の日本人の状態を知る上で貴重なものだと思い、戦争犠牲者の範囲というのは想像以上に広がっていると言うことができ、『きけわだつみのこえ』が戦没学生に的を絞ったのは賢明な方針だったと今更のように考えた。

翌日はよく晴れた暑い日だった。良也は昔殿様の別邸だったという豪華な庭が見下ろせる宿を出るとまず母の墓を訪ねた。彼女が他界した直後納骨に来て以来のことだった。今から二十年近く前なのに記憶がしっかりしていないのはその頃茜のことで頭がいっぱいだったからだろう。茜の父親は長く患っていて、自分の母親はずいぶん若いうちの死だった。そんなちぐはぐな生死が、自分と茜が離れ離れになるきっかけを作ってしまった。良也にはどうしてもそう思われるのだった。良也は今までの御無沙汰をお詫びする気持もあって、墓に注ぐ水を入れた手桶と花を持って檀家《だんか》の墓地がある寺の左手の建物の奥へ回った。たくさんの墓石が夏の最後の強い太陽の下で陽炎《かげろう》のように燃えて静かなのが見えた。

入り口の近くに赤御影の、造られてまだ間がないように磨かれた檀一雄の墓があった。良也はその横を通って、それほど広くはないが整えられたこの寺の檀家の墓地に入った。

藤家歴代の墓と刻まれ、往年の家の勢力を示しているような大きな墓の傍らに、小さく藤美佐緒の墓がつくねんと陽射《ひざ》しのなかに建っていた。

母は結局、関家の墓に入ることはできなかったのだと、掌を合わせながら良也は今更のように思った。彼女にとって身内は自分だけなのだ。それなのに一人息子の自分はここにお骨を持ってきて以来一度も来ていない。

彼は年内にもう一度「普賢岳のその後」という記事のために長崎に来る心積もりをしていたから、その時までにこの墓をほったらかしにしない方法を考えようと思った。そのためには地元で藤家の縁故者を探し出す必要があった。この県には小室谷《こむろや》のような美術に詳しい親友はいないけれども、原口が言っていたように有名だった廻船問屋の末裔の所在を調べるくらいだったら頼める同期の男が、福岡のテレビ会社で常務か専務になっていたはずであった。

しかし、今日は日曜日だったと気付くと、良也は考えを変え、どこかで昼飯を済ませてから川下りの乗り場まで歩いて舟に乗ってみようと思い立った。さいわい夏休みのシーズンも終わり、秋ははじまっていないので、町は閑散としていた。

そこここで熊蟬が鳴き、それに混じってつくつく法師の鳴き声が聞こえた。

どんこ舟には六、七名の客がいるだけだ。舟の上から眺める町の様子は一変して昔の佇《たたず》まいが戻ってくるようだった。家々から掘割に降りる石の階段を見ていて、良也は母親に抱かれてこの水の揺らぎを眺めたことがあるのを思い出した。前後のことは何も分からない。ただ自分がしきりに何かを指さしたのを覚えている。傾いた陽が水に映えて金色に揺れていた。その揺れの美しさを母親に見せようとしていたのかもしれない。母親に同じように感動してもらいたかったのだろうか。それは幼時の数少ない残像なのだ。多分、父親が東京へ出て、敗戦後の行政組織の大きな変化に翻弄されていた頃だ。幼い自分と二人だけ柳川の実家に残されていたのだ。肩身の狭い母親の辛さなど知るよしもなく、良也にとっては一日一日が新しい発見であったのだろう。少し先で堀が二つに分かれているあたりの水草の群落に、尾の先に明るいコバルトブルーを着けたからだの細い糸蜻蛉《いととんぼ》がたくさん集まって水草に飛び移ったり飛び上がったりしていた。

柳川の堀を下ってゆく良也の頭に、

光のなかへ歩み入ろうと
あかん坊は手を伸ばす
ほほ笑みはほほに溢れ
すべてのものは新しく
水は光に光は水に揺らぐ

というフレーズが浮かんできた。詩になっているのかいないのか分からなかったが珍しいことで、彼は手帳を出して書きとめた。仕事を離れているという意識が良也の感覚を自由にしているようであった。

四十歳を過ぎた頃から、彼は時々いくつになったら記者を辞めるか、と考えるようになっていた。社会部に限らず、取材は体力の要る仕事だった。それに、これは自分がまとめた作品だと主張できるようなものを残したいという気持も強くなっていた。自分と妻の克子《かつこ》の間に子供ができなかったことも、こうした気持を強くさせたのではないかと分析してみたりもしたが、その考えにそう自信は持てなかった。最近になって『潮騒の旅人』という仮の題の戦没した芸術家志望の青年を主とした遺稿、記録集をまとめてみたいという以前から頭の隅にあった企画が、はっきりした形を持ちはじめていたが、戦争犠牲者という枠組みで考えると対象は広がる一方で、戦争が人間に及ぼした災厄というものをよほどしっかり見詰めてかからないといけないと反省することばかりが多いのであった。

舟は時々低い橋を潜った。頭を低くして橋の下を抜けるとそのたびに新しい境界に踏みこんだような感じが良也にはした。明治の初期に建てられたという並倉の赤煉瓦の倉庫は夏の終わりの太陽を受けて水に映えていた。その頃は廻船問屋から発達した倉庫業が盛んだったのだと良也は思った。原口の話だと彼の家と藤美佐緒の実家が並び立っていた頃だ。時々四ツ手網が懸けてあったり、なにか祠《ほこら》のようなものが堀の方を向いていたりした。いつの間にか堀に沿って遊歩道が見え隠れするようになった。左手にはずっと仕舞屋《しもたや》が続いていた。そのなかの一軒の家の裏を舟が過ぎた時、良也は堀に降りる石段に見覚えがあると思った。

家の多くは裏口に堀川に降りる石段を持っていて、降りきった汀《みぎわ》で洗濯をしたり用水を汲み上げたりしていたのだった。どこの家の石段も似たようなものであったのに、特にその汀の段の形に見覚えがあったのはなぜか分からなかった。

舟はまたたく間にそこを通り過ぎた。突然、まぶしい太陽が良也を照らし出し、数本の大きな向日葵《ひまわり》が彼を見て笑ったようだった。

白秋記念館の近くの鰻屋で昼飯を取りながら、良也は店の若い女性に、「このあたりに藤という家があったはずなんだが知りませんか。藤の花の藤という字ですが」と聞いてみた。

彼女が首を傾《かし》げて奥へ引っ込むと代わって出てきた六十ぐらいの婦人が、「大きなお家《うち》だったが、気の毒なことになってのう」と声を潜め、「お知り合いかえ?」と聞いた。

良也はあわてて、「いや友達から廻船問屋の話を聞いたことがあったから」とごまかし、「何かあったんですか」と聞き直した。

彼女の話によると、藤という家は柳川では名を知られた旧家だったが戦争中は商いができなくなり、やっと戦が終わって六、七年経って、さあこれからという時、火が出て大きな蔵も家も全焼し、良也の母の兄はどこかで元気に暮らしているらしいが柳川には誰もいなくなってしまったのだという。

聞いていて良也は、それはおそらく彼と母親の藤美佐緒が東京へ出て間もなくの頃だったのだろうと推測した。しかし良也の記憶には、母親が実家の焼失を嘆いていた記憶はない。そう考えていって、不意に「あなたは滅びのなかから生まれたんだわ」という言葉が、それを口にした彼女の表情と共に蘇った。高校二年、良也が十七の時のことだ。

自分の出生や両親の生き方などを客観的に見ようとする年頃だったから、母親はもう息子に話してもいいだろうと判断して、質問に答える形で栄太郎と自分が愛し合うようになったいきさつなどを一人息子に話したのだと良也は柳川の町で鰻を食べながら頷いていた。その言葉を聞いたとき、良也は日本が滅びた翌年に生まれた自分のことを母はそう表現したのだと理解したのだった。しかし鰻屋の年配の婦人の話を聞いていて、母が「滅びのなかから――」と言った時はもっとずっと前、良也と母親が柳川から東京の阿佐ケ谷の今の家に移って間もなくの頃だったような気がしてきた。もしそうなら、母の言葉の背景には実家の焼失ということがあったわけだ。

その頃はまだ、なまこ壁を持った蔵が堀を囲むようにしていくつもあったというから、三日三晩燃え続けたという母の生家の焔は水の面に荘厳ささえ湛えて映っていたに違いない。母親が息子の出生をそのように表現したということは、崩れていく日本、門司港の火、それを背景に自分は栄太郎と結ばれ、そして生家の焼失といった情景のなかからお前は歩き出したのだと言いたかったのだと良也は遅まきに確かめていた。

「滅び」を口にした時、美佐緒の胸中には平家滅亡の物語があったのだろうか。門司の丘から壇ノ浦はすぐ目の下であった。彼女の耳には「見るべきほどのことは見つ、今は自害せん」という知盛の入水の際の叫びが聞こえていた。良也の出生はそのような背景を得て正当化されるのであった。

しかし、それは過度の正当化だと彼は思った。国の敗北であれ、藤という家の消滅であれ、それが滅びであるのは、国が日本らしさを失い、藤の家の者が名門らしさを失ったからではないか。滅びが成立するためには、物事が成熟するのと同じようにそれなりの過程が必要なのだ。具体的に言えば、日本の滅亡は連合軍への降伏によってもたらされたのではなく、降伏以前から進行しており、また降伏した時点で滅んだのでもなく、それ以後の過程で滅びが成立していったのだ。

それだからこそ、自分は時間を逆に旅して滅びの実態を確認していかなければならないのだ。絵画であれ演劇であれ、美を追究していた者が、どのようにして挫折したかは滅びを実証するためにこそ必要なのだ。

そう思った時、良也の頭のなかでようやく『潮騒の旅人』という、編集されるべき記録の主題が明らかになったような気がした。

良也は藤家の消滅の顚末《てんまつ》を教えてくれた年配の婦人に礼を言って鰻屋を出て白秋記念館に入

った。建物は三階建ての柳川市立歴史民俗資料館と、一部二階建ての白秋生家に分かれていて、良也は北原白秋のような才能が、どんな周囲の環境、家族の雰囲気、そして時代のなかで開花していったのかというごく普通の興味に導かれて、見ていった。

生家は広く長い土間と、大勢の働き手がいたことを示す番頭食事場、男衆食事場の奥に六畳、十二畳の居間、そして茶の間、勘定部屋などがあった。渡り廊下で居間と繋がっている白秋の書斎を見ることができたが、これはおそらくかなり後になって造られたのではないかと良也は推測した。

白秋の家は彼の父親の代になってそれまでの海産物問屋から造り酒屋に変わったらしく、残されているのは酒造業の家の姿が主であった。

良也にとって意外だったのは、歴史民俗資料館の展示品が多様で華麗と言ってもいい色彩感覚を持ち、一見南蛮風に見える文物、民芸品、玩具などが多いことだった。それが幼い白秋に異国への憧れを植え付けたのかもしれない。良也は『邪宗門』『思ひ出』の初版本詩集の復版、それに白秋の最晩年の『水の構図』という詩と写真集を買った。

早めに宿に戻った良也は、買ったばかりの二冊のなかから『思ひ出』と題された詩集の前書きに相当する「わが生ひたち」という散文から読み始めた。その二節目に「私の郷里柳河は水郷である。さうして静かな廃市の一つである」という文章を見たからである。それまで「廃市」という語は良也の語彙《ごい》には入っていなかったので驚き、そして捕らわれた。

白秋の柳川についての描写は六歳の頃までここで育った良也を刺激し、おぼろげな記憶を攪《かく》乱《らん》した。風景ばかりではない。「一時は古い柳河の街にただひとり花々しい虚勢を張つてはゐるものの——」という記述からは母の生家を連想し、「僅にGonshan《ゴンシヤン》（良家の娘、方言）のあの情の深さうな、そして流暢な軟かみのある語韻の九州には珍らしいほど京都風」という柳川の女性の描写を見ると、ああこれは母のことだと思ったりした。それでいて白秋の自分に対する、「三四歳の頃から私の異国趣味乃至《ないし》異常な気分に憧がるる心は蕨《わらび》の芽のやうに特殊な縮れ方をした」という認識は、白秋の並ではない自己認識の客観性を示していた。こうした印象の総合として伝わってくる白秋の文体の確かさは逆に二十年以上も記者として文章を書いていながら自分には文体がないという発見を良也に強いるのであった。

しかしすぐ、取材した事柄を客観的に報道するためには、自分の文体を持ってはいけないのではないかという考えが良也の胸中に生まれた。自由人の白秋は隣家の夫人と親しくなってその夫から姦通罪で訴えられ幾日か拘留されるという経験をした。それは自分の感性の世界を抑え損なった例、言ってみれば自分の文体を社会生活に及ぼしてしまった結果なのだと良也は考えた。

その点では、新聞記者は白秋とは逆の立場にいなければならない。社会に良識をもたらす、という社是を良也は入社の時、ほとんど自明の理、当然のこととして受け止め、自分の個性との衝突などというようなことは考えもしなかった。むしろ歪んだ社会を自分たちの良識で正常にするのだと大いに張り切っていたのだ。それから二十年以上経験を積んで、信頼できる社会部記者という評価もできつつある。

いつのまにかベテラン記者になった良也の前には、担当を決め、その立場から世の中の全体を眺める論説に回るか、経営者のコースに入るか、あるいは専門家になるために独立をするかという三つの選択があった。大学に招聘される記者もいたが良也の頭にその道はなかった。美術評論家を目指している小室谷の場合はかなり早くから独立の道を選んでいるのであったが。

母親の墓に参り、白秋の生家と柳川市立歴史民俗資料館を訪れて、良也は日頃その日その日の仕事にかまけて深く考えたことのなかった自分の進路をいくつか思い描いてみた。白秋の本なども読み、気が付くとそろそろ十時だった。

彼は珍しく家に電話を掛けたくなった。進路は自分ひとりで決めることであったが、妻の克子が同意するか従って来てくれるかは大きな問題であった。出張すると次々に動いて「今日は泊まりだ」という電話さえ掛けそこねる良也にとって、今日一日の経験は珍しく克子を呼び出す気を起こさせたのである。

家のなかで何かしていたらしい彼女は、電話口で相手が良也だと分かると、「会社から連絡がありました？」と聞いて彼を戸惑わせた。

ずっと前に電話した時は「あら、どうかなさったの？」と質問して良也は応答に詰まったことがあったのを想起しながら、「何、それどういうこと」と聞き返さなければならなかった。

克子の説明によれば、昨日の夕方、関忠一郎という人から電話があって、「急ぐことではないのだが、それでもなるべく早く良也君に連絡を取りたい」という話だったらしい。彼女が「今出張していて月曜日でないと戻りません」と答えると、彼は少し考えている様子だったが、「ではあなたの方から関忠一郎という者から電話があったとお伝え下さい」と言って自分の電話番号を教えたと言う。克子は考えて、社会部にその旨を伝言しておいたのだと説明した。

「それは僕の兄貴だよ。今ネスチェーンというサンドイッチ屋の主宰者だ」と彼は妻に説明した。それが必要なほど彼は異母兄のことも克子に話していなかったのだ。

「ああそうか、それで分かったわ」と彼女はおそらく丁寧なようでいて横柄な話し方などに納得がいった声を出した。良也は遅いので迷ったが家のなかにも使用人がいるのだろうと思いきって電話をした。意外にも直接忠一郎が出て「ああ、良也君か、実は今日、明日ということではないが親父の具合が悪いのでね」と告げた。

忠一郎の話は、重い銛《もり》を打ち込まれたような感じを良也に与えた。

「癌のようなものですか」という質問に忠一郎は「そうらしい。ただもう年なのでね、そうどんどん進むということではないようだ」と答えた。父親の重病という報せが異母兄に対する蟠《わだかま》りを良也の胸中から取り払っていた。

毎週少なくとも一日は阿佐ケ谷の家に泊まりに来ていた父親が顔を出さなくなったのは良也が結婚してすぐの頃からだったから、もう十六年ほどになる。狭い家だし、母親が他界してからは栄太郎《えいたろう》が阿佐ケ谷に現れる動機は弱いものになったのだった。

いつの頃からか、毎月母の命日に線香をあげに来るだけになったが、その後で栄太郎は良也と克子を食事に誘うのがしきたりのようになった。しかし忠一郎から重病と聞かされれば、そのしきたりもここ二年ほどは間遠になっていたのに良也は気付いた。去年、久しぶりに一緒に食事をした時「石楠花《しゃくなげ》園の方はどうですか」という良也の質問に「一度見に来ないか、あなたも」と栄太郎は克子を見て誘った。あの時、その誘いを受けていればよかった、と良也は電話を切ってから思った。

栄太郎は六十五歳で民間の技術研究所長を退き、その後は国鉄関係のいくつかの会社の非常勤取締役や監査役になっていたが、技術関係だったから今でも時おり後輩が意見を聞きに忠一郎夫婦の砂土原町の家の隣に独りで住んでいる栄太郎のところを訪ねてきているようであった。先輩に感謝する観劇会が歌舞伎座であった時、栄太郎は妻の代わりに克子を連れていったこともあった。父親に厳しく躾《しつ》けられた克子は言葉遣いも丁寧で栄太郎に気に入られているようだった。そうした行き来があったのに、忠一郎と良也が会う機会は不思議なくらい今まではなかった。

「父親の枕もとでお互いに自己紹介をするのも妙なものですが、病院に来いというのは親父さんの希望でしょうか」と良也は率直に聞いた。「そうでなくても勿論僕は見舞いには行きますが」と言うと、「そうだ。そしてそれは僕の希望でもある」と忠一郎ははっきり言った。良也は「分かりました、それだったら一度、病院の前に会社の方に伺います。日時を指定してくれれば、僕の方は明日の午後からはずっと東京です」と告げた。

それを聞くと忠一郎の断定的な口調は急に腰が弱くなって、「分かった、僕は今スケジュールを持っていない。会社に行ってみないとはっきりしない。明日か明後日か、どこかで時間を作る」。

そう言って忠一郎の電話は切れた。

二日後、良也は忠一郎を市ケ谷の駅の近くの本社ビルに訪ねた。そこはもと広島の山林王の東京出張所を譲り受けたのだが、だんだん手狭になって建て直したのらしい。駅が近いことと桜の頃の借景が素晴らしいのが取り柄だと忠一郎は説明した。

戦争後に急成長した企業のケバケバしさはなく、良也は内心ホッとした。廊下ですれ違う社員が男も女も駆けるように歩いている印象が強かった。考えてみると良也が経営者に会ったのは、たいてい事故が起こったかスキャンダルの真相を確かめる場合であった。相手は隠そうとし、突っ込むと怒鳴ったり怒ったりした。その怒り方で事実の有無を知ることができるくらいであった。この四、五年は事件記者としてではなくオピニオンリーダーとしての業界の指導的立場にいる人物や財界の幹部に会うことが増えたが、良也にはあまり会いたい人種ではなかった。経営者に限らず、彼にとって好ましいのは話しているうちに相手の肩書を忘れられるような人間だった。

「親父の病状なんだが」と忠一郎は良也を執務机の前に小さなテーブルを囲んで置いてある椅子のひとつに案内して、すぐ本題に入った。通されたのが新聞記者として案内される応接室ではなく、忠一郎が仕事をしている部屋だったのも良也の気分を内輪の感じに誘った。

忠一郎の話によると一年ほど前に前立腺に癌が発見された。本人の強い希望もあり、手術はせず薬で進行を抑える方法を取った。良也にとって心外だったのは、その間二度ほど顔を合わせていたのだが、栄太郎は病気について何も言わなかったことだ。この一、二年、急に年を取ったという印象はあったが、年齢を考えればそれも当然と思って良也も健康状態について質問をしなかったのでもあったが。

良也がそのことを言うと、「心配させたくなかったんだろう。明治の男だからな」と忠一郎は答えた。

二カ月に一度ずつ、かなり念入りな検査をしてきたが、三カ月前に肺に癌が発見された。前立腺のものが転移したのではなく、別の癌だと診断された。「癌にもいろいろな種類があるらしく、今度のは性質《たち》が悪いらしい。進み具合が早いんだ」

忠一郎はそう言い、それまで医師の指導で自宅療養を続けてきたが一週間前から病院に入ったのだという。

「本人は冷静でね、そろそろ時期がきたと考えているらしい。日曜日昼前に病院に行くと、はじめて君のことを口にして会いたいと言った」

忠一郎によれば、父親が「もう一人息子がいる」と言って良也の名前を口にしたのは、入院した日の病院での会話がはじめてであった。

「それまでは業界誌の記者などからチラチラ聞いてはいたが、父親の場合でも個人の私生活は詮索すべきことではないと思ったし、母親を苦しめたくもなかったから知らんぷりしていた」と忠一郎は言った。良也は五年ほど前、砂土原町の夫人が亡くなったという話を父親から聞いたことがあった。それ以後、栄太郎の日常は忠一郎夫人が看ているということも聞いていた。

「そうでしたか」と良也は言い、「実は僕は高校生の頃、一度あなたと擦れ違ったことがあります」と告げた。

忠一郎が「ホウ」という目になって異母弟を見た。その目を見た時、それはなぜか怯《おび》えを隠そうとしてガラス玉になった目のように良也は感じた。雑誌などに載る人物評に、忠一郎はよく「顔は笑っているのに目は笑っていない」と書かれていた。それは社員に恐れられているという彼の独裁者ぶりを紹介する文脈での描写であったがいま良也はその表現は不正確だと思った。むしろインドの捕虜収容所で一緒だったという原口の「歴然たる放心癖」という説明、奇行癖の紹介の方が忠一郎の秘密に迫るようであった。

良也は異母兄に関連して群がり立つように起こってきた想念を押し殺して、「あれは確か新宿の角筈《つのはず》の店でした」と教え、忠一郎は「ああ、それならチェーンがはじまった頃だ。今では日本中で八百店を超しているが」と経営者の口ぶりになり、それにつれて目の色も活気に満ちた光を放ちはじめた。

会っているあいだにメモが入ったが忠一郎は「後で」と言ったまま話を続けた。良也は異母兄に送られてエレベーターに乗った。受付には呼び鈴が置いてあるだけで、普通の会社にいる正装した受付嬢はいないようだった。NSSCチェーンはローコスト、ロープライス経営を徹底しているのだろうと良也は理解し、そのためにたかり専門の雑誌などからは良く書かれないのだろうと考えた。

最初の出会いはいい感じで終わったと言えるだろうと良也は採点をし、父親を見舞いやすくなったと安堵した。

栄太郎は新宿の鉄道病院に入っていた。良也が行った時、ちょうど担当の医長が回診を終えたところだった。栄太郎は医長を呼びとめて、「次男です、よろしく」と良也を紹介した。

小柄で一見偏屈そうな医長は、話し出すと意外に柔らかな声で、「立山《たてやま》です」と言い、「今のところ病状は安定しています。御心配は要りません。このままいけばまもなくお家に帰れるでしょう」と説明し、会釈して次の病室へ回っていった。良也はいつだったか、末期癌患者は本人がそれを希望すれば一時的に帰宅するように勧めているという談話を読んだことがあったが、立山の話は優しげだったから、むしろ患者と良也を安心させるために言われたようであった。

二人きりになると良也は、「どう、忠一郎さんから報されてびっくりしたけど」と聞いた。

「うん、もう年だからね、無理に手術などせずに静かに養生することにしたんだ」と、ボタンを押して少しベッドの背を起こし、背もたれのようにした。掛け布団の上で組んだ両手が驚くほど痩せて筋張ってしまったのを見て良也は胸を衝かれた。

「報せをもらった時、僕は母さんの墓参りをしていたんだ。ずっと行っていなかったから」

そう報告すると、栄太郎は、「元気にしていたか」と聞き、絶句した良也を見て、「もっとも墓石じゃあ表情は分からないな」と笑って良也をホッとさせた。一瞬、良也は父親が呆けたと驚き、その次には父親はもう幽と明の境界を自由に往来しはじめているのかもしれないと思い直してもいた。

「うん、元気そうだった」と彼も父親に調子を合わせた。「だけど、柳川だと僕もなかなか行けない。東京へ移すのはどうかなとお参りしながら考えた」。そう言うと栄太郎は考え深そうな表情になり、「そうだな、美佐緒はやはり柳川にいたいだろう。位牌《いはい》は阿佐ケ谷に置いてあるのだから、君がちょいちょいお線香をあげてやったらどうかな」。

そう栄太郎は言った。その口ぶりを聞いていると良也の耳に、「私たちが本当に愛し合っていたことだけは確かなの、それがあなたにとって一番のことでしょう」と言った母親の言葉が蘇った。それを話した際の彼女は自信に満ちていて、高校二年の良也も納得したのだった。それは忠一郎を新宿で垣間見た直後のことだったかもしれないが前後の関係は不確かになっていた。以前にも父親に対してそういう気持になったことがあったが、今見舞いに来ていて、彼は戦争と敗北を潜り抜けてきた栄太郎の方が、緊張を伴った充実した人生を送ったのではないかという想いに捕らえられた。

戦争が終わった翌年に生まれた良也は戦後の動乱も安保闘争もキャンパスでの権力との戦いも、まるで合間を縫うようにして社会へ出て新聞記者になってしまった。良也にはそれを単純に、運が良かったと喜べない気持があった。茜との恋の挫折、茜の父親の寡黙な抗議の姿が彼にそうした感覚を植えつけた。それ以来のいろいろな経験が、今彼を戦没芸術家の手紙や遺された作品を中心にする私家版『きけわだつみのこえ』の編集へと向かわせているのだった。

「来てみて安心した」と良也は父親に言い、思いついて、「石楠花の山の方はその後どうなの」と聞いてみた。父親の顔に微笑が浮かんだので、このことが話したかったのだと良也は分かった。ずっと阿佐ケ谷の家が赤城山へ行く日の出発点になっていたのだ。

「いよいよ充実してきてね。変なものだな、お国にはそれなりに尽くしてきたつもりだが、あの赤城の石楠花とつつじの公園が僕の創った唯一のものという感じになっている。死ぬ時に友人が僕に総て委せると言って死んでしまった。今までは僕の顔で寄付を集めて維持してきたが、僕が死んだらそれもむずかしい。財団のようなものにしておくしかないと思う。忠一郎に話しておくから君も知恵を貸してやってくれ」

やはり石楠花のことになると病人と思えないほど熱っぽく喋り、ほっとひと息ついてから、

「季節には入場制限をしているくらいだよ。五、六年前から山に蛍が出るようになった。こちらの方は夜でないと見られないのでまだあまり知られていないが紫陽花《あじさい》も少しずつ増やしている。杉林を昔の楢《なら》や楓《かえで》、欅《けやき》の広葉樹林に戻す許可も県から出たし、桜も少しずつ植えているんだ。僕が死んで十五、六年もすれば桜の名所にもなるんじゃないかな」と栄太郎はまるで死後を想像して楽しんでいるような顔になった。

「早く元気になって来年の五月には見に行かなくちゃあ。僕が運転していくよ」と良也は言い、

栄太郎は黙って、しかしそう言ってくれたのは嬉しいと伝えているかのように首を傾げて微笑した。その少し淋しそうな笑いは、それまでは生きられないと知っているようであった。

沈黙の空間が深刻に落ち込むのを避けようとしてだろう、栄太郎は「今頃は昼間でも蜩《ひぐらし》の蟬《せみ》時雨《しぐれ》だよ。もし行けたらいいんだが、池の周辺とか、もう花はないが石楠花の群落の写真を撮ってきてくれないか」と息子に頼んだ。

話し終えた栄太郎は、顔をあげてぼんやり病室の外に広がっている、秋の気配になりはじめた澄んだ青空を見ていた。少し長話になって疲れたのらしい。報告はきちっとしておこうと考えて良也は忠一郎に会った報告をはじめた。

「ネスの本社にはじめていって話したけど感じは悪くなかった。彼は僕のことも、僕の母のことも知っていたようだった」と告げた。

栄太郎は無邪気に見える微笑を浮かべて、「それは良かった。後のことは皆が迷わないように弁護士に相談して書類にしてある」と言い、「君は誘われてもネスには参加しない方がいいと思う。いくら兄弟でも、いや兄弟や身内だからこそ我儘《わがまま》が出るものだ。今は経営者全盛のようだがな、運というのは回るから、職業は自分に納得がいくものを選んだ方がいいんだ。忠一郎が本当にビジネスに向いているのかどうかも、僕は時々心配になっている」と忠告を交えてぼそぼそした口調になった。

良也は素直に礼を言い、記者の延長線上での仕事しか考えていないと答え、「柳川に行って、僕が生まれた頃、親父さんは一番大変な時期だったんだと思った」と正直に感想を述べた。自分と母親を柳川に残し単身上京し、二軒の家を準備したことを指したのだった。

「ああ、あの頃は僕としては一番必死で働いたかもしれない。敗戦後の体制変革の時期だったし、先輩たちは連合軍からの公職追放で揺れていたから」と述懐した。聞きながら良也は、その頃自分は何も知らずに母の腕に抱かれて光の方へ掌を伸ばしていたのだと思った。生まれてきた者と戦っている者、それに静かに生を終えようと身構えている者との、三者三様の姿が影絵のように窓から射し込む初秋の陽射しのなかに浮かんだ。まだ二十代だった自分と娘の茜の様子を見る葉中長蔵も同じようなことを感じていただろうかと、ふと思い、彼の場合はそうした見方に常に悔恨が付き絡まっていたのだと考えた。

少し黙っていた栄太郎は「なかなか俳句というのはむずかしいな」と話しはじめ、良也は父親が学生時代俳句同好会に参加していたという話を思い出した。栄太郎は秋桜子の「石楠花や谷をゆるがす朝の鐘」という句を誦《そら》んじ、良也は、「家に戻って句作の役に立ちそうな写真があったら持ってくる」と言って立ち上がった。帰り道、今日見舞ったかぎりでは親父はまだ当分は大丈夫なのではないか、それにしても赤城の石楠花園へは克子を連れてできるだけ早く行ってみようと思った。

良也には栄太郎が死を恐れず、死が近付いていることを自らにも隠していなくて、正面からゆっくり迎えようとしているように見えた。

同じように元陸軍大佐葉中長蔵も死と向かい合っていたが、彼にはぎりぎりと身を嘖《さいな》む辛さと戦っている無念の想いがあった。

死が近付いた際のこの二人の老人の対極的とも言える差異はどこから来るのだろうと、良也は再三考えた。それは覚悟ができているかどうか、あるいは死が恐いかどうかではなく、生きてきた時間に自分が納得しているかいないかから差異が出てくるように良也にはだんだん思えてきた。

言動から推測すれば関栄太郎は生涯を悔いてはいない。では愛人だった藤美佐緒はどうなのだろうと思考の視線を母親に移すと、まだ夏の陽射しであった柳川の強い太陽の下で淋し気であった小さな墓が浮かんできた。

彼女も悔いているとは思えなかったし、そう思いたくはなかった。それならば二人の「本当の愛情」の結果この世にやってきた自分は今までの生き方に納得しているのだろうか。人生の折り返し地点のような年齢になってどこかに悔いのようなものを感じているのはなぜなのだろう。

良也は父親の姿から、自分がなすべきこと、自分に与えられている役割を正面から腰を据えて取り組む潔さを教わったのだった。考えていると、芸術にかかわっていて戦争で死んだ人たちの遺稿集をまとめること、そのためにも早晩、本当にこれは自分が成し遂げたと言えるような仕事ができる場所に身を置くこと、そしてなぜか茜の消息を何とかして探し出し、その行方を追うことが、自分を確保するために果たさなければならない仕事だと良也は思った。社会的な役割を果たせるのはそれからのことだ。

そんな自分に比べればネスチェーンを創業し、現代の都市生活者に喜ばれるファストフード店を精力的に展開している忠一郎は、すでに与えられた役割を果たしつつある男と言えるのだろうか。新聞などで時おり目にする彼の談話は、「ファストフードこそ家事労働の外部化を推進して主婦の自由時間を増やし、サラリーマンの健康維持に役立つ社会的ビジネスだ」と揚言していた。

それなら九州の大学の原口が口にしていた「関少尉の二重人格」的なところとはどういうことなのだろう。過度の放心癖とか、無意識のなかで月に向かって吠えるというような奇行は、どうしても高らかな役割宣言の奥に何かを隠し持っている人物という認識を良也に与えるのであったが。

良也が四十分ほどいて帰った後、忠一郎は机に戻って招集してあったスタッフ会議の提案を読みはじめた。その日は予定が詰まっていて彼には異母弟の印象や話し合った結果を反芻《はんすう》している余裕がなかった。それらは頭のなかに入れておいて必要な時に取り出して分析すればいいと決めた。

午後の会議の議題はマーケットの変化にメニュー、単価、店の雰囲気をどう対応させるかであった。

NSSCチェーンは四年ごとに経営の数値を分析し、戦略を組み直すことにしていた。その年は九〇年代に入った最初の見直しの年度に当たっていた。忠一郎はここのところ時折、自分は深みにはまったな、と思う日があった。

ファストフード業界はすでにごく少数の指導的企業の競争の時代に入っていた。忠一郎はサンドイッチ分野でのNSSC社の主導権を固め、新しい展開を図る時期にきていた。だから本当は、「深みにはまった」などと振り返る余裕があるはずはないし、あってはならない状況なのであったが。

しかしこの日の朝、彼は新聞でバルト三国の国連加盟が九月十七日に決まったという記事を見た。その記事は解説としてワルシャワ特派員の分析を載せていた。

彼は、「国連総会が開幕し、エストニア、ラトビア、リトアニアの新たな国連加盟を承認した。リトアニアは昨年三月に独立宣言を採択、エストニアが今年八月二十日に、ラトビアが二十一日即時独立を宣言。ソ連も九月六日にバルト三国の独立を承認している。このことによって完全独立の基礎が固まった。後は駐留ソ連軍がいつ撤退するかだが、すでに日程交渉の段階に入ってきている」と送ってきていた。

この解説記事は逆に、これまでソ連がいかに厳しくバルト三国を抑圧してきたかを報せていた。この記事は（それなのに自分は、グレタの一時帰国を認めてしまったのだ）という苦い回想を忠一郎の胸中に呼び起こした。ナチスに殺されたかもしれない肉親を探しにニューヨークから戻ったという主張が当時のソ連支配下の政府に認められるはずもないのに、とても甘い判断をしてしまい、結果としてグレタを死なせてしまったらしい。当時、東西対立は厳しくなりはじめていたのに、という反省をこの記事は忠一郎に強いたのであった。

戦争中、そして捕虜収容所の時代、自分はそれなりに正しい判断をしてきたのに、あまりに簡単にアメリカに行けたので世の中の厳しさに鈍感になったのだ、とグレタの消息が途絶えた当座忠一郎は辛い想いをしたのだった。

NSSCチェーンの悩みはサンドイッチのマーケットが思うように若い女性と子供たちに広がらないことであった。

その欠点を克服するために、オープンサンドやホットドッグなど商品を多様化する方法、パンの代わりにクレープを使ったり、小さなおにぎりや中華饅頭《まんじゅう》を併売する方法、あるいは昼食代わりにあまり甘くないケーキを並べるなど、いろいろなアイデアは出されているのだが、どれも決定打にならないうちに時間が経過してしまっているのであった。

価格の方は経済の行方がいよいよ怪しくなってきているので昼食は三百円という目標になった。もうひとつの問題はコーヒーのチェーン店などと資本提携なども視野に入れて提携するかというような基本戦略の問題があった。その前にはNSSCチェーンも株式市場に上場しておいた方がいいという有力意見があり、忠一郎もそれには賛成だったから、機密を保つために今は独立した房義次法律事務所のなかの一室を借りて作業をはじめたのだった。スタッフ会議が終われば、今日はその作業チームから報告が届けられることになっていた。

忠一郎の悩みのひとつは、最近は会議や社内で人と会う仕事が増えて店を巡る時間がなかなか確保できないことであった。店舗の多くはフランチャイズ方式だったから、いろいろな地域の店を創業者が巡回してくれているというのは、店のモラールを維持する上で大切な要素だった。

しかし彼はもう六十八歳になっていた。後継者の問題も放っておくわけにはいかない年齢なのだ。できるだけ早く上場して外部資金を導入し、借入金をなくし、安心できるところと提携して市場を広げる。後継者の手で提携がまとまるという形が取れれば理想的なのだが、と筋書きはできているのだが、肝心の後継者を指名するというところになると、忠一郎の考えはいまだに五里霧中といった状態だった。

忠一郎はニューヨークに作った二軒のサンドイッチの店を売り払って一九五九年、昭和三十四年に帰国した。持ち帰った資金を元手に翌年NSSCチェーンを創業した。店が三十店を超えた四年後に叔父の伝田章造《しょうぞう》の紹介で弥生《やよい》と結婚した。彼女は伝田のいる高萩炭鉱の取引先の社長の娘で東京の女子大学の英文科を卒業していた。

彼とその妻の間には二人の息子がいた。遅くなって生まれた長男は二十三歳で父親と同じように商社に入り、今年、大学の後輩で以前から付き合っていた二つ年下の女性と結婚した。

息子の結婚披露宴で、仲人の高萩炭鉱社長の新郎紹介を聞きながら、心の自然な成りゆきとして、忠一郎は、このようにして生まれ出てくるものと、衰え、やがて姿を消す者とが交代していくのだ、という考えに捕らえられていた。当然のことだと思いながらも、敵軍に追われペグー山系の密林を彷徨していた時は自分の息子がこんな豪華なホテルの大広間で結婚披露の宴を張るなどということは想像もできなかった事柄だったと嚙みしめていた。それは同時に、これはどこかが間違っているのではないかという、そこはかとない不安を忠一郎に与えていた。

自分は運が良かったのだという具合に割り切っていていいのだろうか。忠一郎は一所懸命に帰還する前と帰還してからの苦しかった経験を記憶に取り戻そうとしていた。それはまるで辛いことが多かったなら、それだけ自分の罪が軽くなると思い込んでいるような心の動きであった。

仲人は新郎の祖母が自分の同僚である弟の伝田章造を頼って高萩炭鉱に疎開していたことを「疎開と言いましても今の若い人には何のことか分からないでしょうが」と注釈を加えながら話していた。その祖母を探して、新郎の父君は復員すると真っ直ぐに訪ねて来た、と言った。「そんなことを申し上げるのは、関家は親孝行の家系であることを皆様にお伝えしたいからであります」と仲人は話した。忠一郎はそれを聞いて突然、いたたまれないような恥ずかしさと、どういうわけか烈しい退屈を感じた。

「もしもし、忠一郎さん」と話し掛ける声が耳に入り、彼は自分が放心癖に捕らえられていたことを知り、「失敗《しま》った」と思った。

忠一郎は周囲の思惑や、そこにどんな人がいてどんな話が進んでいるのかを忘れて自分の内部の自分と向き合ってしまうことが時々あった。その状態を見た周囲の人が「関忠一郎の放心癖」と呼んでいることを彼は知っていた。捕虜収容所にいた時も、自分はどうしてここにいるのかと考え出すと、分からないことが群がり起こってきて、目の前にトシオ原口という連合軍側の通訳がいること、彼を相手に捕虜の利益を代表して交渉に来ていたことを忘れてしまったことが何度かあった。今、息子の結婚披露宴でも、忠一郎はつい、どうして今自分はここにいるのかと考えてしまったのだった。「いや、済みません」と彼は声を掛けてくれた母方の叔父、伝田章造に謝った。彼は忠一郎が大学に復学する際、学資を援助してくれた恩人でもあった。

宴が終わった時、忠一郎が驚いたのは参会者の何人もが「おめでとう、これであなたの社も立派な後継者ができたということですね」という祝福の言葉を口にしたことであった。世間はそういうふうに考えているのだと思うと、忠一郎はわざわざ否定することはせず、「有り難う、そううまくいくといいのですが」と話を合わせたのであった。

彼は長男とNSSCチェーンの後継者の問題を話し合ったことはなかった。身内に適任者がいない時は大学生の頃からの友人で二年後輩の村内権之助《ごんのすけ》に頼んでもいいなとぼんやり考えたことがある程度だった。彼とは講義録の配布会社を作った時以来の仲で今は専務になっていた。自分と違って平和な時代に生まれた長男は大学の経営学科を卒業して商社マンになることに何の躊躇《ちゅうちょ》もなかったようであった。新聞社に入りたかったらしいが、それは忠一郎が反対した。「若いうちは派手に見えるが、所詮それだけのことだ」と忠一郎は言った。数えきれないくらい取材を受けて記者たちが何の勉強もしていないことに忠一郎はうんざりしていたからでもあった。

長男の立ち居振る舞いを見ていると、成り上がり者の息子のように威張ることもなく、温和な性格だから敵は少ないようであった。それだけに怒ることもなく、いざという時に戦いの先頭に立つのは無理なようなもどかしさを忠一郎は感じるのだった。

しかし多くの客はこの日の結婚披露宴を、長男に後を継がせたいという忠一郎のそれとなくの意思表示のように受け取ったらしい。この発見は忠一郎を驚かせた。

だからといって継がせないと決めたのでもないから、わざわざ否定すれば、では誰が次の社長になるのかという憶測を掻き立て、平地に波瀾を起こさせる振る舞いになりかねない。こういう時は多少居心地が悪くても、無言で風が吹き去るのを待つしかないと忠一郎は何も聞こえて来ないようなふりをすることに決めた。

それよりも明日から株式上場の検討をはじめようと心に決め、通りかかった弁護士の房義次に「今日は有り難う。明日ちょっと相談したいことがあるんだが、会社でない方がいいんだ」と声を掛けた。

房は頷き、「それなら僕の事務所の隣のホテルではどうですか、時間は?」と何の質問もしないで受けてくれた。

NSSCチェーンの顧問弁護士に就任してからも房義次の態度は忠一郎を社長として立てながらも、学生時代、さらには捕虜収容所時代の日本側代表と、ナンバー2だが時にはアドバイザーにもなるという関係を保っていた。それでいて房は決して自分の方からビルマ戦線で戦友だったという事実を口にしなかった。どこまでも経営者と法律の顧問という関係の外に出ることはなくて、それが忠一郎を落ち着かせるのだった。

「昨日はとてもいい会でしたね」

翌日ホテルの部屋に向かい合って腰を下ろすと房がまずそう言った。

「あの会を、長男を後継者にするという意思表示だと受け取った客がいるらしくて」と忠一郎が言うと、房は、「そうじゃあないんですか」と聞き、忠一郎が「まだ後継者のことは何も考えていない」と言うと、「そうですか」と言っただけであった。この問題は自分の方から先に意見を言う事柄ではないと考えている様子だった。

この日忠一郎は株式の公開、資本市場への上場を巡ってはじめて意見を交換した。

「公開するというのは、ネスチェーンの所有者が関さんから株主に変わるということです。考え方としてはそういうことなので、はっきりした資金獲得の必要がない限り慎重な方がいいでしょう」と、房は意外に消極的な意見だった。

忠一郎は上場を考えついた動機を説明しなければならなくなった。彼はサンドイッチばかりでなく、フライドチキンとかハンバーガーあるいは和風ファストフードに商品を広げる場合、すでにノウハウを持っている会社と提携するか合併するのが効率的だし早いと思う、と計画を話した。

「そのなかには買収という方法も含まれているんですね」と房義次が念を押し、忠一郎は黙って頷いた。

こうした意見交換の結果、房法律事務所の一角に株式研究会という名前の作業チームの部屋が作られたのであった。

はじめて異母弟に会った日は、その午後にチームが半年かかって作った最初の答申案が出てくる予定になっていた。忠一郎の頭のなかには、スタッフ会議の結論と株式研究会の答申が交差するところでの戦略決定というプログラムが組まれていた。

忠一郎は答申案が手元に届くのが予定より三十分ほど遅れたので、それを待つ間、はじめて会った異母弟の良也の印象を取り出すことができた。「気楽なもんだな」というのが忠一郎の頭に浮かんだ最初の言葉だった。

自分も自分の会社も大きな節目にさしかかっているという意識で日々を送っている忠一郎から見て、良也の何かにつけての反応はのんびりしていた。父親の重病についても、人間の死についての切実感が自分とはかなり違うように見えた。

しかしそれは七十歳に近付いている自分と四十半ばの良也との差なのかもしれず、戦地で一度ならず死を覚悟した青年時代を持たなかった人生経験の差からくるのかもしれなかった。良也の母親については何も知らないのだが、父親が愛したのだから魅力的でもあり、日本の敗北という背景のなかで情熱的な女性でもあったのだろう。生け花を教えて良也を育てたらしいから気丈な人でもあったのだろう。彼がおっとりして見えるのはその反動だろうか。

そんなことを考える一方で、忠一郎はああいう性格の異母弟なら折があったら、なぜ自分がNSCをはじめたか話をしてもいいなと考えた。近いところに味方を作っておくことは何かの時に役に立つかもしれない。

しかし、そう考えて、その際の話の組み立てを試みてみると、グレタの存在を抜きにして説得力を持った話を展開するのはかなりむずかしいと分かった。

ニューヨークの二軒の店を畳み、いくらかの資金を持って日本に戻ってきた忠一郎は、もう一度大学の英文科に戻って人生をやり直すか、出版社などに相談して翻訳などの仕事をはじめるか、何事も決められない気持の状態のまま、広島の奥にいるヤマナカを訪ねた。彼はグレタの消息が途絶えた前後の事情を説明する責任を感じていたし、報告を済ませることで、重荷を少し軽くしたい気持もあったのだった。

広島市からはだいぶ遠いと聞いていたが、広島で可部線に乗り換え、加計《かけ》で下車して滝山峡を上っていく道のりは遠く、島根県との県境に近い山林のなかにヤマナカの実家が忽然《こつぜん》と姿を現すといった格好で建っていたのである。瓦葺きの母屋を中心に納屋と思われる藁葺き屋根の二棟の建物、白壁の土蔵が二棟建ち、他に最近建てたと思われる大きなガラス戸の離れがあった。ヤマナカはこの実家で後継ぎの青年を教育する役割と半分執事のような仕事もしているらしかった。

青年とその母親への挨拶を済ますと忠一郎は彼と二人になるのを待って、まずグレタをリトアニアへ行かせてしまった自分の判断の誤りについてヤマナカに謝った。

忠一郎の話を聞いたヤマナカは、「いや、それは運命というものだ。グレタにとっては一度リトアニアに戻って両親や兄の消息を確かめなければ出発できなかったんだ。僕は日本に戻ってグレタの考えが分かった。ここは日本の原点のようなところだ。そして日本は原点を見失ってしまった。皆は戦争に敗けたからというが違う。その前から見失っていたんだ。だから戦争をはじめた。東条の体制がどれだけ日本を駄目にしたか僕には分かった」。

ヤマナカは次第に熱を帯びた喋り方になって身振りを交えて続けた。

「僕が呼び戻されたのは、一世移民の息子のなかにはかえって日本が保たれているだろうと奥さんが考えたからだ。その勘はある意味で当たっていた」とヤマナカは言った。

「東条時代そして戦後、日本人は自己本位、利益中心になってしまった。民主主義がいけないというが大間違いさ。アメリカ人の方が戦時の団結は固かったよ。そのために間違いもあったがね」

ヤマナカの実家訪問の第一日は、忠一郎の報告よりも滔々《とうとう》と続くヤマナカの熱弁が主になった。彼にとっては父親の生家に住みついての発見を早く誰かに伝えたかったようであった。

忠一郎は遠来の珍客という格好で、夫人とその一人息子の青年と一緒に夕食に招かれた。近くの川でいくらでも釣れるという岩魚《いわな》が食卓の傍らの囲炉裏端に逆さに串に刺されて焼かれていた。近くの橅《ぶな》の原生林で採れる真っ白くて香りの高い茸、塩鰤《ぶり》をだしに使った水菜の炊き物などが食卓を飾っていた。食事の途中で夫人が、大学生の息子に、「卒業したらどこかで三、四年、勤め人になって経営の勉強をさせたいのですが。気が早過ぎるでしょうか」と切り出し、忠一郎は、「縁故がないと日本の大企業は新卒中心で採用しますから、在学中によく調べておかないと」と正直に教えた。ヤマナカも日本で就職した経験はないのだった。息子は「どんな会社でも、組織の仕組みとか会社の動きとかの現場が見られれば、と思っています」と素直に希望を述べ、ヤマナカが「それには比較的小さな会社で、実際の経営が見られるところがいいかもしれない」と提案した。

かなりの山林地主だったらしく、この家には来客用の寝室が二つあったが、この晩忠一郎はヤマナカと並んで寝ることにした。床に入って電気を消す直前になって彼が、「ところで関はこれから何をするんだ」と聞いた。

広島の山の奥まで彼を訪ねたのはグレタについての謝りの意味を籠めた報告と共に、自分はこれから何をしたらいいかについてヤマナカの意見を聞いてみたかったからでもあった。

「それなんですが、どうも考えがまとまらなくて、というより、何事にも意欲的になれないんです。だらしのない話なんですが」と忠一郎は正直に告げた。「グレタを失ってから」という言葉は口に出さなかったが、忠一郎の悩みはそのまま彼に伝わったようだった。少し間があってからヤマナカが「グレタはいい女だった」と溜息を洩らすような言い方で応じたのでも分かった。

「天使のよう、と僕はひそかに名付けていたんだが、純情で、子供みたいに我儘なところがあって、それが名誉欲とか物欲とは関係のないところでの我儘だから可愛らしい要素だった」

そう言われてみればその通りだと忠一郎は一語一語胸に響いてくるのを黙って受けていた。

「君から行方を尋ねる手紙が来た時、僕は失敗った——と思った。君が止めるのも聞かずに我儘を出したんだ。そうしなければ新しい生活に入れない、入るべきではないとあいつは思い詰めていったんだろうと、そうなっていくあいつの心の過程も含めて、僕には分かったから」

そう言われて忠一郎は素直に、「済みません、済みませんでした」と謝った。

「いや、謝らなくていい、謝る必要はない」とヤマナカは強調し、「むしろ僕が」とそこまで言って急に言葉がとぎれた。昂ぶってきた気持を抑えようとしていたのだろう。

少しして彼は薄暗がりに起き上がって、「少し飲もうか」と声を掛けた。忠一郎は驚いて「だって、いいんですか、ドクターストップだと聞いてましたが」と言ってから、あれはニューヨークでグレタから聞いた話だったと思い出した。

「うん、今でもそれは変わらないが、こんな時でも飲まないと飲む意味がないよ。人生の意味もない。こっそり寝酒を隠してあるんだ」

そう言うとヤマナカは電気をつけ何とも形容できない無邪気な笑顔を忠一郎に見せた。グレタに見付かったら叱られるが、あいつ勝手にいなくなってしまったのだから、こっちも「不良するぞ」とでも言っているような笑顔だった。ヤマナカはベッドの下をごそごそ探していたがやがて黒い七面鳥の絵の付いた瓶を出してきて、またにこっとした。いくつもの逆境に耐え、苦しみのなかを生きてきた者だけが浮かべる資格があるような笑顔だった。

ヤマナカはベッドの枕元に置いた自分と忠一郎のコップにバーボンを少し注いで、最初の一杯をストレートで飲むと、それから水を注いだ。

「特定の酒が、特定の情景を蘇らせるということ知ってるか?」と彼は聞き、忠一郎の答えを待たずに、「僕らの結婚式の時は、在ニューヨークの亡命者救援組織のメンバーが三人、僕の方は会社の同僚が三人参加しただけだった。だが、いい会だった。その頃はまだニューヨークでもこのバーボンは結構貴重品だった」と説明した。

忠一郎はグレタとの思い出を語る権利をヤマナカに譲って、ただ相槌を打つことにした。そのうちに彼は自分ばかりが喋っているのに気付いたのか、「あの、房というのはいい男だな」と話題を変えた。

「能力もあるし本当に君のことを想っている」

「僕もずっと会っていませんが、明日東京へ戻ったらもう一度会って、僕の今後の進路について彼の意見も聞くつもりです」とあらかじめの報告をした。ヤマナカは「彼と話したんだがね、サンドイッチ店は成功していたんだろう?」と聞いた。

「ええ、まあ会社を譲渡したわけですが五年分ほどの利益ぐらいの価格でした」

そういうとヤマナカは頷いて、「房君は君は経営に向いていると言っていた。僕もほんの少ししか君のそうした面は知らないが、市場を分析する目には感心した」と言った。

思わず「そうでしょうか」と疑わしげな声を出した忠一郎に、「間違いない。命の恩人の君について房君が嘘をつくわけがない」と保証し、忠一郎が、「命の恩人て言うと?」と聞き咎《とが》めると、「いや、密林のなかを逃げ回っている時、房を狙った敵の狙撃兵を君が逆に撃ち殺してくれたそうだ」と教え、次第に驚いた顔になって「覚えていないのか」と怪訝《けげん》な表情をした。

忠一郎はやむを得ず、「多分その直後なんでしょう、砲弾の破片を受けて気を失い、覚めたらアメリカが作った野戦病院にいました」と珍しく当時のことを口にした。ヤマナカは「それで分かった。房君が『関さんは忘れているかも知れません』と言っていたのはそういう意味だったんだ、僕は妙なことを言うな、とその時思ったんだが。房はそれからすぐ蜥蜴《とかげ》用の罠にはまって動けなくなり朦朧《もうろう》としているところを捕まったらしい」と補足した。聞いていて忠一郎は、おそらく房は忠一郎に助けられたことを何度か口にしているに違いない、しかし密林内でのことは覚えていたくない意識が作用して自分は忘れてしまったのだろうと思った。

ヤマナカはその晩忠一郎にどんな仕事をしたらいいとは言わなかった。おそらくそれは自分で決めることだと、アメリカで育った者らしく割り切っていたからだろう。ただ、「下手の横好きという言葉があるように、上手の無関心というのがある」と言った。

それはどういうことかという質問に、「音楽が好きだからいい演奏家になれるとは限らないむしろそうでない場合の方が多い。その反対に、そのことに情熱が持てなくても、やらせると上手だ、という場合がかなりある」。

そうしてヤマナカは、忠一郎にとっての経営は多分そういうことのような気がすると二度繰り返した。それを聞きながら忠一郎は、やはり学者の道は自分には向いていないのかな、と思ったりしていたのだった。

翌日、忠一郎は朝早くヤマナカに起こされた。彼は強引に岩魚釣りに誘った。何か目的がありそうに思ったので忠一郎は言われる通り長靴を借りて、まだいくらか寒さが残っている山に入った。母屋の炊事場ではもう三人ほどの者が働いて朝食の用意をしていた。糸を垂れると彼は、「これからはここいらはどんどん美しい季節になる」と教え、「前にも手紙に書いたと思うが、あるいは喋ったのかな、日本では人間の労力をずいぶん無駄に使っている。労働集約型ぜいたく、と言うのかな、そういう言い方があるかどうか知らないが」と話しはじめた。

「僕はここに住むようになって、家事労働の辛さが今の半分以下にならないと日本は変わらないかもしらんと思うようになった」

忠一郎はその話から、「いつだったか、自動車旅行で、独立宣言を書いたジェファーソンの生家まで行ったことがありましたね」と思い出していた。ヤマナカは、「そうなんだ、アメリカは地方を見なければ分からないと言ったのは僕だが、同時にアメリカに懐疑的になっていたのも僕だった。君は素直に独立宣言に感心していた。覚えているかな」。

そう聞かれて、あの時一緒だったグレタが、「私にはリトアニアを批評している余裕はないの。ただ懐かしいだけ」と言ったのを記憶に蘇らせていた忠一郎はあわてて、「覚えていますよ」と応えた。

「ここに住むようになって僕は日本も同じだ、と思った。但しアメリカの場合と逆で、日本は農村から変わらないといけないんだ」

ヤマナカの話が途切れ、すると山のかすかな春の気配のような物音が聞こえてきた。耳を澄ませると、小鳥や小さな動物たち、そして渓流に潜む魚たちも、春の気配を感じ取って、かすかに身支度をはじめたようであった。

「それともうひとつの発見は自然の佇まいが文化をつくるということだ。さっきの話とは矛盾するが、日本には日本の自然に合った民主主義があるんじゃないかね」

おそらくヤマナカは数年間胸のなかに溜まって発酵し続けていた思想をぶつける相手の出現を待っていたのだろう、昨夜からニューヨークの時代には見たことがないような冗舌になっていた。やがて彼はそれまでとは異なった口調になって、「僕の悔いは一度もグレタの故郷へ行けなかったことだ。関君、亡命者を愛するというのは自分も亡命者になることだったんだよ。しかし僕はここに来てはじめて気付いた。遅かったんだよ」。

ヤマナカは歯を食いしばるような言い方になってそれだけ言うと口を閉ざした。それでも少しの間の沈黙の後で彷徨《さまよ》っているような低い声で、「リトアニアの森は深いが、ドイツやロシアのような黒い森とは違う。明るい深さだと思う。北の海に面していて平らに広がっているという感じだろう」とヤマナカは低く歌うように言った。

「僕も、白夜の不思議な美しさについて彼女から聞きました」と忠一郎は控え目に言った。

「ああ、そうだろうね」と彼は素っ気なく言い、すぐその素っ気なさを補うように、「一度、どうしても君と一緒にリトアニアに行きたい。白夜のなかを歩きたい。健康が許さなければ君だけでも行ってやってくれ。きっと行ける日がくる」と真剣な目の色になった。

「一緒に行きましょう。北の方の森なら僕も入れます」と忠一郎は正直に答えた。

ヤマナカは一瞬、鋭い眼差しを忠一郎に注ぎ、「そうか、君には南の密林体験があるんだったね」と呟いた。房の話によれば、記憶が失われた時間のなかで、自分はいいこともしたらしい、それは発見だったと、忠一郎は咄嗟《とっさ》に思った。

「南だって、それは戦争の時の体験だろう。戦争というのはどんな自然の声も消してしまう。人間の声も消される。だから個人的な体験を一般化しないことは大事だぞ、辛いがね」と彼は言い、その言葉は忠一郎に、グレタが消息を断ってからの年月、ヤマナカが戦っていた戦いの深さを教えるようであった。

せっかく入社でき、選ばれてニューヨークに派遣されたのに、親には一言も相談せずに辞めて、ぼんやりした顔で戻ってきた息子のことを父親はジロリと見ただけで非難めいたことは一言も言わなかった。それは、自分の生き方は自分で決めるものだという、栄太郎らしい個人主義の現れであったろう。

母親の方は、「近頃の若者は何を考えているんだか、親がどれくらい心配しているのかも知らんぷりで、世間に体裁が悪いったらありゃしない」と横を向いて不満を述べたがそれだけだった。

忠一郎はいくらか肩身の狭い想いをしながらヨーロッパへ留学したまま疎遠になっていた浦辺晶子《あきこ》の消息を尋ねたり、大学時代の仲間の村内権之助が勤めた会社の近くへ行って彼を呼びだして昼飯を食べたり、もと籍を置いていた英会話学校に講師としての登録をして、取りあえずの暮らしの構えを整えたりすることに時間を使っていた。

彼は広島から帰った翌々日、房に会ってヤマナカたちが今でも君に感謝していたと伝えた。房は応接間に忠一郎を待たせたまましばらく姿を消していたが、やがて地図を片手に応接間に戻って、「今晩は僕が奢《おご》るよ、学生時代世話になったまんまだったから」と地図を渡し、「公判をひとつ終えて七時にここで合流するのはどうだろう。僕はまだ主任弁護人ではないので時間は守れるから」と言った。いかにも新進の弁護士という感じなのを忠一郎はいい感じで眺め、同時に自分はすっかり遅れてしまったな、とその点は淋しく感じた。

指定された場所は、日本橋の料理屋の二階だった。向かい合って席に着くと忠一郎はすぐ、「ヤマナカさんにも意見を聞いたんだが、これから何をしたらいいかと思ってね。僕は大きな組織のなかの一員になるのは駄目なような気がするんだよ」と問題を出した。

「そうだな、それはなんとなく僕にも分かるよ」と房は言い、「学者の道はもう考えないのか」と聞いた。仕事を離れた時、房は友達の言葉を使うのだった。その切り替えは房らしいと後になって忠一郎は思った。「学者と言えば英文学なんだが、どういう訳かすっかり熱が冷めてしまった」と彼は正直に告白した。戦争、怪我、捕虜の生活という数年間が憧れに支えられていた文学志向を押し流してしまったのであった。房は黙って頷いた。戦地でのことは他の人にはそれなりに話しても、二人の間では触れないという暗黙の了解のようなものがいつの間にかできていた。

房義次は学生の頃の講義録配布会社を忠一郎が作った時のことを指摘し、「君は事業家としての指導力がある」と躊躇している忠一郎を励ました。それでも彼が黙っていると、「会社を辞めてから日本に戻ってくるまでかなり時間が経っているが、その間どうしていたんだ」と突っ込んできた。その情報は房がヤマナカから聞いていたのだろうと推測して忠一郎は正直に、「サンドイッチの店をね、二軒ほどやっていた。一応成功していたと言えるかもしれない」と伝えた。「そういうことではないかと思った」と房は言い、「それをアメリカとの合弁という形で日本でやるのはどうだろう。もっとも素人の勝手なアイデアだが、ほんの一つの例のつもりで考えてみないか」と勧めた。

これはNSSCチェーン発足の前史の一場面だった。やがて、勧めた会社に内紛が起こって厭気がさしていた村内権之助が加わり、後輩の彼は、

「関さんが会社はじめはるんやったら僕、手伝いますわ。神戸の実家の事業は結局店じまいしてしもうたから手伝わせて下さい」と言った。

そこへこれまで市ケ谷のヤマナカの実家の建物を使っていた広島の山林王の東京出張所が丸の内へ移ることになり、もし忠一郎が新しい事業をはじめるなら、その建物を使ってくれていいという話がヤスシ・ヤマナカから来た。「夫人が、できれば君の下で四、五年ジュニアを預

かって教育してもらえないか、と言っている。勿論これは社長になる君の判断次第だが」と、もう会社設立を既定の事実としているような手紙も届いた。そこまでくれば腰の重かった忠一郎も決心するしかなかった。

ヤマナカが言った、周囲から期待されている役割を莞爾《かんじ》として受けるのも生き方のひとつ、という意味の言葉を忠一郎は何回か胸中で繰り返してみた。彼はサンドイッチの店を作ることを期待されているとは思えなかった。房が言ったように、ファストフードの店やスーパーが増えれば、家庭電気製品の普及と同じように、女性の生活が楽になるだろうとは思った。

しかしそれは理屈でしかない。むしろ判断の甘さや気の弱さからグレタを失った自分は、彼女のために用意したビジネスを、ニューヨークと東京の違いはあっても続けるべきではないかという新しく生まれた考えの方が忠一郎を動かした。それに今、自分にはこれといってやりたいことがないのだ。問題は店にどんな名前をつけるかであった。シンドバッドという名前は房も村内もあまり賛成しなかった。

忠一郎は自分がシンドバッドという社名に拘泥する理由を、ニューヨークで使っていたからという以上に説明できなかった。グレタのことはまだ話したくなかったのである。

それならばという気持で提案したニューヨーク・スカイスクレーパー・サンドイッチ・チェーンという名前はその頭文字を取ってＮＳＳＣとすることで決まった。一年後に改定期が来る安全保障条約の問題を抱えて、新聞などにも新しい日米関係の在り方についての意見がちらほら掲載されるようになっていたから、日米関係がどんなに変動しても悪い影響を受けない名前がいいという房の意見に触発されて、NSSC（日本名でネス）なら、ニホン・セレクト・サンドイッチ・チェーンとも説明できるという村内の意見で結論が出たのだった。

ファストフードがどれくらいのビジネスになるのかには未知な部分もあり、忠一郎の方にも躊躇があった会社の発足であったが、はじまってみれば何とかいい業績をあげて立派な企業にしたいという気持が創立メンバーの一人一人に湧いてきた。

しかし、最初にどこに一号店を作るかは大きな問題だった。忠一郎は新入社員の頃、社内研修で聴き、ニューヨークで経験したマーケティングをもう一度記憶に取り戻し、東京の場合だったら、どうやって高い不動産コストを低く抑えるかが問題だと考えた。彼はしきりに「間借りする」「庇《ひさし》を借りる」という方法を探し、思いあまって父親に相談した。

ここのところ毎日朝早くから飛び回っている様子を知っていたからか、栄太郎は「それならまず駅の構内で売らしてもらったらどうだ。但し品質検査は厳しいし簡単にはいかんぞ」と注意した上で鉄道弘済会にいる元鉄道省の後輩に電話してくれた。

忠一郎は弘済会の商品担当者から製品の特徴や使用している素材の入手先などを聞かれて冷や汗のかきどおしだった。結局、もう一度出直してくることにして父親の後輩の部屋に報告に行くと相手は頷いたが、帰りかけた忠一郎を呼びとめ、すでにサンドイッチを弘済会に納入している会社を紹介し、「ここでいろいろ教わるといい」と忠告してくれた。彼は改めてニューヨークの店の場合、タイムズスクエアのパン屋のお陰がどれだけ大きかったかということに気付いた。やがてNSSCは神田の駿河台の坂を降りていった路地の一角に一号店を開いた。

NSSCの仕事をはじめてみるとそれはなかなか片手間でできるような事業ではないことが分かった。

日米安全保障条約の改定を巡る全国的な混乱が続くあいだ、忠一郎は脇目もふらず四号店までを作り、学生街、私鉄沿線の郊外、住宅街、下町と展開してみた。それらに共通して見られる性格から東京のマーケットの特色を割り出すためには、頻繁に店を巡り、小刻みにサービスとメニューを変えてそれぞれの場合のデータを集め分析する必要があった。

乾燥しても一定時間は端が反ってしまわないパンの開発を目標にする商品作りチームはいろいろなメーカーのパンを取り寄せて調べ、製造業者と議論し、サンドイッチの形についても実験を重ねた。パンとハムなどの間に塗るバターの味も追求された。

大きく分ければ、商品関係はメーカーとの交渉も含めて忠一郎が、店の運営、店員の教育などの営業関係は村内が、数値の管理集計や人事組織についてはヤマナカジュニアが担当していたが、その分類は仮のもので、全員がお互いの部署の動きを頭に入れながら方針を決定するという点で、それこそ打って一丸という感じの毎日が続いた。

創業当時のことを忠一郎は後年、会社の規模が大きくなるにつれて懐かしく振り返るのだった。

その頃は会社のなかで、命令し、命令されるという感じはなかった。呼吸が合っている気分の方が強く、忠一郎は朝、本社の通用口に立っていると、出勤してくる社員一人一人の顔と名前が分かっていて、昨夜飲み過ぎだな、とか、あいつ何か心配事があるのではないかなどと考えることができたのであった。

東京のなかで十店舗を越した頃から、新聞の経済部の記者が取材に来るようになり、経営専門誌がNSSCについての記事を書くようになった。新宿の角筈の店の成功がそのきっかけをつくり、十店目に有名な百貨店の銀座店の一角を借りて出店したことが、サンドイッチはNSSCという評価に繋がった。

忠一郎は、わずかの縁故を辿ってその百貨店の社長に会った時、ビルマ派遣軍の総司令官の幕営に伺候した際の要領を思い出した。一見ざっくばらんに見える態度を見せながら、心の底では敬っている様子を時折現すのだ。

創業五年目に三十店舗になり社内だけでお祝いをした直後、高萩炭鉱にいた叔父が縁談を持ってきた。

叔父の伝田章造は鈴木弥生の履歴書を忠一郎に渡し写真を見せて、「なかなかの美人だろう。感心な娘さんでね。ずっと寝たきりの母親の看病をしていて、気が付いたら三十五になっていた。しかし君だって四十一だ。僕は君が軍の放出物資をリュックに一杯つめて炭鉱の寮にお母さんを訪ねてきた時のことを覚えているよ。経営者をやっていく限り家庭を固めておくことは必要だよ」と結婚を勧め、「先方の家は高萩炭鉱に工作機を入れている会社の社長でね、僕もよく知っているが真面目な経営者だ」と説明した。

その話を聞いた時、忠一郎の胸中に起こったのは、ずっと忘れていた傷痕に生暖かい手で触れられたような気分だった。

四十を過ぎるまで独身でいたのは何か訳があったのかと聞かれれば、忠一郎は返事に困ったはずだ。叔父はそんなことは聞かなかったが、もし質問されていたら、戦争、捕虜、復員、海外駐在、そしてNSSCの創業と、息継ぐ間もない人生で結婚を考える姿勢を持てないまま今になってしまった、と答えただろうと忠一郎は予想した。

そのように言葉を編んでみると忠一郎は虚しい説明をしなくてよかったと、野暮《やぼ》な質問をしなかった叔父に感謝したかった。

いつの間にかグレタを思い出すことも間遠になっていた。ヤマナカジュニアの存在も思い出を引き出さなかった。街角で浦辺晶子の演奏会のポスターを見た時、城ケ島に行った雨の日の情景が蘇ったりしたが、それも今となっては青春の一齣《ひとこま》という感じだった。世の中がそれだけ平和になったのだろうかと、忠一郎は見当違いかもしれないと感じながらそんなふうに思ってみた。

今では企業の成長、競争相手に勝つことだけが生きる手応えになっている。他に手応えを感じて生きている人間がいるとしたら芸術家とスポーツ選手だろうかと考えを飛躍させながら、そんな具合に視野を拡散させていくのは、自分には結婚する資格があるだろうかという不安な問いを覆い隠してしまいたいからだと、忠一郎は心のどこかで醒めていた。

二、三日経って忠一郎が「いろいろ考えましたが、ファイナルアンサー、つまり最終的な返事は少し付き合ってからでいいでしょうか」と返事したのは、むしろ伝田叔父の行為への配慮が多く含まれていた。その時まだ鈴木弥生については何の感情も動いていなかった。

鈴木弥生には陰があった。それは生来のものではなく何らかの後天的な原因が彼女を強いてもの静かな口数の少ない人間にしているように見えた。写真を見ただけだったが、その抑圧を取り除けば局面は一転する可能性があるという感じが忠一郎に「結論は少し付き合ってみてから」と言わせたのであった。

勿論、忙しく働いている彼のことだから、冷静な分析の結果として交際を決めたのではなかった。咄嗟の直観的な判断としての言葉だったのである。

映画を見てから一緒に食事をしたり、忠一郎が運転して逗子や鎌倉に出掛けたりもした。彼にとってそれは浦辺晶子との一度だけの遠出を除くと、はじめてのような経験であった。運転をしながら、青春を失くした世代とは自分のような人間のことを言うのだろうと思ったりした。弥生は時々びっくりするような明るい笑顔を見せるようになり、しかしそのすぐ後では、思わずはしゃいでしまったことを後悔するように、いつもより更に深い憂鬱に顔を閉ざしたりした。

そういった逢い引きが数回あった後のある日、弥生は突然、「最初にお話しすべきだったのかもしれないのですが、私は罪深い人間です」と言いはじめた。多摩川の上流の川音が聞こえる、鮎《あゆ》を食べさせる店の離れでのことであった。

「そうですか」と忠一郎は応えた。やっと彼女の方から話すようになったという安堵に似た気持と、罪とはどんな内容のことかと緊張に覆われながら弥生の、面高の顔を受けている小さい顎のあたりを眺めていた。少しして、「それはどういうことですか」と、あまり答えを促す調子になるのを注意深く避けて聞くと、「私は人を殺したんです」と、忠一郎を驚かす言葉が出た。彼女は注視されていると思ったのかテーブルの上で固く組み合わせていた手をいそいで下に隠し、沈黙を続けて、次を待つ忠一郎に、「私がお断りしたために、男の人が死にました」と、意外に軽い荷物をぽいと投げ出すような口調で言い、また沈黙した。それから、彼女が何度も言葉を選びかねて迷いながら話したのは八年前の経験であった。その頃、弥生は東京の大学の大学院に籍を置いたまま、時々求められるままに女性誌のモデルなどの仕事を引き受けていた。あるテレビ番組製作会社のプロデューサーが、弥生のタレントらしくない雰囲気に注目して、テレビ出演の話を持ってきた。もともとタレントになる気がなかった弥生は断ったが、テレビ局とはどんなところだろうという興味はあった。

「それがいけなかったんだと思います」と彼女は沈んだ声になって告げた。スタジオを見学させてくれるという話に乗って局を訪れ、プロデューサーの上司にあたる男にも紹介されてしまった。名の通った会社の社長の娘という背景もテレビ局としては売れるという判断の材料だったのだろうと忠一郎は聞いていて思った。

それでも弥生が出演を断り続けると、「局長にまで紹介させておいて僕の立場がない」と責めるようになり、一転して、「あなたがそれほどタレント嫌いなら諦めましょう。その代わりということではないんだが、仕事抜きで僕と付き合って下さい」と懇願するようになった。三度断れば四度目には一緒に食事をするというように彼女なりに苦労したのだったが、会えば会うほど弥生には彼という人間の心の構造が分からなくなるのだった。物事に対する瞬間的な反応は素早く、その際、誠実さを感じる場合もあった。しかし平気で正反対の意見を口にできる変幻自在ぶりは彼女から見れば軽薄であった。しつこく迫られれば、「あなたは誠実に思えない」と言ってしまいそうな彼の属性を弥生は嫌った。

そうした関係が七、八カ月続いたある晩、彼は突然襲いかかって唇を押しつけてきた。彼女が拒み通した翌日、彼は自分の部屋で首を吊った。

弥生はこの体験を、中断を幾度か挟みながら気力を奮い立たせて喋った。語り終えると両腕をテーブルの上に載せ、崩れそうになる上体を辛うじて支えて、ぼんやり前の方を見ていた。

「そうでしたか」と忠一郎はもう一度言い、彼女の視線が遠くから戻ってきて忠一郎に注がれた。少し経って彼は「それは災難でしたね。よく話してくれた」と優しく言った。彼の胸中に、この女性とならなら暮らしていけそうだという気持が静かに広がっていた。

戦争で失われた青春は決して戻ってこないのだから、年を取ったら年を取ったなりの愛し方をして暮らしていかなければならないのだというはじめての考えが忠一郎のなかに生まれた。

この彼の心の底には安堵と呼んだ方がいいような感情があった。そこにはNSSCの創業者の姿はなくて、ただ密林のなかでの記憶を喪失していることに怯えている中年の帰還兵が座っていたのであった。

弥生の告白を聞いていて忠一郎はいつの間にか深い放心癖に捕えられたのだった。そして、

「僕も戦争で人を殺しています。戦争だからいいなんて言うことはできません。意思を持って人を殺しているんですからもっと悪い。結果として相手が自分で死んだのとは訳が違います。

君は罪深くはない。罪深いのは、部分的に人を人と思えない環境を作ってしまったテレビ文化かもしれない」。

忠一郎はそう弥生に向かって語りかけていた。放心状態というのは失神状態ではなく、自分のやっていることは分かっているのだが、厚いガラスの向こう側で自分が話したり動いたりしていて、日頃の抑制が利かない状態のことなのだった。

彼のなかに弥生を励まし、彼女の呪縛を解いてやろうとする熱意があったことは確かだが、それだけではなかった。

「どんなところからでも人間は出発できるんだと僕は思っています」と言ったのは、むしろ自分に向かってだった。そうした考えを口にしながら、忠一郎はその言葉がグレタを失った痛みと、密林で失われた記憶からくる怯えを、ひとつの許しという甘美な壺《つぼ》の中に投げ入れてくれるのを感じていた。グレタは、失われるべくして失われたのだと忠一郎は考えた。そう考えようとした。

同じように、弥生が出会ったプロデューサーの場合は、テレビ出演の機会を断るという考えもしなかった人間にぶつかって、今までの自信や自己同一性の感覚が崩れてしまったのだ。プロデューサーの不幸は、弥生が時々モデルになっていたことの意味を取り違えたところにあり、いわば自分の錯覚に足を取られての死で、失恋は原因ではない。だから決して彼女の罪ではない。

忠一郎は心のどこかで、記憶消滅というベールに包まれている自分のやったことと、弥生の体験を同一視はできないぞ、という声を聞きながら、彼女を慰め、理解と許しの声を口にしていた。少なくとも、彼がこの女性となら一緒に暮らしていけそうだと思ったのは確かだった。結婚式と披露宴は関の家と鈴木の家のごく親しい者だけを中心に、それでも八十名ほどが集まって行われた。

過去を振り返ることはほとんどしない、それは精神の衰えと見なしている忠一郎だったが、彼は長男の結婚披露宴の席で気が付いたら弥生と結婚した当座のことを記憶に取り出していたのだった。

はじめる時、不安がなかったわけではない結婚生活は経験者がよく使う「案ずるより産むが易《やす》し」という諺《ことわざ》どおりに、弥生が塞《ふさ》ぎ込んだまま自分の穴から出ようともしないようなことも起こらずに続いていた。NSCの創業期で、忠一郎の方に妻のことに気をつかう余裕がなかったのが、かえって労り合いの肥大化を防いで、結果として良かったのかもしれないと、彼は勝手に思ったりもするのだったが。

長男が生まれてから弥生の性格が変わったということもあった。もともとの明るい性格が胸中で復活した格好で、彼女は愛すべき存在になった。長男の赤ん坊ぶりが良かったことも大きな要素だったと忠一郎は思う。病気をせず、夜泣きもしなかった。もっとも彼だけが知らない苦労があったのかもしれないが、生きていく上での重たい部分は忠一郎と弥生が被ってしまったように彼は思う場合があった。そんな認識を口にすれば、物心が付いてからの息子は「冗談じゃないよ」と反発すると予想されたから言いはしなかったが。

その長男が結婚するというのは、やはり忠一郎にとって、平凡だけれども人生のひとつの踊り場についたという感を否めないのだった。時々、とんでもない時に現れてくる夢魔を除いては。

父親の栄太郎に新しい癌が発見され「うまくいって、あと半年ぐらい」と言われたのはその披露宴から間もない夏の初めだった。栄太郎は、もう年だから手術をしたくないと主張し、医師はかなり迷ったらしかったが、「それでは最近は薬も進みましたからそうしましょう。放射線の照射は補助手段として使わしてもらいます」と栄太郎が納得する回答を出してくれた。鉄道の技術関係の権威への医師側の尊敬の念も、そうした治療方針を出す背景にあったようで、栄太郎は「あれは名医だな」と満足し、それに続いて、「もう知っているかもしれないが、実はお前に弟がいるんだ。今四十五になる」と話しはじめた。

「あまり自慢できることでないのを知っているが、僕が九州にいた時のことだ。良也と言い勉強はよくできた。大学はお前の後輩になる」と言った。

忠一郎は父親が異母弟の良也のことを、わざわざ「大学の後輩」と言ったのが何となくおかしかった。栄太郎の言葉の端々に息子に気を遣っている感じがしたのだったから。

「隠していたわけではないが、今まで何も言わなかったのはよくなかったと思っている。しかし、あれを苦しめたくなかったのでな」と栄太郎は忠一郎の母親のことを言った。彼女は五年前に、発病してから一度も意識が回復せず、二日入院しただけで他界していた。蜘蛛《くも》膜下出血で、その時忠一郎は終生無邪気に意思表示をすることを自分の生き方としてきた母親らしい死に方だと感じた。

「後のことについては、すでに生前贈与をだいぶ進めておいたので相続税は思いの外少なくて済むはずだ。土地と屋敷はそのままお前が使えばいい。残りの不動産と預金、証券などについては書類にして弁護士に預けてあるから、その時期になったら良也も一緒のところで開封してくれるといい」

栄太郎は話の続きのようにして、いつの間にか自分の死後のことを忠一郎に伝えていた。それはいかにも、技術畑の人間ではあったが能吏として一生を送ってきた男らしい用意周到さであった。

忠一郎は「そんな話は早すぎますよ」と遮ろうと身じろぎしたが口には出せなかった。

「お前が商社を辞めて日本に戻った時、若気の過ちを犯したのではないかと心配したが今になれば早い決断をしたのは正解だった。大きな組織のなかで己を曲げて耐えるというのは、お前には向いていない。それは、静江の気性を継いでいるのか、僕の隠れた性格が影響しているのかとも思うが、それはそれでいい。しかし事業には変動があるから今後も無理はすべきでない。いかんなと覚ったら引くことを躊躇するな」

忠一郎は真剣に力をこめて話す父親が薄い掛け布団の上で組んだ手を眺めていた。その甲は皮と静脈の筋ばかりが際立っていた。

一気に話し終えて栄太郎は長い息をつこうとして咳き込んだ。肺の癌が進むにつれて少しずつ咳が多くなっているようだった。「また、いつでも来ますから。疲れるといけないですよ」と、忠一郎はようやく口を挟むことができた。父親は素直に頷いて上体を斜めになった寝台にもたせかけた。寝台を水平にしようと近寄ると、栄太郎は「売り家と唐様《からよう》で書く三代目という川柳があるが、今の指導者には唐様の教養もないね」と言った。それは役所の後輩のことを言っているのか政治家のことを言っているのかはっきりしなかった。

良也は克子を助手席に乗せて関越高速道を赤城山に向かいながら、昨夜の会話を思い出していた。父親の病気が簡単なものではないという認識は珍しく彼に自分たちのこれからの暮らしを考えさせた。以前から取材記者は五十になったら辞めるつもりだったが、何をするために辞

めるのかという積極的な動機があるわけではなかったから、なんとなく決断を延ばしていると
ころへ父親が死に至る病になってしまったのだ。

良也には心のどこかに編集者としての力を試してみたいという気持があった。そのためには、
新聞社のなかでは必ずしも恵まれた部署とは考えられていない出版部に移ろうかという考えが
生まれたのは最近のことであった。

これから子供のいない克子との暮らしをどう組み立てていくかという問題もあった。二人が
年をとったらどうするかは、ずっと先の方にまだぼんやりと姿を現しているだけであったが。

こういう話をする時、克子の父親が営業担当ではあったが良也と同じ社の役員だったことは
話が通じやすかった。話の口火を切ってみて良也は自分が抱えている問題は、角度を変えれば、
生命を燃焼させた生き方をしているかということなのだと気付いた。

同僚のなかには、ロッキード事件の追跡に生命を懸け、一九七六年から八三年に田中元首相
に懲役四年の一審判決が出るまで、記者として果敢に取材し、証言をしたコーチャン氏やアメ
リカの上院外交委員会多国籍企業小委員会の委員の談話を取って勇名を馳《は》せ、過労が原因と思
われる突然死で、むしろ記者としての生涯を飾った男もいた。

良也は、そうした生き方はジャーナリストの鑑《かがみ》だと受け取りながら、やはり自分の役割は少
し違うところにあるような気がしていたのだった。彼の胸中には、最初の長野支局で出会った

葉中長蔵と娘の茜の姿がずしりとした情景として残っていた。茜に恋をしていただけに、親娘《おやこ》二人の上にのしかかっていた苦悩の実態を解明するのは自分の仕事だと思いながら、良也はそれを、「だから戦争はいけない」というふうに一般化することができなかった。むしろ一般化したくないのであった。ジャーナリズムの仕事というのは、普遍化を急がず、個別具体性に固執するのが本来の性格ではないのかというのが、良也のなかで強くなってきていた考えであった。そうしなければ、いつも正義という名分を振りかざしながら軽い報道を続けてしまうのではないか。

記事と取材は常に個別具体性にこだわるべきだという主張は、競争が烈しく、センセーショナリズムが求められる状況のなかでは無視されやすい意見であることも良也にはよく分かってきていたから、それだけにスポットライトを浴びることが多い取材記者ではない部署に彼は移りたいと思うようになったのでもあった。

良也は克子に、「うまく保《も》ってあと半年」という父親の病状を伝え、異母兄の忠一郎に会った報告をし、「僕たちは人生の踊り場のようなところにいると思うから、この機会に将来のこともポツポツ考えていかないとね」と言った。話し終えると克子は心配そうに、「あなた会社辞めること考えているの？」と質問して良也を驚かせた。

「いや、そんなことは考えていない。そういう問題じゃないんだ」と否定し、今まで自分は克子に向かってこうした話を一度もしたことがなかったと反省した。「父親の様子を見ていてね、生き甲斐《がい》って何だろう、というようなことを考えたんだ」と言い、「この家もそろそろ建て直さなければならない時期に来ているし、ここを建て直して誰かに貸して、僕が病気なんかして収入が減っても君が困らないような用意なんかも含めてね、いろいろ考えたいということ」と説明した。

「そういうお話、今まで伺ったことなかったけど、あなたが考えて下さっている気配は感じていました」と克子は言い、「私、子供も産めなかったし何もできなくて、ごめんなさい」と頭を下げた。良也はあわてて、「いや、そういう話でもないんだ。君は素直な奥さんだよ、優秀なんだよ」と励ましながら、「いいか、女の前で絶対に弱味を見せるな。その方が具合がいいと思っても、きっと後になって困るからな。絶対に弱味を見せるな」と結婚に際して訓戒した仲人の社会部長の話を思い出した。

結婚してからの十六年のあいだに世の中はずいぶん変わったんだと思いながら、「でも、君の考え方にもちょっと問題があるような気がするなあ」と、強いてのんびりした言い回しを使って言ってみた。

「僕が納得がいく生活を持つということは君も一人の人間として自分の生き方をすることなんだ。お互いが自分の生活を持ちながら一緒に暮らしていくのでないと困るんだよ」

そう言われると克子は心細そうに首を斜めにして「私どうしたらいいの、よく分からない」と呟いた。「君は自分のやりたいことを見付けるんだよ。親父の場合は結局石楠花園だったらしいけど」と彼は言った。

栄太郎が自慢していただけあって、石楠花園は立派なものだった。昔、鉄道省で栄太郎の部下だったが、定年後はボランティアで働かせてもらっているという年配の所長が〝蝶の丘〟〝蜻蛉の家〟〝蛍の川〟〝森林浴遊歩道〟などと分類されている箇所を図面で説明し、そのどのブロックにも石楠花とつつじ、そして今では希少価値になった野草が生えている。「これは人間の誘導によって復活した自然です」と胸を張った。

この所長とゆっくり話したら環境問題、自然保護などについて意味のある意見が聞けそうだと思ったが、良也は「父の具合がちょっと悪いので僕が代わりにここを訪ねて写真を撮って見せようということでお邪魔しました」と来意を伝えた。所長が心配して病状を聞くのを「大したことはないらしいが、何分年齢が年齢だから」と言葉を濁した。

花はすっかり終わっていたが、最初に訪れた広い池の周辺に茂っている石楠花やつつじが一斉に花をつけたらさぞ見事だろうと想像することができた。林は闊葉樹《かつようじゅ》が色とりどりの緑の葉を広げ、蜩の声が渓流の水音のように降っていた。写真を撮りながら、大学生の頃俳句同好会に入っていたことが、後年栄太郎が石楠花に関心を持つきっかけになったのかもしれないと良也は思った。「親父はあれで結構俳句に詳しかった。寝込んだりしていると俳句を頼りにいろいろ記憶を辿っているのかもしれない」と良也は克子に言った。

「私もやってみようかなあ、あれなら短いし」と言ってから、「そうだ、同級生で専門の俳人になった人がいるわ」と思い出したりしていた。

前の晩、珍しくいろんな話をし合ったことが克子の気持が自由に良也に向けて流れる状態を作ったようだった。良也と克子はゴルフ場が使っているのと同じような電気自動車で枯れ葉や小枝が降り積もる小径を移動し、植物の大写しや、森全体の遠景などを撮った。

総て病院で寝たきりの父親に喜んでもらおうとする意図の撮影だった。この作業をしながら良也は、離れて暮らした時間が多かったからか、自分は父親に対して冷淡だったという気がしてきた。そうして、この撮影が自分ができる最初で最後の親孝行かもしれないと思ったりした。

すると、戦没学生のいくつもの遺稿のなかに、親よりも先にあの世に行く不孝を詫びる表現があったのを思い出し、それはどういうことなのだろうという疑問が湧いてきた。

多くの戦没学生が、「今日まで私を慈しみ育てて下さった父上、母上よりも先に死に赴く不孝をお許し下さい」と書いた時、彼は自然の順序に自分が逆らっていることの「お詫び」を述べたのであったろう。とすればこれは、最初はいやいや暴力的に戦争に駆り出されたという被害者の意識を持っていたかもしれない彼らが、いつの間にか自分の意思で戦いに参加した気分になっているのだと思えてきた。だから我儘を詫び不孝を詫びるのである。遺書を読む者は自らを強いて苛酷な運命に従わせた彼らの潔さに涙を流すということなのだろうか。

この理屈はどこか少しおかしいような気が良也にはした。戦没学生は本当ならもっと率直に「自分は死にたくない」と書くべきではなかったのか。そう書けなかったのは検閲が厳しかったからだろうか。それもあるだろう。しかし、「先にいく不孝」と書いた時、戦没学生は筆を曲げたのだ。あるいは曲げざるを得なかったのだ。残された者は戦没学生の苦しい胸の裡《うち》を、戦争を計画し推進した者を告発する姿勢に支えられて受け取らなければならないのだ、と彼は自らを励ますようにして考えた。

しきりとそう思いながら、しかしそれだけだろうかという疑問を消すことはできなかった。自分が編むはずの『潮騒の旅人』という名の遺稿集は、芸術を目指していた戦没者なだけに、偏った教育の欺瞞を讃《たた》える隙をいささかも作ってはいけないのだ。その自信がなければ私家版『きけわだつみのこえ』＝『潮騒の旅人』は編むべきではない。

良也は父親の死について考えているうちに、いつの間にか自分の計画に頭が行っていたことに気付いた。それこそ「不孝をお許し下さい」ということだろう。

三日後、良也は克子と一緒に石楠花園の写真と柳川で買った白秋の写真集『水の構図』を持って病院に出掛けた。

「行って来ました。想像していたよりはるかに広くて見事なのに驚きました」と言うと栄太郎は嬉しそうな顔をし、「君も行ってくれたか」と克子を見た。「ええ、良也さんの言うとおりです。あれ、もっと大勢の東京の子供たちに見せてあげたいと思いました」と報告すると栄太郎は頷いて、「だんだんそうなるだろう」と声を立てずに笑った。前の見舞いから一週間しか経っていないのに衰えが進んで手と眼の周囲が大きくなったような感じに良也は胸を衝かれ、『潮騒の旅人』の話ができなくなった。ただ、戦争で夭折《ようせつ》した芸術家の遺稿集をまとめようと考えている、とだけ報告したが栄太郎は「そうか」と言っただけであった。おそらく石楠花園の方に頭が行っているのだろうと良也は思った。

良也は週一回は克子と一緒に病院に見舞いに行くようになった。その間にも克子は、年齢からすると伯母のような感じの忠一郎夫人の弥生と相談して、時間を作っては病院に顔を出していた。

二人の息子を育て上げるなかで弥生は時間をかけてすっかり明るい、少し茶目っ気のある、二年前に還暦を迎えた婦人になっていたから、克子にとってははじめて出会った、安心できる人生の先導役のような感じで彼女に接していた。良也は病院に顔を出す都度目を楽します写真や俳句関係の本を持っていった。

栄太郎が今までに作った俳句がかなりの量になっていることを知った良也は父親に、「句集を出したらどうですか」と勧めた。栄太郎もその気になってくれたので彼は嬉しかった。長くなりそうな闘病生活のなかで、気を紛らわすものがあったらいいだろうという提案だったのだが、もともと生真面目なところがあった栄太郎は本気で古いノートなどを引っ張り出して選句をはじめた。

その様子を見ていて克子は、「自分も俳句を作ってみようかなあ」などと言い、弥生に「若いうちはいいわね」などと言われたりした。そんな天真爛漫《てんしんらんまん》な克子を見て、良也は彼女に今まで知らなかった可愛らしさを発見し、父親が重い病気にかかっている枕辺で、これは不思議なようなことだと思った。

その思いは反射的に葉中長蔵と茜がいた病院の暗い空気を想起させた。それは時代とか経済状態の違いということではない、もっと根本的なものの違いのようであった。

そんなある日、栄太郎の病室には忠一郎、弥生夫妻、結婚したばかりの長男夫妻と大学生の次男、それに良也と克子が顔を合わせた。忠一郎の次男が、「何だかお祖父《じい》ちゃんが危篤みたいだ」と口走って母親の弥生に「こら」と叱られたりする賑やかさであった。

家族のあいだのこうしたやりとりを見舞われる立場の栄太郎が楽しげに眺めているので、病室は明るい空気に包まれる。そのなかにいて良也は自分は物事を深刻に見過ぎているのではないか、そのために世の中が現実以上に暗く見えてしまうのではないかと振り返る気分になったりした。問題を追うのが社会面なら、幸せの姿を追う紙面が新聞にあってもいいのではないかなどと考えて、ふと静かになっている病室の一角に目を向けると、そこに忠一郎が棒立ちになって、視線を宙に放っているのだった。良也は異母兄はきっとＮＳＣのことを考えているに違いないと思った。

家族全員が揃った賑やかな見舞いの日を境にして栄太郎の病状は石が奈落に向かって坂道を転がるように悪くなった。近頃、少しずつ自分の感想を口にするようになった克子が「あの日皆が偶然揃ったのはお義父さまがそっとお呼びになったんじゃないかしら」と言った。

忠一郎と良也がベッドの上半身部分を起こした栄太郎の後ろに立ち、右側に弥生と克子、左側に忠一郎の長男と新しい妻、そして次男の七人が囲んだ写真を見て良也は、これは戦争と戦後を生き延びた関家という家族の最後の光景だと感じた。とすれば、自分と克子の家庭は家長を中心にまとまっていた制度が消えた後の最初の家庭になるのかもしれない。

もしそうなら克子に対しても、家族制度消滅後の家庭の主婦として生きるように勧める責任が自分にはあるのではないか。そう考えてはみたが、それにはどんな態度を示したらいいのか咄嗟のことなので良也には分からなかった。ただその点では仲人をしてくれた社会部長の訓示がいつの間にか斥《しりぞ》けられているのは確かであった。

写真を眺めていて、良也は学生の頃見た幸田露伴とか森鷗外の家族の写真を思い出した。彼らはそういった家のなかから出てきただけに文学をやることの困難は今から見れば格別なものがあったに違いないのだ。

鷗外がドイツ留学時代を舞台にした短編小説を発表しようとした時、家族が集まって読み回し、「このくらいならまあいいでしょう」という結論になって活字にできたという話を、良也は何かで読んだような記憶もあった。家庭のなかでの家父長制が廃止されることが決まる一年前に生まれた自分の歴史上の位置というものを、この際はっきり意識のなかに入れておくのは、これから生きていく上で大事な作業かもしれないと良也は考えた。

異母兄の忠一郎は栄太郎の後の関家を継いで、現代の家長になろうとするだろうか、と良也は考えた。彼が今までに取材した経営者のなかには、経営上の指導者という地位と、意識のなかに残っている家父長制を混同して独裁者として振る舞っている人間がかなり多かった。またそれを喜ぶ社員も少なくないのだった。もっとも、そういう経営者はスキャンダルを起こす比率が高いので取材記者の立場からすれば実際以上に大勢いるように見えるのかもしれないのだったが。もし忠一郎がそのような混同した態度を見せるのなら、自分は縁を切るだけだ、と良也は考えた。それはいずれはっきりするだろう。

栄太郎は十二月になって間もなく静かに息を引き取った。九十五歳の死であったから「大往生」などという声も聞こえた。仏事は年内に済まそうということで十日には彼が長年勤めた技術研究所葬が行われた。句集を編む案はとうとう作品の整理が終わらないままに残された。

遺書が開封された。ずっと官庁関係の研究所に勤めた技術者らしく、砂土原町の土地建物には忠一郎夫妻がそのまま住むこと、相続税を払った後の預金、有価証券など「遺産については兄弟で平等に分けるように」と書かれ、具体的には三割ずつを二人で分け、残り四割のうち一割を一足先に他界した妻の弟に、一割を良也の母親の実家の兄に、残りの二割を研究所への寄付にと指定していた。阿佐ケ谷の家はすでに良也が引き継いでいたから、遺書には一語も触れていなかった。

房義次弁護士の説明が終わった時、良也は手を挙げた。一座の間に緊張に似たものが伝わったのが分かった。良也はそれを無視して、「僕も全く異存はありません。しかし僕は新聞記者です。公開している株を遺産の分配で持ったのならモラルの面でも問題はないと思いますが、それでも株価の上がり下がりが気になるようでは良くありません。ましてネスの株はまだ公開していません。リクルート事件のこともあります。御迷惑でなければ現金で受け取りたいのです」と意見を言った。

「時期は、例えば一年先とか二年先ということでも差し支えないんですか」と房弁護士が聞いた。良也は頷き、「結構です。少ないより多い方がいいのですが私は金額に介入すべきではないので一切お委せします」と付け加えた。

三年前の夏にリクルート社が未公開株を政財官界首脳に配り、上場後、高値で処分するチャンスを与え事実上大きな資金を提供した事件が発覚していた。

良也はこの事件の社会部のしきり役として政治部、経済部と連携して取材を指揮する立場だった。彼が最初に部下に言ったのは、「濡れ手で粟は政治家としても公務員としても許せない。まず事実の立証、次にそれをどう使ったかを追跡するんだ」ということだった。

株式を提供した側に理想や政策上の主張があるわけではなく、新興企業として政財界の有力者と太いパイプを作っておきたいということだったらしい。

そうした事件の記憶がまだ生々しい時期でもあったから、良也はＮＳＳＣの株を持つことに慎重になったのだ。

香港にて

良也が記者になって最初に係わった大きな事件は連合赤軍が起こした一九七二年の私刑《リンチ》、あさま山荘事件だった。その四年後、元首相が逮捕されたロッキード事件があった。この幾人もの当事者には、アメリカから資金を貰うことに疑問を感じない精神の堕落があったが、それでも国のためだと思ったという言い訳の余地はかすかに残っていたように良也には見えた。しかし一九八八年のリクルート問題にはどんなに探しても大義名分はなく、贈った方にも贈られた方にも相手を軽蔑する気持があったように良也には見えた。例外はいたかもしれないが事件に係わった者が理想や目標を持って動いた形跡はなかった。彼から見ると時系列的に起こってくる事件の内容がだんだん詰まらないものになってきていた。

そんな時に香港への取材の指示があった。九七年の中国への返還を三年後に控えて、香港で暮らしている人の表情を取材するのが良也の役割だった。一緒に行く経済部の記者は香港の企業家の動向を調べることになっていた。香港には長野支局で一緒だった団泰造《だんたいぞう》が後に外報部に移って駐在していた。そのことも良也が派遣された理由のひとつだった。

着いてすぐ支局に荷物を置くと良也は団特派員の車で九龍サイドの居住地区に出掛けた。政治の変化に対する香港の反応は大衆層と上流階級の両方を見なければ分からないというのが、すでに三年ここにいる団のもっともな主張だったのだ。

古い十階建てぐらいのアパートが櫛比《しっぴ》し、ビルの間に張られた綱には洗濯物が空を覆ってつるされ、ここは我々の暮らしの場だと主張していた。それはどんな政治権力の侵犯も拒否する逞しさを表しているように良也には見えた。

「ここいらは労働階級だが、賃金水準は本土の数倍を超えるから返還後、もし中国政府が経済を短兵急に統一しようとするなら悲惨な混乱が起こる危険があり、欧米はそれを黙って見ていないと思う。一説によるとイギリスには返還の時期が来ても時間を区切ってなお借り続けられるのではないかと期待していたふしがある、ということだ」と団特派員は言い、良也は田中角栄首相がボルネオを買おうとした話を思い出した。真偽のほどは分からないが、日本がボルネオを買えば進んだ工業技術で価値は十数倍になり、インドネシア政府には百億ドルの外貨が入るというのだ。この案はさすがに表に出なかったと伝えられていた。同じような発想が資本主義の国には返還を巡って存在したのかもしれないと良也は思った。

賑やかな通りを抜けて丘陵地帯に入ると、表通りの商業地域の奥の丘の上に一戸建ての家が見えはじめた。

「ある意味で一番返還を気に病んでいるのはここいらの、あまり豊かではない中産階級かもしれない」と団特派員は言った。

彼らは主に日本との戦争が終わってから一所懸命に働いてやっと手に入れた家に住んでいる。しかし返還が実現すると私有財産が認められなくなると恐れているのだ。「一夜にして今までの努力の果実がゼロになってしまうかもしれないからね」と団は言った。

彼らは労働者街に戻って遅目の昼食を取るために町なかの点心レストランに入った。その店に集まっている人々に、三年後に迫った香港返還の心構えを聞くためだった。

「わしら、一度も政府のお偉いさんを信用したことはありませんよ」と言う者がいた。

「じたばたしたってどうなるもんじゃないしね」と別の男が応じた。

「悪いようにはしないんじゃないですか」と青年が言い、「お前、自分に学問があるからといって勝手なこと言うなよ」と年配の男が気色ばみ、「勝手じゃないですよ、文化大革命だって十年で終わったじゃないですか」と青年が応じ、「よく言うよ、お前馬鹿か。その十年間、霞でも食ってろって言うつもりか」と中年の油まみれの作業服を着た男が食ってかかった。店内には大きな丸テーブルが二つあり、壁に沿って向かい合って座る食卓と椅子が並んでいる店だった。天井からは蠅取りリボンがいくつも下がり、ゆっくり飛行機のプロペラのような扇風機が回っていた。

そのうちに彼らは団と良也をそっちのけにして互いに侃々諤々《かんかんがくがく》の議論をはじめた。その様子を見ていて団が良也の耳もとに顔を寄せ、「いつもこうなんだよ。彼らは外国人がいようといまいと平気だ。ただし彼らの会話を注意深く聞いている奴が僕らの他にもいるよ。顔を動かすな、動かさずにそれとなく見ろよ。君の真横の壁際に男女の連れがいる。比較的若くて顔をわざと汚しているがね。彼らは公安だ。香港政府のかもしれないが、多分本土の公安だろう。彼らも大衆の意識調査をはじめたよ。もっとも、これは直接話法では記事にしない方がいいかもしれないがね」と教えた。言われたとおりそれとなく壁際を見ると若い男女が向かい合って餃子《ギヨーザ》を食べながら皿の横に置いた紙に何か印をつけているのだった。

次々に運ばれる焼売《シューマイ》や餃子の湯気、厨房の煙が立ちこめる天井の奥で音もなく回っている扇風機、丸い大きな食卓を囲む労働者たちの議論、そして小鳥を入れた鳥籠を提げて雑踏のなかを歩いていく、日本では見られない鳥屋の姿などが良也にとってはじめて訪れた返還三年前の香港の第一印象だった。なかでも、人々の議論を聞き分け、食卓に置いた紙に印を付けている若い男女の真剣な情報収集の姿は記憶に残った。

良也は団特派員に言われて支局でネクタイを外しジーンズに着替えてきてよかったと思った。

取材にきている自分たちも返還が控えている香港の情景の一要素になっているのだろうかと思いながら。

彼らは二日間で街の様子を観察し、三日目から香港にいる外国の特派員と意見を交換し、四日、五日とかけて経済部の記者と一緒に商工会の代表や企業家、政府の指導者などの話を聞くスケジュールを立てていた。

いろいろな階級の人が集まるそれぞれの町の様子を覗き、写真なども撮った晩、良也と団は海を見下ろす高台で食事をすることになった。ここは日本の有名な繊維会社の社宅にある在留邦人クラブで、香港を訪れた日本のビジネスマンや文化人が一室ごとに使えるようになっていた。団はその会社の社長とも昵懇《じっこん》だったのだ。

陽が沈み夜が深くなるにつれて繁華街や海峡を渡る船の灯火が水に鮮やかに映えるようになった。三年後、この繁栄の火が消えるのか、そのまま残るのかは誰にも分からないのだったが、共産主義体制について日本の週刊誌などが見せるような情緒的反感が見られないのは良也にとって予想外のことであった。

明日から経済部の記者と一緒に会ういろいろな分野の指導者はどうか分からないが、町の人は香港の返還を歴史の上で幾度か繰り返された支配者の交代のひとつと受け止めているようなのだ。それは彼らが、主義とかイデオロギーというものを信じていないからのようにも理解できるし、作家の魯迅が描き出した阿Qのように、どんなになっても自分の生き方で暮らしていくという、したたかさともニヒリズムとも受け取れる民衆の素顔と受け取ることもできた。

「やはり来てみないと見えてこないところがあるという感じだな」と良也は二日間の感想を団に話した。「問題は現地の感触を本社が理解できるかどうかだ。ずっと外にいると、はじめは日本にいて判断している連中の限界に憤り、次第に諦めの心境になっていく」と団が応じた。

団は特派員としてもう三年香港にいるのだった。「ここにいるとね、そりゃあ日本からいろんな連中がやってくる。女どもの買い物ツアーは別として、何しにきたのか分からない奴が政治家や財界人には多い。自分の中国に対する偏見を裏書きする材料を集めにくる者、ただ中国料理を食いにきたとしか思えない奴、女房の買い物のお供と、ろくでもない用でくる奴が多い」

団はそこまで言って思いついたらしく、「そうだ、何と言ったかな、確か茜という名前は覚えているが、名字は、そう、君が長野にいた頃付き合っていた女性、その女性に会ったよ」。

そう彼は向き直って言った。その言葉はひどくゆっくりした速度で良也のなかに入ってきた。

「いつだ、それは」と聞き返しているうちに驚きとも昂奮とも言えない心の動揺が彼の胸のなかに広がった。

「僕は君の代理で二度ほど病院に行っただけだから、うろ覚えでしかなかったがね。ちょうど一年ほど前だ」。そう団は説明をはじめた。

それによると秋になってそろそろ観光客が増えはじめた頃、日本から七、八名の女性グループが銅鑼湾繁華街の百徳新街の近くを歩いている時、そのなかの一人が急に苦しみはじめた。仲間が途方にくれていると人だかりを分けて二人の日本人らしい女性が近付いて介抱をはじめ、近くの店の中国人店員に指図してどこからか担架を持ってこさせた。彼女たちは前は男の店員に持たせ、後ろは二人でそれぞれ担架を持って近くの医院に病人を運び込んだ。様子を見ていた団は医院との交渉を助けるつもりでその後に続いた。仲間は全員がついていっても仕方がないので、連絡場所だけを決めて二人が同行した。

店員は言いつけられた役割を果たすとすぐいなくなり、予想通り団が医院と交渉することになった。

「後から助けに入った二人と女性グループとは仲間ではなかった。僕は助っ人の女性が病人を介抱する様子、ことに震えている病人の肩を毛布でくるんでやる手付きを見て、オヤッと思ったんだ」

団はそう言って、その彼女が長野支局にいた時代二、三回会ったことのある茜だったことが分かった、と言った。半信半疑で、「あのアカネさんではありませんか。僕はもう二十年も前、新聞の長野支局にいた団です」と名乗った。驚いて顔をあげた彼女を改めて注視して、団は彼女がその当時良也の恋人であった茜であることを確認したのだった。

団に問い掛けられた女性は、私はあなたが考えている茜という名前の人間ではないとでも言うようにわずかに首を横に振りながら、じっと彼を見詰めていた。団はその顔に被《かぶ》せて「僕は同僚の関良也の代理で病院に行ってあなたに何度か会っています」と続けた。

彼女の表情が動き、「関さんに茜は元気にしていましたとお伝え下さい」と小さな声で言った。そこへ医師と一緒に連れの年配の日本人女性が戻ってきた。茜は下を向いて、あたかも団と何も話をしなかったような表情になった。

「僕は今のような状態の香港に住んでいなかったらなおも昔会ったこと、病院で寝たきりの父親の様子などを言い立てて茜さんを困らせたと思う。しかし諜報員《ちようほういん》と密偵と公安係がたがいに目を光らせているような、返還を控えている香港にいるから、迷惑そうな様子に口を噤《つぐ》んだ彼女に調子を合わせた」

団は良也の驚きや動揺には目もくれずに語り続けた。茜が元気で香港に現れたことを知って良也は一度に長い年月眠っていたからだのなかのいろいろな感覚を呼び起こされたようだった。二十一、二年ぶりに伝えられた茜の消息はあまりに急でしかもそれだけでプッツリと途絶えたようであった。「それで、彼女が今いるところとか、どこへ向かったかとか何か聞けたか」という良也の質問に団は、「いや、それだけだ。彼女はそれっきりだった。君との関係がその後どうなのかも知らなかったし」といくらか弁解する口調になって、「少し調べてみようか」と聞いた。

「ああ、頼む。もうずいぶん経ってしまったけどやはり会いたい」と良也の声は少し落ち着いてきた。「あの頃は若かったな、おたがいに」と団は言い、「君は茜さんに夢中だった。僕はそういう君がいくぶん羨ましかったよ。僕は学生運動で卒業が二年ほど遅れていたし、白けていたからな」。

「そうだったか」と良也は応じたが、自分が茜とのことに夢中だったのは一緒に働いている団がどんな問題を胸中に抱えていたかなどについて何も覚えていないところからも明らかだと思った。おそらく団と人生について語り合ったこともなかったようなのだ。

「彼女は僕が東京へ転勤になって間もなく、母親の看病に追われているうちに姿を消してしまったんだ」

「でもあれは父親が死んだからだろう」と団は記憶力の良さを示して慰める口調になった。

良也は団特派員が長野時代のことを細部まで覚えているのに安心もして、「あの父親の陸軍大佐にはなにか悲劇的なものがあった」と当時の印象を口にした。その時良也はなぜか急に異母兄の忠一郎のことを思い浮かべた。彼の翳《かげ》りのような部分にはもしかすると戦場体験が潜んでいるのかもしれないという推理がはじめて浮かんだのだ。青春時代はそれぞれ何かに心を燃焼させるのだと、良也は胸中の波立ちを整理しようとしていた。団の場合には学生運動、忠一郎の場合には戦場体験、そして自分は茜との恋だろうか。

「たしかに彼女がいなくなったきっかけは父親の死だったと思うが」と良也は考え込みながら団の話をなぞっていた。

「茜さんは僕が君の名前を出したので、その瞬間だけ心を開いたという感じだった」と団はさらに良也を励ますような口ぶりになった。良也は「彼女は『元気にしているとお伝え下さい』と言ったのか」と念を押した。

「そうだ」と団は諾《うべな》い、良也が「それはどういうことだろう」と聞いたのに、しばらく考える様子だったが、「やはり君には今でもいい感じを持っているということではないかなあ」とゆっくり言った。良也の熱心な反応に少し押されるような気分だったのかもしれない。

「それなのにすぐ心を閉ざしてしまった」という良也の、質問の響きを込めた繰り返しには、

「そうだ、連れの女性が戻ってきたからだ」と団は答え、「まさか、彼女が茜さんの監視役ということではないと思うよ」と自分の頭に浮かんできた危惧の念を口にした。それから身じろぎをして、「その女性が摑まえられれば茜さんの状態が分かると思ってね、翌日病院に行ってきたんだが、苦しんでいた女性はただの胃痙攣《けいれん》だったらしく引き払った後だった」と報告した。

団の話では、葉中茜は健康そうに陽焼けしていて香港ツアーの観光客のようには見えなかっ

たらしい。「かといって、この島に住んでいる人ではない。あれほどの美貌の持ち主なら、この島の狭い邦人社会で評判にならないはずはない」と特派員の立場を誇示し、「要するに見当がつかないということだが、勘でしいて推測すれば、近くのアジアの国からちょっとした用で香港に来た人に見えた。例えばジャワ更紗《さらさ》の製品をこの島の商店に納めにきたとか」と言った。少ない材料から一気にジャワ更紗を納入するところまでを推測してしまうのはいかにも団らしい大ざっぱな感じだったが、その大胆さに触発されて、良也にはいろいろな想像が生まれたのだった。

茜が長野市に本社がある地方銀行の合唱団に入っていたところから、良也は彼女がジャカルタにある職場合唱団の指揮者になっている姿を想像したり、絵が上手だった茜と団特派員の推測が絡まって、彼女がバティックと呼ばれる臈纈《ろうけつ》染めの下絵を描いているところが浮かんできたりした。

日はすっかり暮れ、考えているとヴィクトリア港の方から海峡を渡る船の汽笛が上ってきたりした。「君がもう少し茜さんの消息を知りたければ調べてみてもいいよ」と団が親切さを示し、「彼女が昔どおりの葉中の名前のパスポートで行き来しているかどうかが不確かなのが弱いが日本人に関する出入国の記録を調べれば、今アジアのどこを定位置にしているか判明するかもしれない」と団は言い、良也は、「ぜひ頼む、君も忙しいだろうが」と頭を下げた。確かに香港に来ていると、アジアという言葉が具体的な響きを持ってくるという今更のような発見に良也は驚いていた。

そこへ社宅を在留邦人のクラブに提供している繊維会社の社長が顔を出したので茜を巡っての話はそのままになった。社長はかなり年は上に見えたが団特派員と仲がいいらしく海を背にして腰を下ろすと「どうですか、香港の印象は」と良也に聞いた。

「やはり来てみるといろいろ感じることがあります」と良也は社長の夜目にも赤い鼻につい目を遣りながら正直に感想を述べた。団は午前中、支局で良也と一緒だった時、晩に会う予定の男のことを「日本のビジネスマンには珍しい知識人だが酒が強くてね、あまり毎晩飲むんで鼻の先が赤くなっている」と説明していたのである。

「九七年の返還は予定通り行われるだろうが、問題はその後、中国が香港をどう統治するかなんだと思いますよ」と彼が言い、団が引き取って、「中国政府が強引に社会主義政策を押し付けるか、当分自由を認め、市場経済の果実を摘み取るかなんですが」と議論の場を作った。一人、二人と別の部屋にいたらしい客も良也たちのところに集まってきた。このクラブに良也を案内したのは在留邦人の意見や雰囲気を良也に聞かせておこうという団の計画のようだった。

「発展した香港経済は中国にとって魅力のはずですが、中国共産党は今の香港の市場経済制度を認めるでしょうか」と良也は問題をそのまま赤鼻の社長に返した。「他の国の共産党なら認めないよ。しかし今の中国の党は認めるかもしれない」と団が言った。

良也は、「僕もどちらかと言えば団君の意見に近いんです」と続けた。

灯火が充分届いていなくて暗くなっている後ろの方で手をあげた者がいた。団が「どうぞクラウスさん」と声を掛け、良也に「ヘラルドトリビューンの記者」と囁いた。クラウスは上手な日本語で「中国は文化大革命で原理主義の弊害は充分経験したから、多分柔軟路線でしょう。しかし、その代わりと言っては何ですが」、彼はそうした言い回しを使って日本人の聞き手を感心させてから、「その代わりに言論、思想表現には厳しい統制が行われるでしょう」と言い、今度は海外でビジネスをしている中国人が手をあげ、今度も団が「彼はアメリカの金融会社のアジア担当の陳氏です」と紹介した。

陳は、「日本が香港を占領していた時、中国軍は共産主義者ではなくても文化人の救出計画を作って深圳《シエンチエン》河の対岸の解放区へ何百人もの人を脱出させました。作家の茅盾《ぼうじゅん》もそのなかの一人です。そういう歴史がありますから、反政府煽動などをしなければ問題はないでしょう」と主張した。

「反政府的言論かどうかを誰が判定するんですか」と陳に鋭く質問する者があり、「まあ、まあ」と質問者のいら立ちを宥める二、三人の日本人の声がした。それからいつの間にか団を司会者のような立場にしての議論が一時間ほど続いた時、頃合いを見計らっていたらしい赤鼻の社長が、「とにかく香港が返還されるということは欧米の帝国主義のアジア侵略に終止符が打たれるということです」と立ち上がって言い、続けて、「今日のゲストは東京から返還を三年後に控えた香港の表情を取材に見えた関氏です」と良也を紹介し、「実はもう一人、ヨーロッパから帰国の途中、わざわざこのクラブに顔を出すために立ち寄ってくれたピアニストの浦辺晶子さんを紹介します。少し遅くなりましたが、あと一時間ほどして彼女に演奏をお願いしてありますので、皆さんそれぞれ、それまでに食事をお済まし下さい」と述べて盛んな拍手を浴びた。

「なかなか見事な采配ぶりだね、赤鼻さんは」と良也は食堂に向かって歩きながら団に囁いた。

「ここでは陸軍は南京のような虐殺事件は起こさなかったが三年八カ月の占領期間笑い物になっていたようだ」ともう一人が良也に言った。

「とにかく日本は敵性文化排撃という原理主義だったからね、大学や新聞、出版はほとんど閉鎖させられてしまったらしい」と団が言った。

浦辺晶子は敗戦後かなり早い時期にヨーロッパのコンクールに入賞して以来、ずっと日本人演奏家の先頭にいたようなピアニストだったから、クラブに集まった人たちにとって彼女の演奏が聴けるのは思いもよらぬ贈り物であった。

彼女はブラームスの短い幻想曲と、「ヘンデルの主題による変奏曲とフーガ」を弾いた。それは食後の音楽というよりは小リサイタルという感じだった。

良也は普段ジャズピアノなどを聴く機会の方が多かったが、クラシックはいい演奏で聴けば引き込まれるなあという当たり前の感想を持った。しかしそうは思いながら彼の頭はいつの間にか茜のことになっていた。

今は彼女が姿を消した時、自分が直面したのは人生というものの不可解さだったのだと思えた。彼女にはどうしても良也の前を離れなければならない何かがあったのだ。その何かは今でも分からない。ただ、それは良也のせいではなく運命的なものだったのだろうと考えられる。若かった自分には人生というものが理解できなかったから悩んだ。

克子との結婚に進んだのは、その悩みを打ち切りにしたいという願いがあり、その点では結婚に悔いがあった。その後、ひそかに自分が胸中に持っていた克子への、済まないという感じはいくらか解消できたろうかと考えた時、良也は香港に来る前忠一郎の会社の顧問弁護士の房義次から手紙を受け取ったのを思い出した。それには、「御高承のように先月NSSC社は株式を東京市場第二部に上場致し、貴殿の所有されている株式に社会的価格が表示されるようになりました。かつての御希望のように、貴殿が受け取られました遺産は現金としてお受け取りいただける条件が整ったと私は認識致しております。つきましてはこの件につき一度御相談申し上げたく」と書かれていた。

この遺産の処理の仕方で安易に結婚生活をスタートさせた克子への償いが幾分かはできるかもしれないと良也は考え、同時に茜が元気でこのアジアのどこかに生きていることが分かっただけでも、今度の香港出張はよかったと思った。

盛んな拍手で我に返った良也は、主催者の社長が立ち上がって、「ただいまお聴きいただいた変奏曲はブラームスと対照的な作曲家のワーグナーまでが褒めたという逸話が残っています」と知識を披露するのを聞き、自分にとって初恋の葉中茜の主題による変奏曲というようなものがあり得るだろうかと、妙なことを考えた。

新しい家

　東京に戻った良也はさっそく房義次に会った。

「株を預けておかれたのは賢明だったと思います。相続された時点で現金に換えられたら今のような値段にはなりませんでした」

　そう彼は言い、訳を聞いてみると上場の結果、売り出し値段の高値からはいくらか下がったものの、額面五十円の株が二千円を超える値になっていたのだった。三年前だったら、同業他社比較とか純資産方式というような方式を使って計算しても四百円ぐらいがせいぜいだったのらしい。

「社長もあなたの算盤《そろばん》はしっかりしていると感心しておられました」と房は言い、良也はあわてて「待って下さい。僕はそうした計算は不得手で、ただ記者としての立場をはっきりさせておきたかっただけで」と抗弁した。房は「そういうのを、大欲は無欲に似たり、と言うのでしょう」と笑い、良也はどうもこの人たちとはうまく話ができないなという感じを持った。でもそれは自分の方が世間知に疎すぎるということなのかもしれないと思い直し、それならNSSCの株をいつ、どんな順序と方法で資金に換えたらいいのかと気になってきた。

「それで御相談なのですがあなたがお持ちの株式は全体の一割にもなるので一度に市場に出されると株価が下がりますし親族が売り逃げをしたというあらぬ憶測、風評を立てられるかもしれません。それが可能ならばですが、今のまま安定株主でいていただくか、売られる場合はネス社に連絡していただいて少しずつ資金化されることをお願いし、お勧めします」とそこで言葉を切り、「お願いの方はネス社の顧問弁護士としての発言で、お勧めの方は忠一郎さんの友人としてのアドバイスです」と説明した。

彼のこの部分の話は納得できたから「そういったことを僕の代わりに取り仕切ってくれるとしたら、やはり証券会社ですか」と質問した。

房は丸っこい鼻の先に拳を当てて、少し考えていたが、「そうですね、まあ我が国の証券会社は危なっかしいところもありますが、この場合だったら為替リスクみたいなものもありませんから問題ないでしょう」と答えた。良也はふと思いついて、「僕は今阿佐ケ谷の母が住んでいた家にいますがすっかり老朽化してしまったし、周辺にポツポツ高層マンションが建ってきているんです。その建て替え、あるいは引っ越しに遺産を使うというのはどうですか」と聞いてみた。香港で葉中茜の消息を聞いて以来、良也は何か克子が喜ぶことをしなければと思うようになっていたのだ。

房義次は良也が家を建て直す必要に迫られているという話を聞いて、「そういう計画があるなら、税金の問題はいろいろと考えやすい」と言った。それからしばらく考えている様子だったが、「僕が相談にあずかってもいいんだがネスの顧問弁護士ではない者の方がいいと思います。もし僕が別の法律事務所の友人を推薦してもいいのなら致しますが」と言い、良也は、「いろいろとありがとうございます、妻とも相談してみますからいずれにしても近日中に連絡します」と言って、この日の会合は終わった。

良也は家の建て替えなどにできる限り克子の希望を入れて喜ばせたかった。

彼女は良也から話を聞いて、「あら、そうなの、で、あなたは？」とまず夫の意見を聞く姿勢をみせた。彼はなんとなく、それでは駄目なんだ、もっと積極的に自分の意見を言ってくれなきゃあ、という気になって、「郊外の庭付きの家に越すのも一案だし、一時マンションに移ってここの建て替えが完成するのを待つ方法もある」と意見を誘った。

三日ほどして克子が、「少し遠いけれど町田とか南林間とか、あちらの方はまだ自然が残っていてとてもいいんですって」と言って良也を驚かせた。彼の表情の変化を見て彼女は、「昨日、同級生だった尚美、滝沢尚美から電話があったの。内容は同級生の一人が御主人がリストラになり本人は保険の外交をやって苦戦しているから応援してあげてということだったけど、思いついて阿佐ケ谷から移るとすればどこがいいと思う？　って聞いてみたの」と説明をはじめた。

克子は良也より三つ年下だったが、戦争中疎開したまま住み着いて町田の近くで育ち、今では名門女子校のひとつに数えられるようになった私立の高校を卒業していた。新聞社に勤めていた父親は社の近くのマンションに泊まり、週末は町田に帰る生活を送っていたのだった。

「そしたら、そりゃあ町田から玉川学園、新百合ケ丘あたりがいいって言うの。なんなら探してあげるって。私、あわてて主人に聞いてみなくちゃあって断ったんだけど、ごめんなさい」と謝った。良也は話を聞いているうちに、克子が大学生になるまでそのあたりで少女時代を過ごしていたのをあらためて思い出し、なるほどそれも選択肢のひとつだと頷いた。

「そうか、それもひとつのアイデアだね」と良也は肯定的な返事をした。

良也の反応を見て安心したのか克子はもう一度「ごめんなさい」と言い、「ねえ、今度の土曜日でも日曜日でも、あのあたりを回ってみない」と珍しく良也を誘った。

「そうね、弁当を作ってピクニックといくか」と良也も少しその気になった。

克子は浮き浮きした表情になって、「困った、私お弁当箱持っていない」などと言っている。子供ができなかったことはこんなところにも影を落としているのだった。彼はこうした休日の過ごし方を考えたこともなかったと克子と暮らしてきた時間を今更のように点検していた。だが、それは記者としてのその時々の問題に熱中していたからだろうかと自問している傍らで、

「私の子供の頃はまだ畑や雑木林が多くて、小川にそって田圃《たんぼ》が続いていたりして、小学生の頃は男の子と一緒になって蝶々を追っかけたり沢蟹《さわがに》を捕らえたりしたわ。だからそういった田園の暮らしについてはよく知っているの」などと懐かしそうにその当時を思い出していた。

「僕は小学生になるまで何回か話したように九州の柳川という水郷で育ったから、武蔵野のことはよく知らないんだ。それからすぐこの家に移ってきて、小、中、高といわゆる進学校に入っちゃったから、それはよしあしだったろう。でもそういう学校へ子供を進ませるというのは母にとっては世間に対する意地みたいなものだったんだろう。僕も四十を超すぐらいになってからそう考えられるようになった」

克子がはしゃいでいる様子とは対照的に良也はしんみりした気分になった。良也が育ったのは九州の京都と言われるような古都であったが、「廃市である」と白秋の思い出のなかでは書かれている。克子が遊んでいた町田周辺は東京という大都会の波が、徐々にしかし時代というものの後押しを得て押し寄せてくることが実感される郊外なのだ。大袈裟に言えば滅びの中から出てきた男と、発展する時代の息吹を吸って育った女が一緒に暮らしていたのだ。

どこかに決定的な感受性の差異のようなものがあるのかもしれないのに、今まではそんな裂

け目に落ち込んだりすることはなかった。

それは自分がかなりな程度にいい加減だったからだという気がする。それはいい加減にも効用があるということかもしれない。しかし自分は徐々にではあるが、今までの惰性に流される生き方を変えようと考えている。そんな時期に途絶えていた茜の消息を聞いたのだった。

戦没芸術家を対象にして『潮騒の旅人』という本の編集をライフワークにしようと思うようになったのは、惰性に歯止めをかけようという意思も働いていたのだった。

良也は近頃、方向は逆だったが戦争中に生きた人の方が真剣に生きていたのではないかと感じることがあった。父親がそうした人間の一人だった。良也と同じように感じる人は結構多いと見えて年配者のなかには貧しい社会の方がルールがはっきりしていていいという主張まで現れるようになっている。方向を見定めておかないとまたとんでもない国が生まれるかもしれない。

良也の問題意識は整理してみるとそういうことになりそうであった。ただそれと終《つい》の住み処《か》を作りたいという気持がどう繋がっているのかは良也にもはっきりしない。「自分たちの」というよりは「克子のための」という意識の方が強いようだ。

克子と時々運転を交代しながら町田界隈に向かっていると彼女が、「あなたとこうして走るの三度目だわ」と言った。すぐにはその意味が分からなかったのは、自分の暮らしのことになるといつもぼんやりしているからだろうか。「何？」と問い返すような具合に克子を見たのに応えて、「結婚する前にあなたは私を助手席に乗せて真鶴まで海を見に連れて行ってくれた。それからこのあいだの赤城でしょ」。

そう言われて一緒に遠出したことはもっとあったはずだと記憶を探ったが見あたらなかった。北海道は別々に行って札幌で落ち合ったのだ。「そんなことだったかなあ」とたじろいでいると、「あなたとても優しくなったみたい。香港以後そう感じる」と克子が言い、良也は内心おおいにあわてた。

「そうかなあ」と受けてから「親父に死なれてみると自分の責任というようなこと、いや、責任というと正確ではないな、自分がしっかりしなくちゃあ、というふうに感じるようになったんだよ、きっと」と他人事のように考えを辿ってみせ、「君の親父さんが亡くなった時は可哀想なことをしたよ。ちょうど日航機の事故の直後で、僕は御巣鷹山に入っていた」と遅ればせもはなはだしい謝り方をした。

「ええ、覚えている。でもそれはいいの、父も若い時は社会部にいたし」

そう言った言葉の響きは、そういうひとつひとつのことではなくて自分は淋しかったのだと言いたいようであった。

克子に良也を非難するつもりがないだけに「それはいいの」という言葉の諦めに近い感じは

良也を辛くした。彼はハンドルの操作に神経を集中している様子をつくりながら、二人の関係を温かいものに作り直すにはどうしたらいいかと考え、しかし壊れたわけではないのに「作り直す」というのは変だと気付いた。彼はむずかしくなりそうな問題を打ち切って、「昼食はどうするかな」と話題を変えた。お弁当を作ってハイキングみたいに、と張り切ってはみたものの、弁当箱はないし、弁当を広げられる場所があるかどうか分からないという議論になって、最近郊外の街道筋に増えたファミリーレストランにしよう、ＮＳＳＣチェーンがあればそこでもいいではないかということになったのだった。

彼らは東名高速道を横浜で降り、町田を通って玉川学園前に近付いていた。このあと鶴川、百合ケ丘を通って小田急沿線を縫うようにして東京に向かう順路を取るつもりだった。

町田市に近付いた時、克子はそれまでの会話を忘れたように、「すっかり賑やかになっている」と驚きの声をあげた。「こりゃあ時々来てみなけりゃあ駄目ね、同窓会にもこれからもっと出ることにしよう」

良也も克子の言うとおり町田界隈は都市だと感じた。それもなんとなく勢いがあってむしろ都市部と郊外の拠点都市の間の阿佐ケ谷なんかの方が沈滞に通じるような静けさがある。ドーナツ現象とはこういうことだったのかと、自分で書いたり話したりしていることを改めて実感させられていた。それでも、市街地を外れると急に田園の風景が現れてくるところが阿佐ケ谷あたりとは違う。

良也と克子は玉川学園駅前の商店街のはずれにあるレストランに腰を下ろした。隣に駐車場があってゆっくりできそうだったからだ。

「ここらだと住むのにはいいけど社に行くのはちょっと遠すぎるんじゃないかしら」と克子が言った。父親の場合を想起して、週日は良也が社の近くに一室を借り、週末だけ家に戻ると言い出すのを心配しているのかとも推測したが、克子はもともとそういう具合に気を回す性質ではなく、ごく自然に心配を口にした顔付きだった。

「それなんだけど、僕はもう第一線の記者ではないから、朝あまり早く出掛けたり、夜遅く事件を追うこともまずない。その点は大丈夫だよ」と楽観論を述べた。

良也は新宿から急行が止まる町田まで来て玉川学園前や鶴川へ戻っても、電車なら東京の繁華街をタクシーで走るのとあまり時間は変わらない、と説明した。それに続けて、「それはそうなんだが、僕はこのあいだもちょっと話したようにそろそろ記者を辞めようかって考えているんだ」と言った。

「でも新聞社を辞める訳じゃないのよね?」

と克子は念を押すように良也を見た。父親も同じ会社の役員だったし、彼女にとっては営業部門と社会部の違いはあってもその後輩のような夫が別の会社や組織に勤める場合は想像しにくいのであったろう。

「いや、社を辞めるわけじゃない」と良也はいそいで克子の心配を打ち消し、「辞めるつもりはないが社会部の古参記者として動くのに疑問があるんだ」と説明した。

この気持が決定的に強くなったのは六月の末に松本で起こった猛毒ガスによる七人もの死者が出た事件だった。ほとんどの新聞、ことに警察に強いと言われていた新聞は地元署の発表を鵜呑《うの》みにして第一通報者をあたかも犯人であるかのように報道しはじめた。やがて、そのガスはサリンと呼ばれる性質のものであることが分かった。良也の社の科学部は、それは素人が簡単に製造できるようなガスではないと主張した。第一通報者を巡っての記事は日ごとに尾鰭《おひれ》が付いていくのだが、良也は直観的に警察の捜査報告にも、各紙の取材で集まってきた材料も「そういえばあの人は――」式の、雰囲気に呑まれてしまった人々の後追い発言が多く、リアリティーが少ないと判断した。

良也の意見を認めて彼の社は「警察の発表によれば」とか「真面目な技師としての一面も」というような地元から送られてきた記事を掲載し第一通報者に対して中立的な姿勢をできるだけ採用した。しかしそうなると読者から「貴社は犯行に対する憤りがないのか」という式の怒りの投書が数多く寄せられ、「もし警察が言うとおりだったら」という動揺が社内にも生まれた。たまりかねた局長の指示で良也は松本に出張し、自分の足と目と耳で情報を集めてみた。

その結果良也は自分の直観に自信を持ったが、警察に協力的でない社は捜査情報を洩らしてもらえないという現実があることも否定できない困難であった。結局証拠がなく、捜査は振り出しに戻ったが、怨恨の存在を原点と考える地取り捜査では犯人像を絞ることができず、今でも第一通報者はガスの被害で健康を失った家族と共に苦しい毎日を送っているのだった。

敗戦前は治安維持法など思想言論の統制法があって報道は自由ではなかった。現在、そういった種類の法律はないが、世論を操作誘導することで、政府であれ大企業であれ自分に有利な環境を作ることができる。新聞も油断するとそうした術策に乗せられてしまう。それを防ぐには日常性への密着と、思いこみや当て推量を避け足を使って調べる根気が必要なのだが、若い記者には面倒臭がりやが多くなっているのも事実なのだ。

松本の事件では頑張ったものの結局世の中の大勢に押し切られた。社内の若い記者の突き上げもきつくて良也は疲れた。この事件から得た良也なりの結論は、今のうちにもっと根本から文化の状態を強いものにする努力をしておかないと日本全体がおかしくなってしまうかもしれない、ということだった。

そのためには調査部とか出版部に回って納得のいく仕事をするのもひとつの方法だ。自分にどれだけのことができるかは分からないが、疑問を感じながら引きずられていくよりはいいではないか。

良也は最近の克子にどれくらい自分の考えが伝わるか不安もあったが将来計画を時おり蠢《うごめ》く鬱屈と一緒に持ち出してみた。

「話して下さって嬉しいわ」

克子はその都度そう言い、「私、かなり前からあなたが何か考えているなっていう気がしていたの」と言い、ある時は「私はどうなっても大丈夫よ、あなたが元気でいれば」と微笑んだり、別の日には「私もあなたみたいに目標を持たないと駄目ね」と意思表示をしたりした。ある時は、あまり楽天的に聞こえたので良也の胸中になぜかまた罪の意識のようなものが動いた。

「でも給料は少し減るかもしれないよ」と良也は言ってみたりした。調べてみたわけではなかったが勤務の内容からみて残業や取材で始終飛び回るということが減るだけ手取りは減るのではないかと思われた。

「大丈夫よ、そうなったら私働くもの」

そんな言葉にも克子はこともなげにそう言って良也を驚かせた。それから、「私、大事なことを相談されたのが嬉しいの。だってそうしたことなかったもの」。

またもやそんなふうに言われてみればそのとおりだと良也はあわてて、「そういう時期じゃなかったからね。五十という年齢が見えてくるとそうはいかなくなった」といくらか弁明調で言い、克子は「私の方もね」と同級生たちの最近の動きを報告しはじめた。主に本人や家族の年齢からくる変動らしいが身辺に変化のある級友が多いようであった。

克子の同級生についての情報によれば、夫がリストラに遭って必要に迫られて職を探している友人が数名いた。原因はいろいろらしいが夫婦別れした者も同じくらいいるらしい。そうかと思えば、勤めていた会社ではじめての女性役員になった人が一人、料理の専門家としてテレビで有名になっている同級生がいるし、地方に根を生やしてしまった者も結構多いという。

「乳癌と子宮癌になった人も合わせると四人もいるのよ」と克子は溜まっていた情報を一気に取り出して聞かせた。もともと金棒引きではない彼女がそう言うくらいだから、古い友達のあいだを流れる情報は相当の量のものなのだろう。その割に聞きづらくないのは、克子がそうした話題に情熱を持っているようには見えないからだった。それにしても良也はなんとなく昼間は何もしていないように思っていた克子の情報通に驚いた。引っ越しの問題が起こってからばかりでなく、それ以前からも高校、大学時代の友人とは結構連絡があったのだろうと良也は推測した。今頃、こうしたことに驚くのはぼんやりした話だと良也は苦笑した。それは克子のすることに関心がなかったからではない。かといって信頼しきっていたとも言えない曖昧さのなかに二人の関係はあったし、今もあるのだと良也はふり返った。彼は自分が社に出ているあいだ克子が昼間の時間をどう使い、どんな生活様式を持つようになっているのか考えたこともなかったのだ。その迂闊《うかつ》さに今更のように気が付き、妻の失踪にあって、どこをどう探したらいいか全く見当がつかない男のことを書いた短編小説があったのを思い出した。自分も、その小説の主人公のようなものだ。

良也はざわめき出しそうな不安を押し切って、「そんなふうな状態だったら君の同級生たちは僕らの引っ越しをどう思うかな」と聞いてみた。

「尚美は羨ましいって言ってた」と克子は正直だった。良也は心配になって、「実際をそのまま話したのか、遺産が入ったっていうことなんかも」と問い返し、克子は聞かれた意味がよく分からないような顔をして、「だってそうなんだもの、いけなかったかしら」と言う。良也は内心少しあわてて、「辛い目にあっている人もいるんだから、何だか見せつけているようじゃなかったかな」と心配そうな顔になった。「尚美は大丈夫。働いているのは趣味みたいなものだから。女って旦那さんの運で幸、不幸が分かれるのしょうがないんだもの」と平然と言い、良也は内心、あっそうかという感じで克子の新しい面を発見していた。女は夫に従うものと決めているだけ、生活に困れば悲しいだろうが、ある程度恵まれていればそれで他のことは同年輩の友達のようには気にしないのだ。

良也は新しく見付けた克子の生き方と自分の間の隔たりの性質がすぐには分からなかった。ただ、それは男と女の違いと言って片付けてはいけないと漠然と感じた。二人の間に子供ができなかったので、今度家を造るというのがはじめての共同作業と言ってもいいのだと思った。

だから暮らしについての考えの違いや感性のズレが見えてくるのは当然のことなのだと考えようともした。

しかしすぐに、でも本当にそれでいいのか、と良也はその日家に帰って一人になってから考えた。彼らは結婚の当初から眠る時は別々の部屋を使うことにしていた。これも仲人の社会部長の忠告だった。

「新聞記者はどうしても仕事の関係上生活が不規則になる。同じ部屋に寝ていると奥さんはその不規則に撹乱されかねない。子供が生まれたらその逆の場合が起こる。新しいアパートなどで生活空間に余裕がない場合は仕方がないが、君たちの場合はそれを最初から習慣化することを勧めるよ」

社会部長は縁談がまとまった時、若い二人を食事に誘ってそう言った。克子の実家でもずっとそうだったから彼女の方に異議はなかった。

あの頃はまだ間もなく子供が生まれるという前提で総てを考えていたと良也は回想した。

自分と克子の生活意識のズレの問題は環境は同じでもそれ以前の暮らしから見てみないといけないと良也は考えた。自分の生い立ちと克子の生い立ちはかなり違うのである。

良也にとって父親が家にいなかったことは心にほとんど影を落としていなかった。今、彼はそれを少し不思議なことに思った。家族制度が取り払われた後だから、子供たちの間でも、それはあまり軽蔑やいじめの条件にならなかったのだ、と一応理屈は立つ。しかし、母親にはそれなりの緊張、良也に侮りを受けさせまいとする努力があったのに違いない。そんな母親にとって柳川の生家の滅亡は辛い条件の重なりであったはずだ。

そういえば一度良也が学校での友人との会話を母親に話した時、彼女が顔色を変えて校長に談判に行ったことがあったのを彼は思い出したが、その内容はもう良也の記憶には残っていなかった。

忘れてはならないはずのことを覚えてないと知った時、良也は厳しく叩かれたような気がした。

彼は今まで歴史の大事な場面に立ち会わずに生きてきたと思い、それは運がいいことか悪いことかなどと考えていたが、その認識は事実ではないような気がしだしたのである。

母の戦いに気付かず、平和な幼年時代と思ってきた甘さを思えば、自分の迂闊さから大事な場面を見逃してきたのではないか。敗戦後の日本全体の辛苦も、六〇年と七〇年の日米安全保障条約の改訂を巡る争乱も、高度成長がもたらした社会の変動、その波に呑まれた者の悲しみ、そしてキャンパス内でのイデオロギーの対立も、自分はその流れのなかにいながらぼんやり見逃していたのではないか。あるいはほとんど無意識のうちに目をつぶって来たのではないか。

そう考えると良也には自分が詰まらない男の見本のように見えてきた。

芸術家志望の戦没者の記録『潮騒の旅人』の編集を思い立ったのは、そうした自分のぼんやりさ加減に歯止めをかけようとする本能的な欲求だったのかもしれない。しかし、この作業は突き詰めていくと戦争の時代の若者は真剣に生きていた、間違っていたかもしれないが大義に殉じようとする志があったと認めてしまう部分があった。志を認めず、それは軍閥に強制されたものと決めつける立場に立つのなら問題は単純である。良也は志の存在が若者を美しくさえしたと感じる立場に立って「大義」に就こうとする自分と、生きたいと思う自然な欲望の相克のなかに戦争というものが持つ悪を捕らえたかったのだ。

そうした立場をいつの間にか選択している良也のなかには「反戦」と言えば無条件に認められるという時代は終わったという気持があった。敗けた戦争の記憶に凭《もた》れ掛かる資格は戦場を体験した人間だけが持っているのではないか。

この点で良也は具体的に『潮騒の旅人』に取り掛かる前には異母兄の戦争観を知りたかった。忠一郎は戦地での体験を語りたがらないようだったが九州の大学の原口によればかなり烈しい場面を戦ってきているらしい。

編集の準備の一環として、良也は自分より三歳若く、安保問題の時に小学生で、あの全国的な事件さえ辛うじて覚えている年代の克子の意見も確かめておきたかった。彼女は郊外の静かな環境にいたから、もっと若い世代の人と戦争についての感覚は共通しているようにも予想されるのだ。

良也は家の設計などの相談を誰にしたらいいか分からなかった。知り合いを思いつかなかった。建設会社に就職した知人に問い合わせるような大邸宅ではない。忠一郎に言えばフランチャイジーの店の改装などで取引のある業者を紹介してくれるだろうが気が進まなかった。いずれは今住んでいる阿佐ケ谷の家の建て直しも頼まなければならないのだが、それはやっと土地を決めた玉川学園の家の出来栄えを見てからだ、などとあれこれ思案するのだが、決めることができないのである。

良也は自惚《うぬぼ》れもあるだろうが社会部の敏腕記者と言われている自分が驚くほど世事に疎いのを今更のように実感して、我ながらこりゃどうしたことだと思った。

考えあぐねて克子に、「どうしたものかな、会社はこういった相談をするところではないし」と言うと、「アラ、それなら私の同級生で設計家さんと一緒になった人がいてよ」と弾んだ声が出てきた。

二人で新宿にある同級生の夫の設計事務所を訪ね設計を頼んだ帰り、新宿西口の高層ビルにある五十階のレストランで差し向かいになった。今、会ったばかりの技師の印象を話し合った後で少し唐突に、良也は「君なんか戦争のことどう思うかな」とずっとここのところ気になっていたことを聞いてみた。

「女性はみんな反対でしょ。だって残されて苦労するのは女ですもの」といとも簡単な返事だったので、「いや、今の戦争はある日突然ミサイルが飛んできて戦闘員、非戦闘員の区別なく殺されてしまうんだよ」と説明すると、「それならなおさらでしょ」と言い、何が問題なのだろうという顔になった。良也はそれ以上質問することをやめた。というより戦争の問題を彼女と議論する気持を失くしたのであった。彼女の顔付きは、今はどんな家を造るかが問題なんじゃない、戦争のことは勿論大事だけどと言っているように見えたのであった。

彼らが手に入れた土地は玉川学園前の電車の駅からバスで二停留所、歩いても二十分たらずで行ける土地だった。六十坪ずつの十二区画のうちのひとつで、彼らはまだ残っていた一番坂の上の方にある一画を決めた。そこは同じ六十坪といっても二メートルの法面《のりめん》だけ広く、値段も少し高かった。見晴らしもその高さの分だけ良くて、近くにある林を残した公園がよく見えた。二人が綺麗に整地されたその土地を見ているとしきりに鶯《うぐいす》の啼き声が聞こえて二人の決心が固まったのだった。

経営と人間

関忠一郎は変わった。株式の資本市場への上場を機に社会に対する責任意識が確立しそれが逞しい経営者の誕生につながったとか、NSSCチェーンが全国に拡がり、会社の将来に自信を持つようになって風格が出てきたというような人物評が経営専門の雑誌などに載るようになったが、それは事実とは違っていた。

誰にも話したことはないし、自分でもそうと意識することは稀にしかなかったのだが、忠一郎が変わる第一歩は弥生との結婚なのであった。株式上場の三十年も前のことである。

忠一郎は披露宴を終え羽田からハワイに行く飛行機の車輪が滑走路を離れた時、塔之沢《とうのさわ》常務の随員という格好で海外へ飛んだ時のことを思い出していた。

今よりずいぶん長い時間かかって飛行機がニューヨーク市の上空にさしかかった時、機内になぜかシャンソンの「薔薇色の人生」が放送されて忠一郎は本当にそうだと胸を躍らせたのだった。しかしそれからの毎日は薔薇色だったろうか。

上司の塔之沢とはしっくりいかず、ヤマナカと知り合い、グレタと恋に落ちた。前後のいきさつからのっぴきならずにシンドバッドというレストランの経営を見なければならなくなり商社を辞めた。

そんな自分のような人間でも周囲の人たちに祝福されて結婚し、こうして新婚旅行に出かけたのだという感慨が、高度が上がるにつれて湧いてきた。もっとも本当に深くこの感慨が胸を浸したのはダイヤモンドヘッドの近くのホテルから絶え間なく寄せてくる波を眺めていた時だ。

忠一郎は決して、弥生にも他の者にもこの新婚旅行の時の「自分のような者でも」という感慨の由来を語らなかった。ある意味で一番良く忠一郎のことを知っている房でさえも、話せば戦争で殺されかけ捕虜になった男でさえ、という意味に受け取るに違いないとは思ったのだが。

それはそれで一応は間違いではないだけに誤解を解くのは不可能に近い。忠一郎にしても、違和感の実体は記憶が失われているので不明なのだが。

弥生は自分との結婚をどう受け取っているだろう。これからの暮らし方次第かもしれないが、少しずつ明るさが表に出るようになっただけに、自分の方の過去の閉ざされた部分はそのまま封印して自然に接していくのがいいのだろうと忠一郎は考えた。何しろそれは戦場での出来事なのだから。

「昨日からの連続で疲れただろう」と彼はバスルームの隣の部屋で身繕いしている弥生に声を掛けた。彼も眠かったが、午後ホノルルの繁華街でレストランのことを調べようという心積もりをしていたから目覚ましをかけてベッドに潜《もぐ》った。調べる項目は、アメリカ本土のチェーンレストランがどれくらいハワイにも来ているか、少しずつ増えてきているらしい日本人観光客向けにどんなレストランが出ているかなどであった。彼は東京や大阪などの大都市で大きく展開する上でホノルルに店を持つことのショールーム効果がどの程度のものかを調べたくて新婚旅行の行く先をハワイにしたのであったから。

結婚して三年目に長男が生まれた時も忠一郎は胸中ひそかに、自分のような者でも子供を作ることができたのだと考えた。その時はビルマ戦線にいた将兵たちのなかで、経営者になるならないは別として自分のような家庭を持つという人生のコースに入れた者は四分の一以下だろうというふうに思っただけだった。彼は三分の二は戦死し生き残った者の半分ぐらいはからだに傷を負ったり精神に障害を持ってしまったと聞いたことがあった。彼は、自分のような者でも、という言葉の内容が少しずつ変わっていることに気付かなかった。気付いたとしてもどう変化したのかを自らに問い質そうとはしなかったはずである。できればもともとの内容は忘れてしまいたいものだったのだから。

ハワイでの二日目の夜、忠一郎は妙な夢を見た。夢魔と呼べるようなものを見るのはずいぶん久しぶりであったが、見ても朝になって忘れてしまうことも多分あるのだろうから必ずしも久しぶりかどうかははっきりしないのだが。

それは密林の夢ではなかった。大都市の地下のようであった。

巨大な、あるいは細くて曲がりくねった管がいっぱいに絡み合って広がっていた。この夢のおかしなところは、それを見ている忠一郎がどこに立っているのかがどうもはっきりしないことであった。

細い管にはみみずのようなものが、そして時には土竜《もぐら》のようなものが動いたが多くは毛足の長い黴《かび》で、密生して戦《そよ》いでいた。

薄暗がりに目を凝らしていると巨大な管の向こうから何かが目を光らせてこちらに向かってくるのだった。

忠一郎は鰐《わに》だと思った。夢のなかで彼はニューヨークの地下の下水道には捨てられたペットの鰐が豊富な食糧のおかげで巨大に育っているという話を思い出していた。

このままでは襲われると思った彼は見回して隠れる場所を探した。これという逃げ道がないのでやむなく黴の茂みに身を潜めることにした。不器用そうな巨大な鰐は足音を響かせながら意外な速さで忠一郎の前を通り過ぎた。それはゴジラのようにも、かつて栄え絶滅した恐竜のようにも見えた。遠ざかっていく足音を聞きながら彼は今のうちに陽の当たる平地に出なければばならない、このままでは第二、第三の鰐に襲われるだろうと焦り出した。

彼は下水道の幹線に這い出た。遠くにいくつもの大きな獣の目が光っているようだった。いくら歩いても脱出口は見当たらない。突然柔らかで分厚いものが肩に覆い被さってきて忠一郎は思い切り叫びそうになって目が覚めた。夢のなかでも声を出してはいけないという禁忌が働いたようだった。出そうとしても声が出ないで苦しむのが夢の常識なのにと彼は不思議だった。

彼は烈しい胸の動悸を労るようにそっと掌を胸に置いて隣のベッドを窺った。弥生が静かな寝息を立てていて、それまでの彼の夢のなかでの苦闘には無縁な存在として横たわっていた。忠一郎は夢魔にもがいていた自分を見られなかったことに安堵し、それにしても変な夢だったと後を辿ってみた。

場面は大都市の地下なのに、印象はかつて何度か悩まされた密林を彷徨した夢と同じだった。それはどういうことだろう、新婚旅行でハワイに来ているのにビルマ戦線のことなどを考えたのがいけなかったのかもしれない、と忠一郎は考えた。

すっかり目が冴えてしまった彼はそっとベッドを抜け出してベランダに出た。椰子《やし》の影が手摺りに落ちて葉の先が時々風に細かく揺れていた。

少し先に広がっている浜辺に波が小さく白い泡立つ線を作って寄せていた。宵の口に踊り子たちが並んでダンスを披露していた賑やかな砂浜にもう人の気配はなかった。

じっと見ていると、海は遠くまで細かく月に反射し、無数の夜光虫が煌《きら》めいているようだった。光の饗宴の誘いに耐えられずに、忠一郎は急に昂《たかま》ってきた衝動を抑えながらベランダの横の階段を下りて海へ向かった。

ハワイの海の音のない光の饗宴は次第に忠一郎の思考力を奪っていった。呆然と立っている彼はこの白い砂浜が人工的に造られたもので、だから足を切る危険性のある貝殻も歩きにくい石ころもない精選された砂だけでできているという説明も忘れて、ただ明滅する夜の波の煌めきを眺めていた。そうしていると、からだの奥の方から情動としか言いようのない塊のようなものがせり上がってきた。

それでも忠一郎は何回か唾を呑み込んで我慢していたが、ついにその塊を抑えることができなくなった。彼は月に向かって叫びはじめた。それは吠えているのだった。言葉にはなっていなかった。背後の、常夜灯だけがぼんやり明るい、灯の消えた建物の間から、無数の、昼間抑圧されていた生き物がそろりと這い出してくる気配があった。

彼の叫びはそれらの形のない野性のものに「もう出てきていいよう」という呼び掛けであり、また、自分も君らと同じ生き物なんだよと訴えているのでもあった。

どれくらい時が経っただろう。「何をしているんだ。そんなところに立っていたら脱走兵と間違われるぞ、すぐ兵舎に戻れ」という声が聞こえたような気がした。少し遅れて、「ヘイ、そこで何をしているんだ」と誰何《すいか》する現実の声が聞こえて忠一郎は我に返った。

彼はあらためて周囲を見回し、自分がいつの間にか一人で夜の浜辺に立っていたのに気付いた。彼の前にピストルを提げた二人の警官が立っていた。

「いや失礼、飲み過ぎて気分が悪くなったので妻をホテルに残して頬を冷やしていた」と流暢な英語で言い、泊まっているホテルの名を告げた。それを聞いて本土に住んでいる金持ちの東洋人と思ったらしく、警官は「最近はこのあたりも油断できないから早くホテルに戻った方がいい」と言い、警戒を解いた様子だった。

ホテルへ戻りかけた忠一郎は椰子の陰から出てきた弥生に出会った。彼女の歩き方は少し前からそこにいて、彼が歩き出したので自分も近寄ってきたといった感じだった。

警官の出現以上に彼は驚いて、「どうしたの、こんなに遅く」と、思わずいくらか咎《とが》める口調になった。「目を覚ましたら、あなたいらっしゃらないでしょう。心配になってベランダに出てみたら何か声が聞こえたから」と弥生が説明した。

忠一郎は彼女がずっと自分の様子を見ていたのかどうかが気になった。海を見ているうちに放心状態になったという自覚が彼にはあった。

忠一郎は弥生が自分の放心状態のどんな部分を見たかを知りたかった。よほど変なところを見たのなら、それなりの反応が出るはずだ。質問をしたり、そのわけを知ろうとするだろう。そうした不安からくる行動を起こさないのなら大したこととは見ていないわけだ。そう分析して彼は弥生への質問を辛うじて我慢した。

彼らは並んで、泊まっているホテルに向かってゆっくり歩き出した。砂はさらさらとサンダルを履いた足の甲に崩れた。

「本当に海が綺麗」と彼女が言い、それにつられて忠一郎も足をとめてもう一度海を眺めた。月が少し動いたからか波の煌めきが一段と細かく四方に散って明るかった。

立っている彼の腕を弥生がそっと取ってきた。少し経って忠一郎は「僕はいつかも話したけれど小学生の頃よく箱根に連れていってもらった。母方の叔父が炭鉱に関係していたので避暑用の別荘があったんだ。あそこでは毎年、夏の祭りの夜に芦ノ湖で灯籠《とうろう》流しがあった」と思い出を話し、「さっき波の光が、まるで生きているみたいに瞬いてぱっと消えたり、左右へ移って新しく輝きはじめたりするのを見ていて、その灯籠流しの灯が戻ってきたような気がした」と回想で情景を補いながら話した。

「そんな頃のあなた可愛かったでしょうね」と弥生は言い、忠一郎は不意を衝かれた感じで「六つか七つの頃だからね。しかし、今は似ても似つかない。戦争に行ったから、たいていのひどいことは経験済みというのかな。収容所生活が終わって帰国した時、もう自分の前半生は終わった、あとは余生だという感じだった」と述懐した。本当はグレタを失った時、前半生は終わったのだと感じたのだったが、忠一郎は弥生向けには省略すべきところを省いて告げたのだった。

「でもね。そうした僕の前に君が現れたんだ」と彼は言った。

「有り難う。私、幸せになれると思う。だんだんそう思えるようになってきたわ」と弥生はしんみりした話し方になった。夜が更けて少し冷えてきたかすかな浜風と、絶えず繰り返して呟いている波が、二人を素直にしていた。サンダル履きで並んでいても弥生の背丈は忠一郎とそれほど変わらず、女性としてはやや大きめの体格が普段は細面のはっきりした目鼻立ち、小型の顔によって隠されているのだった。彼らはハワイからロサンゼルスに行く予定を立てていた。ロサンゼルスには忠一郎がいた会社の同期生が駐在していた。かつてのニューヨークでの彼の立場に似ていたが、上司がいなくて、商売もそれほどのことではないらしく、彼らが訪ねていくのを待っている様子だった。昔の同僚に連絡する気になったのも、結婚が忠一郎に自信を与えた表れであった。

それまでは自分から辞めてしまった総合商社だったが、彼はなんとなく大きな組織から締め出された人間だという意識を持っていたのだ。

二人は朝、ホテルの部屋で遅めの食事を取っていた。開けてあるベランダに綺麗な声で啼く、雀《すずめ》より大きな黒い小鳥が飛んできてパン屑をねだるようなそぶりを見せていた。弥生が餌をやろうと立ち上がった時電話が鳴った。日本の、弥生と特別仲がいいらしい弟からだった。彼女の口から驚きの声が洩れた。買い物に行った父親が水戸の近くで交通事故に遭い意識がないまま病院に運ばれたという報せだった。

「分かったわ、忠一郎さんと相談してできるだけすぐ帰ります」と言って電話を切り、彼女は「ああ、どうしよう」とベッドの縁に腰を掛けて顔を覆った。

「ロス行きはキャンセルだ。すぐ日本行きの切符を手配する」。事情を知った忠一郎はそう言って航空会社に電話をした。

やっと連絡が取れ切符の切り替えの依頼をはじめた時、弥生が「ごめんなさい、取りあえず私一人で戻ります」と忠一郎を遮った。

呆気《あっけ》に取られた彼に代わって彼女が電話を取り「切り替えは私一人にしてください」と通告して名前を教えた。半分驚きの混じった目で弥生を見ている彼に向かって、「弟は動転してましたけれど、まだ怪我の様子も正確には分からないし、あなたロスでお仕事よね」と彼女は言うのだった。忠一郎は「いや、今度は仕事はない」と言おうとしたが弥生の気勢に押された。彼の頭のなかに将来西海岸でＮＳＳＣチェーンを展開する考えがあったことも事実なのであったから。歴史がある会社の経営者の家に育った彼女は、夫の仕事は絶対のものという空気のなかで育ったのだった。

忠一郎は先刻から、経営者になった自分が入ったのはこういう文化のなかなのだと、今更のように追認していた。NSCの事業は自分が創業したのだったが、一度滑り出してしまうと事業が逆に本人を規制するようになったのである。そして今、弥生はその規制の役割を果たしているのだった。

さいわいほぼ同じ時間の日本行きの切符が一枚取れたので、二人は一緒に空港へ行くことになった。

出発を待つあいだ忠一郎は思いついてロスの友人に電話を入れ、「そっちへ行くのは僕一人になった。女房を紹介するつもりだったが、彼女にちょっと急用ができて、何、喧嘩したわけじゃない」。

そう言って弥生に目くばせするぐらいの余裕が生まれていた。

代わった弥生は「お目にかかるのを楽しみにしていたのですが、よんどころない用で急に日本に戻ることになってしまって申し訳ありません。主人をよろしくお願い致します」と堂々と経営者の妻の役割を果たすのだった。

五年ぶりの北米大陸だったが忠一郎はアメリカが変わったのに驚いた。彼がニューヨークにいた頃、反共産主義の魔女狩りと言われて人々を脅かしていたマッカーシズムはもう昔話になり、ハリウッドやビバリーヒルズ界隈にはヨーロッパの名店が軒を並べ、人々はまことに屈託のない顔で街を歩いているのだった。

景気が良く経済が伸びている様子は人々の日常生活にも影響していて、スーパーマーケットが増え、レストランチェーンがあちこちに顔を出し、小切手に代わってクレジットカードが幅を利かせるようになっていた。

目に入ったこうした変化はアメリカ全体の変化と考えていいかという忠一郎の質問に駐在員の来栖《くるす》元《はじめ》は「いいと思う。三年前まで俺は君の代わりにニューヨークにいたが同じ変化が進んでいた。市場としてはアメリカは単一市場と考えていい。地域とか宗教とかで生活様式は違うがね」と答えた。そして、「日本はオリンピック景気らしいじゃないか」と聞いてきた。そう言われれば確かにそうだと忠一郎は来栖に質問されて逆に、昔の市電の道があちこち掘り返され高速道路の脚柱が立ち並び、連日競技の予選の結果や、アテネを出発した聖火がどこまで来たというような記事が出ていたことを想起した。

忠一郎は来栖に聞かれて妻の弥生のことを話し彼女の父親が交通事故に遭ったので日本に呼び返されたと説明した。来栖はそれを聞いて、「それならよかった。お前は変わったところがあるからそれで駄目になったんじゃないかと気を回したんだ」と言った。

「そうか、やはり俺は変わっているか」と問い返せたのは、忠一郎の内側に落ち着きが生まれていたからだ。「ああ、悪い意味じゃないんだが、何というか超然としたところがあったな」と来栖は率直に言って忠一郎を安心させた。

来栖元が指摘した忠一郎の「変わったところ」は戦争を直接体験した男という枠のなかに納まる性質のものであった。

彼は来栖に「奥さんの写真持ってるか」と聞かれて戸惑い、「いや、どうして？」と聞き直した。

「そうだろうと思った。それ駄目なんだ。アメリカ人はまあ、皆持っていると言っていいな。そして親しくなると見せ合う。それは、君とはもう家族ぐるみの付き合いという意味なんだ」と解説し、なお訝《いぶか》しげに自分を見ている忠一郎に、「それはね、俺はいつもお前のことを大切に思っているよっていう証拠なんだよ。友人に見せ合うのは、俺はそうした優しい男だ、というアナウンスなんだ」。

それを聞いて忠一郎が「そんな、わざとらしい」と言いかけると、来栖は途中から彼の言葉を取って「女性は物証しか信じない生物だからね、わざとらしくても、気障《きざ》でも、自分が我慢すれば相手が喜ぶことをする、それがデモクラシーだと、少なくともアメリカ人はそう思っている」と言った。それを聞いているうちに忠一郎は強い不満をその来栖の意見に感じた。

「それはおかしいよ、ベトナムへの介入はそのデモクラシー理解とは正反対だろう」と忠一郎は異議を唱えた。

「ああ、外交は駄目、アメリカ人は自分のルールは世界のルールと思っているから、言ってみれば大きな島国なんだよ。国境を接しているのは同じ英語圏のカナダだからね。メキシコは接していると言っても遠い国っていう感じだから」と来栖は少しも動じず、忠一郎は新入社員同士ではじめて社員食堂で昼飯を一緒に食べた頃から少しも変わっていない理屈好きだなと思った。


入社した時、二人の上には同じ性質の時間が流れていたのだと思うと忠一郎は変な気がした。彼にとって来栖に出会う以前も劇的な時間の連続だったが、会社に入った後も常に変動に囲まれていた。それは彼と来栖の性格の違いなのだろうか。あるいは大きな組織のなかにいるというのは自分で決断する必要がない護られた容器のなかにいることなのか。自分はそのなかに収まりきれずに飛び出してしまった。二人のまわりに流れる時間の性質の差が考え方や感じ方の差になっているのかもしれない。忠一郎はそう思いながらも彼にはいい感じを持っていた。それはおそらく、来栖には大きな組織に所属している者が自分を捨てた代償として抱く他者への差別意識がないからだろうと忠一郎は思った。

夕方、忠一郎はロサンゼルスの街を一望の下に見渡せる丘の上のレストランで来栖と落ち合った。午後になってどうにも眠くなったのでホテルに戻って眠ってきたのである。ディズニーランドは今度、弥生と一緒の時までとっておくことにした、という口実を考えながら忠一郎は夢も見ずに夕方まで寝た。

「ここは日本へ行くには太平洋を渡らなければならないし、ヨーロッパに行くには大陸を横断してその上大西洋を越えなければならない。その意味で文化果つるところなんだ」

忠一郎の顔を見るなり来栖はそんなことを言った。そういう表現で話し相手のいない淋しさを表現したのでもあった。

「ハリウッドはどうなんだ」との反問に来栖は「あれは周囲が文化砂漠だから成り立っているのでね、ラスベガスが本物の砂漠のなかに建っているのと同じ蜃気楼さ」とこともなげに片付けた。

シェリーで乾杯すると来栖は「お前は変わった。入社の頃から逞しい男だとは思っていたが、時代も時代だったんだろう、暗い逞しさだった。今度空港で会った時、陽性になった印象だった」と来栖らしくストレートな話しぶりだった。

そう言われると過大に評価されているという気分もあって「もしそうなら、それはいくつかのことを思い切ったからだろう」と、忠一郎もいつもより歯切れが良くなった。いくつかのことは言い換えれば「別の生き方」という意味だったが、そのなかには英文学者としての暮らしや商社の一員としてということ、そしてグレタとの生活などが含まれていた。それに続けて忠一郎は、「君はずっと商社マンとしていくな、辛抱があるからな、そして偉くなる」と言った。忠一郎にそう決めつけられて、来栖は「全然褒められた気がしないよ」と、まだ若さがわずかに残っていた顔に複雑な表情を浮かべ、「適性の問題があるがオーナー経営者っていうのは羨ましい。たとえ規模が小さくてもオーナーはオーナーだ」と呟くように言った。

話しているうちに夕暮れが進み、市街地の灯火の輝度が強くなった。来栖は、「ここの住人は〝百万ドルの夜景〟という古い言葉を使っているがね、確かにアメリカの繁栄を表しているる」と言い、「あの太い線がウィルシャーブールバード、ミラクルマイルと言ってこの四、五年で驚くほど賑やかになった通りだ。あの丘沿いにずっと行った所がハリウッドだ」と説明した。

そう言われて来栖が指さす方を見るとハリウッドの上空とおぼしき部分には停滞した未確認飛行物体のような明るい暈《かさ》がぼんやりと光っていた。

「世界というのは変なものだな」

来栖はひととおりロサンゼルスの市街地の夜景を説明し終えて食卓に戻るなり忠一郎に言った。

「アメリカでも日本でも経済はどんどん発展している。一方でケネディ大統領が文明国のはずのアメリカで暗殺され、ベトナムではドミノ理論かなんか知らんが、反共という盾を振りかざしてアメリカ兵がどんどん上陸している。そしてこの国の若者たちの間には反戦運動だ。片一方ではオリンピックに夢中になっている国民がいて、ボリビアでは陸軍がクーデターを起こした。一体どうなっているんだという感じだ」

そう来栖が語るのを聞きながら、忠一郎は自分がビルマ戦線で生死の境をさまよっていた時も、睦《むつ》み合っている男女はたくさんいたし、憎しみに燃えて争っている政治家の集団があり、心が崩れてしまった息子のために涙を流している母親がいたのだ。それは国や人種を問わずにそういうことだったのだと思った。そして来栖と同じように、一体どうなっているんだという、かつて幾度か胸に抱いた疑問を想起した。そうした問題意識に捕らえられると袋小路に入ってしまうという経験をしていたから忠一郎は共感を口にするのを避け、「世界中の人間が、それぞれ勝手なことをしても自由にやらせておけば納まるところに納まるという説を信じるか」と来栖に聞いてみた。

忠一郎は自分のなかのまだ整理されていない戦争体験が、来栖の話に刺激されて蠢き出し、日本を離れている解放感と、弥生がいない自由な気分から瘤《こぶ》になっていた蟠りがほどけて増殖しはじめるのを避けたかったのだ。

「たしかに、昔は関のいう予定調和説を信じていた、というかもっと正確に言えば信じたいと思った時期があった。俺もその頃は優等生気質の虜だったし、それに先輩たちの惨めな闘争を見ていたから、その反動かもしれないがね」と、来栖はいくらか述懐する口調になって「やはり俺にとって魅力があったのは実存主義だな」と付け加えた。

それを聞きながら忠一郎は来栖が実存主義に凝っている頃、俺は学内で講義録の配布会社をやっていたと振り返り、もし実存主義に一番近かった時期をあげれば、それはインドの奥地の砂漠に近い捕虜収容所に入れられていた時だと思った。

食事が終わってコーヒーになった時、来栖は「奥さんの方の様子はどうだ」と聞き忠一郎は「有り難う、まだ電話がないところをみると生命に別条はないいんだろう。もっとも時差の関係がよく分からないから日本が何時頃か知らないが」と答えた。

それを待っていたように、「それなら明日、半日ほど遅らせてディズニーランドを見ることを勧めるよ、駆け足でいいから。ああいうのを最近テーマパークとこちらでは呼んでいるが、アメリカの文化と言うか、これから二十世紀後半の文化は娯楽と区別がつかなくなるというサンプルだ」と来栖は勧めた。「君が行くんだったら俺が案内する。お前の反応を聞いておきたいんだ。飛行機の便も調べてある」と手回しの良さを見せた。

「日本人の代表としての感想か?」と忠一郎は念を押しながら、若い時から仕事師という評判を取っていた来栖のことだから、「仕事がない」とぼやきながら、ディズニーランドを日本へ持って行くことを考えているのではないかと推測した。上司にお茶と蜜柑《みかん》の輸出が得意だった塔之沢のような役員がいれば来栖の提案は斥《しりぞ》けられるだろうが、塔之沢は旧財閥系商社の復活でポストを失い第一線から姿を消していた。

「いや、知的日本人の反応を知りたいんだよ」と来栖は半分冗談の口調で言い返した。

彼の予想どおり、ディズニーランドを大急ぎで見て空港へ向かう車のなかで来栖は案の定、「どうだ、日本へ持っていったら成功するかな」と聞いてきた。

「場所次第だが当たるだろうよ。テレビの普及率と多分比例していると思うよ」と忠一郎は言い、来栖は「うん」と満足そうに頷いた。

忠一郎から見てもディズニーランドはよくできていた。中に入っていると次第に自分が現代に生きていてアメリカにいることさえ忘れてしまうように細かく神経が使われていた。彼はある社会学者がアメリカ人にとってはリスクやスリルを伴う移動を意味するトラベルがなくなり全部観光ツアーになってしまった、と分析していたのを覚えていた。外国へ行っても、アメリカで作った飛行機から降りるとグレイハウンドバスに乗り、アメリカ風のハンバーガーを食べてコカコーラを飲む。それから名所を訪れて「この風景はテレビで見たのにそっくりだ」と満足する。そうした説を忠一郎が披露すると来栖は高速道路でスピードをあげながら「なるほどな、うまいことを言う。それは何て言う本だ」と聞いた。上役を説得するために読むつもりだな、と忠一郎は思った。

忠一郎は観光旅行の本質を分析した社会学者の日本語訳の本の名前は覚えていたが、原書の名は知らなかったので日本へ戻ってから教えると約束した。彼は来栖がロサンゼルスにいる間にNSSCのためのアメリカの食材輸入に彼の力を借りようと計画を立てていた。

車を降り、来栖に別れを告げ、出国手続きを済ませて間もなく、東京行きの便は機材の点検で出発が二時間以上遅れるというアナウンスがあった。

忠一郎はやむを得ず機内持ち込みの手荷物を提げて空港の建物の屋上に出てみた。

そこからは、ずっと遠くまで見える平野の先に丘のように小さくなった山脈の起伏が見えるだけだった。飛行場が想像よりもはるかに広いことも分かった。傾きはじめた太陽が雲の間から光の箭《や》を地上に届け地平線のあたりは不思議な明るさに染まっていた。そうした背景の前面でたくさんの飛行機が降りたり飛び上がったりしている。

そのなかには大型貨物機があり、個人や会社が使っていると思われる小型機があり、沿岸警備用なのかヘリコプターも混じっていた。それは鉄道の操車場の貨車や機関車の出し入れと同じで、ほとんど自然の風景に溶け込んでいる動きに見えた。

見ていると飛行場の端と忠一郎が立っている屋上の中間ぐらいから大型旅客機が出発した。三、四分経たないうちに別の滑走路からいくらか方角を斜めに振って中型の飛行機が飛び立った。

その時、忠一郎のなかにここから自分はどこへ旅立っても本当はいいのだ、という考えが浮かんできた。それは自分の意思ひとつのはずで、これから既定方針どおりに日本へ帰ってしまえば、もう引き返せないぞという予感がその戸惑いの後ろ側を流れていた。

すると毎朝、鞄を提げて研究所へ通う父親の姿、夫を見送って丁寧に腰をかがめている母親の姿が見えてきた。思ったことをぽんぽん言う代償のように、母親は夫の送り迎えには丁寧な姿勢を崩さなかった。忠一郎の結婚を機に両親は砂土原町の敷地に建てた新しい屋敷に移っていた。

弥生も姑に倣って同じように夫を送り迎えし、自分もそれを当然のことと受けて「うむ」と頷きながら出勤するのだ。それは戦地で幾人もの人を殺した復員軍人らしからぬコースなのだ。もしそれを断るなら今が最後の機会だという気が忠一郎にはした。太陽はさらに遠い山脈に近付き雲の断層の下に出て、地平線は一様に明るくなった。それは眩しいほどではなく、しかし夕景の明るさとも違っていた。

忠一郎は地平線に近いわずかな部分を除いて、雲に覆われている空を建物の屋上から眺め続けた。着陸したり飛び立ってゆく飛行機の音はなぜかあまり聞こえなかった。あたりに夕暮れが近付いていたが黄昏《たそがれ》にはまだ間がある不思議な明るさが空間を、そして遥か遠くまで広がっている平野を包んでいた。

白夜というのはこんな感じなのだろうかと思った。

これ以上暗くなることはなく、そよがない空気は平野に充満している光を苦しげに支えたま
ま、やがて数時間後には少しずつ朝の明るさが射してくる。変化というより停滞に近い光の佇《たたず》
まいが白夜なのかもしれないと思った時、忠一郎のなかにグレタの顔が浮かんできた。彼女の
大きな目が微光のなかでじっと忠一郎を見詰めている。

彼の心が決まるのを待っているかのように出発のアナウンスはなかった。ここから日本へ飛
ばず、彼女と同じようにニューヨークからフランクフルト経由でリトアニアに行くことも可能
なのだ。ビザとかパスポートの問題は技術的なことで、行く決心があるかどうかが先決なのだ。
それにしてもまず大陸を横断して、そこから大西洋を渡らなければならない。忠一郎は、アメ
リカの西海岸は陸の孤島だ、と言った来栖の言葉を思い出した。それなら日本は世界史という
時間のなかに漂う孤島だろうか。そして、自分は?

大型旅客機が比較的近い滑走路から忠一郎が立って眺めている方向へ飛び立ち、翼が地平線
からの光に一瞬煌めいた。いくつもの翼が一斉に白夜の光を反射したら、それは凪《なぎ》に漂う精霊
流しのように眩いだろうか、と忠一郎は想像した。そしてそれは昨夜丘の上から見たロサンゼ
ルスの夜景を想起させた。繁栄の象徴のような人々の営みを反映した百万ドルの煌めきも、万

華鏡を覗くように少し見方を変えればこの世の栄華の儚《はかな》さを表しているのかもしれない。

ハワイが好きだったアメリカの有名なシンガー・ソングライターが死んだ時、遺言通りに骨をハワイの沖の海に撒き、彼の音楽を愛した人たちが日系人に教わって、たくさんの灯籠を作って海に流したという話を忠一郎は思い出した。

「君はもう死んだのか」と忠一郎は自分を見詰めているグレタに問い掛けた。答えの代わりに、「長らくお待たせ致しました。東京行きは只今《ただいま》から搭乗手続きを開始します」というアナウンスが聞こえた。太陽が低い山脈の向こうに入ったのだろう、白夜が消え、普通の夕暮れがやってきた。

関忠一郎が変わった第二歩は弥生との結婚から二十年ほど経った頃だった。

NSSCチェーンが全国に店舗数を増やしファストフード業界トップの四社のひとつに数えられるようになってから、いろいろな筆者が思い思いに関忠一郎論を書くようになった。『NSSCの秘密』『カリスマ経営者＝関忠一郎』といった読み物が何冊か書かれたが、そのなかには忠一郎が一度もインタビューを受けたことのない筆者もいた。

それらの本は彼が第二次世界大戦に参加して勇敢な将校だったが捕虜になり、学生時代に早くも講義録販売の会社を興し、総合商社に入ってニューヨークに行き、これからのビジネスのあり方に目覚めた、と書く点では共通していた。その上で忠一郎を徹底した合理主義者として描く者、そのなかに浪花節的な人情味を付け加える者、概念は必ずしもはっきりしてはいないが国際派経営者と見なし、これからビジネスマンを目指す者の模範と褒める筆者もいた。

いずれも同工異曲の感を否定できないのは、彼らが人間の性格を環境から割り出し、また変化を認める場合でも時間と共に直線上を歩いていくように変化すると捉えているからのように忠一郎には思われた。彼は最初の二、三冊は読んだが、褒められている場合でも、なんだかザラザラした手で撫で回されているようで読み心地はすこぶる悪かった。

評価してくれているのだから無邪気に喜んで百冊単位で数百冊は買い上げて社員や知人に配るのこそ経営者らしい態度ではないかと思ったが、やがて戦地での体験をどう書いているかをひそかに調べるだけで、後の部分は読まなくなった。

さいわいビルマ派遣軍に所属していた元戦友を探し出して取材した著者はいないようだった。次に忠一郎が疑問に感じたのは、人間の変化は決して一直線に進むのではなく、横へ逸《そ》れたり後戻りしたり時には螺旋《らせん》を描いたりするものなのに経営ものの著者がそういったことには一切気を使わないように見えることだった。彼らは単純明快に人間は進歩するという史観で書いている。

歴史家でも小説家でもいいが、著作者として第一級の人が第一級の経営者の伝記を書いたら、よほど違うのではないかと忠一郎は思ったが、それは身にかかる火の粉を振り払うのとは別の事柄だ。日本にはイギリスにあるような伝記文学の系譜は少数の例外を除いてないようであった。

それでも環境が人間のものの考え方や感じ方、行動を変えるのは確かだった。

新婚旅行から帰国した忠一郎は猛烈に働き出した。それまで猛烈でなかったと言うのではないが、どこか意気込みが違うという感じを社員たちに与えた。忠一郎の周辺にいるNSSCチェーンの人々は、やはり綺麗な奥さんを貰うと違うんだと噂しあった。それが忠一郎の耳に入った時、彼は妙な顔をしたが何も言わなかった。

環境の変化という点では二年後に長男の忠太《ちゅうた》が生まれたことも忠一郎にとっては大きなことであった。

彼は繰り返して「五体満足か」と看護婦に聞き、「体重も平均以上だし可愛い立派な坊ちゃんですよ」という答えを聞いて、安堵の大きな息を吐いたのだった。

忠一郎の意識の奥の方には、自分には五体満足な赤ん坊は生まれないのではないかという不安があったのである。理由はなかった。なぜそう不安なのかと聞かれれば、これも説明ができない不安だった。彼は父親の名前から太の字をもらって忠太と名付けた長男が、なんの欠落した部分もなく生まれてきたことで、もう一度自信を持った。

一方戦争に征《い》ったことはなく被爆体験もない弥生が出産で変わったのは、ごく普通の人間的な理由からであったろう。結婚によって取り戻せた本来の明るさに母親としての落ち着きが身辺に漂うようになったのである。

長男に続いて次男の栄二《えいじ》も生まれたが、経営者としての忠一郎の変化という点では、株式上場の十年ほど前の八〇年代半ばに、コーヒーを中心に東京で洋菓子などの店を数軒展開していた会社を吸収合併したことの影響は大きかった。この計画が浮上したきっかけは長年ヨーロッパで暮らしていたその会社の創業者、安里二朗《やすざとじろう》が、社員ごと会社を引き取ってくれる人がいれば譲って自分は悠々自適の生活を送りたいと考えているらしいことが分かったことからだった。こっそり調べてみると美味《おい》しいという評判のコーヒーの原価がNSSCよりも安いことが分かった。そこにはアメリカ型コーヒーとヨーロッパ型との差だという解釈を超える技術の格差があるようだった。

本当に会社を売る気があるのかどうかを確かめようと、忠一郎は自分より七、八歳は年長の安里二朗に会った。彼の青山通りに近い店で名刺を交換すると、安里は「店の名前もそうですが私のことは店の者もアンジと呼んでいますから、どうぞそうお呼びいただいて結構です」と言った。鼻下にはわずかに頭髪の白さに合う髭を蓄え、見るからに飄々《ひょうひょう》としていて経営者という感じではない。

彼は子供の頃から青年になるまでを外交官だった父親と一緒にパリで過ごし、軽い小児麻痺

を患った お陰で兵役をのがれた。父親の死後、生計を立てるために青山通りを少し入った住まいを店に直してコーヒーとケーキの店をはじめたのが成功して、今では東京で六軒もの店を持つようになった。

忠一郎は、フランチャイズシステムでサンドイッチチェーンを展開してきたが、「どうしても質の面で壁があるし、提供する商品の幅も広げたい、言ってみればお宅のカルチャーに魅力があるんです」と率直に訪問の目的を打ち明けた。

「カルチャーなどという大層なものはありませんが、私ももう年だから、社員を大事にして引き取って下さる方にお譲りすることを考えています。条件としてはここをマンションにして最上階に住めればいいと思っています。屋上も使いたいですから」とアンジは言った。

話を聞いて忠一郎は、自分のところは不動産ビジネスをやれる人間はいないし、今までも不動産投資を可能な限り軽くするために、市ケ谷の本社ビルも広島のヤマナカの会社から借りているのだ、と考えた。

「私たちと気心が通じる不動産会社に土地を買ってもらいマンションを建て、最上階をあなたが使い私の会社が一階に新しいNSSCの拠点店舗を作らせていただくというのはどうでしょう」と忠一郎は提案してみた。

アンジは頷いて、「それもあなたに委《まか》せます。私は日本の大きな会社のビジネスマンと交渉するのは苦手でね、疲れてきてしまうんです。お委せします」と言った。それにしてもずいぶん大胆な返事だと忠一郎が考えていると、「実は私の父は外交官でしたが、あなたのお父上に助けていただいたことがあるんです。面会の御希望を聞いて調べてみてそのことが分かりました」と話しはじめた。忠一郎は「ホウ」と継ぎながらアンジの話を聞くしかなかった。

それによると戦争前のことで、フランスの要人が非公式に日本を訪問した時に世話になったのらしい。

親ナチス派が要所を押さえていた当時の外務省は在仏大使館が紹介してきたフランス要人を粗末に扱いかねなかった。心配してパリから一時帰国した安里二朗の父親を栄太郎が助けた。VIP扱いの列車の手配からホテルの宿泊まで直接の担当部署ではなかったのに部下に命じて国賓と同じ扱いにしたのだった。

日本の指導者よりずっと国際関係の力学に長じていたフランスは世界大戦の危険を身に感じていて、すでに静岡の興津《おきつ》に隠棲してしまった和平派の重臣や野党の指導者に働きかける一方で、背後からヒトラーを牽制する可能性を探しにきたのでもあった。

「それも、御尊父と私の父親は何かの国際会議で一緒だったことがある程度の御縁だったらしいんですが」とアンジは言った。そしてこの話は砂土原の家に戻った忠一郎が父親に報告して確かめることができた。栄太郎は息子の話で当時のことを思い出し、「たしかその息子はあまりできが良くないと聞いた覚えがあるが」と首をひねった。そのことはアンジ自身、「私は若い頃不良で散々父親を悩ませましたからね。親孝行をしようと思う時にはもう親はいないという話のとおりです」と、そんな話をするのは自分には合わないのだがという表情で葉巻の煙をくゆらせたのである。忠一郎はどこから見ても洒脱《しゃだつ》という言葉しか出てこないアンジのそんな様子を眺めて、もしかするとこの会社の味は彼抜きには考えられないということか、話がまとまったらNSSCの顧問になってもらうことを頼もうと考えた。

栄太郎が誰から「問題児だった」ということを聞いたのか、多分、外交官の父親の呟きからの推測ではないかと思われるのだが、その青年が自分が会ったアンジだったのだと知って、「若いうちは少々親をてこずらせるぐらいが年を取ってからいい場合があるんじゃないですか」と言った。それを聞いて栄太郎は「それ自分のことを言っているのかね」と念を押してニヤリと笑った。

こうした父親、ここのところ病気がちだがかえって気が弱くなって角が取れたような母親、そして少しずつ落ち着きを身につけてきた弥生に取り囲まれている自分に気付くと、忠一郎はロサンゼルス空港の建物の屋上から見た白夜のような光に満たされた平原を想起するのだった。その度に、あの時このまま日本に帰れば引き返せないコースに入ると思ったのはこういうことだったのだと感じた。

忠一郎は自分の家の周囲を見回して善意に満ちた柔らかい環境を発見すると、近頃知り合ったアンジ＝安里二朗の話を思い出した。

「屋上は何に使われるんですか」という質問には即座に、「屋上庭園」という言葉が返ってきた。彼は思わず「オクジョーテイエン」と繰り返していた。意味がよく分からなかったのだ。

「そうです、屋上庭園はメソポタミアの頃からの長い歴史を持っているんです。ひとつの文明が爛熟《らんじゅく》すると必ず出現するんです。文明のなかで発酵しきった文化に息が詰まって自然に還《かえ》ろうとするんだが本当の自然には危険が多くてそのなかに入っていく勇気がない。緑の環境という概念が生まれて屋上庭園になるんです」とアンジは不思議な理屈を展開してみせた。

この男には自分の居心地の良さしかないのではないか、という考えがふと忠一郎の頭に浮かんだ。すると軽蔑の感情が湧いてきた。心の片一方にはアンジのような生き方を羨ましく思う気持がありながらそれと拮抗《きっこう》するような反感があった。あんなに文明批評に淫した精神を持っているなら経営の責任ある立場からは外れた方がいいんだ、と忠一郎は胸中のアンジの姿に向かって引導を渡していた。忠一郎の方は、ようやくビジネスの進め方が分かってきて、大きく飛躍しようとしていた時期であり、安里二朗と会ったのもNSSCチェーンの発展拡大戦略に沿っての行動だったのである。

それでもアンジの希望を実行することを確約し文書にもして買収の話がまとまった時、忠一郎は彼にNSSCの顧問に就任してくれるように頼んだ。しかし彼は頑固にその誘いを断った。

「私がちょこまかと顔を出したんじゃ、もとの私の部下は働きにくいですよ」と言って安里二朗は顧問就任を断った。

忠一郎は自分が本当に安里二朗のことが分かっているのかどうか自信はなかった。外側から見れば指の間に葉巻を挟んでくゆらす様子、別れ際に中折れ帽をやや斜めに被りざま会釈する動作、鼻下にだけ蓄えた真っ白な髭など、どれを取っても飄々とした態度の背後にしたたかな計算が働いているに違いない。洒脱なのは戦争がはじまって日本に帰ってくるまでパリで育ったという環境のせいで、本人の算盤とは関係のないことなのだ。

そうでなければ今まで事業を続けてはこれなかったはずだと思っても、そうした判断は少しもアンジを傷つけたことにはならないのだった。

当たり前だろう。どこか根本のところに現実主義がなければ人間は生きてはいけないんだよ、何か問題があるのかと反問されれば自分の胸中に蠢いているのはただの反感に過ぎなかったように思えてくる。

忠一郎は自分が構築しようとしているのは、サービス業をマニュアルで画一的に統制して巨大化を可能にする性質のビジネスなのだと今更のように確認していた。

ニューヨークにあったシンドバッドという二つの店を売却し、なにがしかの資金を持って帰ってきた時、彼はグレタとの暮らしの記憶も、個人的な夢も捨てて日本に戻ったのだった。そうすることで、ペグー山系での戦争の記憶も過去のなかに葬ったのである。しかし、サービス業の産業化のために捨てたもののなかから洗練された趣味的な部分を補充しようと考えて安里二朗と交渉をはじめたのだった。イメージ店舗とレギュラー店舗を使い分け、そのイメージの部分にアンジに棲んでいてもらえばいいではないかと整理してみて、忠一郎はようやく胸中の動揺を鎮めたのだった。

安里二朗とマンションの建築と販売を担当する会社とNSSCとの三社契約がまとまった翌日、忠一郎ははじめて青山の店の隣にあったアンジの本社を訪れた。集まっていた四十名ほどの社員が立ち上がって新しく自分たちの上に来た忠一郎と営業担当の専務の村内権之助を迎えた。この時の感触を忠一郎は決して口に出さなかったが、それは自分はこの者どもを支配することになったのだという優越感のようなものであった。それはほとんど征服感と言ってよかった。

それは全く予想もしていなかった心の動きで決して自慢できるようなものではないと分かってもいた。にもかかわらず、この征服感は忠一郎を愉快な気分にしたのである。

彼は普通の仕舞屋の一階を使っている安里二朗の会社の本社事務所に集まった幹部社員を見回して、そうかと思った。何が「そうか」なのか、なぜ「そうか」なのかは自分にもよく分からなかった。

いずれはこの本社事務所も、隣の喫茶とケーキを主にした、食事もできる店も壊して五、六階のマンションが建つはずだった。それは東京全体が高層都市へと再開発され進歩することだと思われていて安里も賛成だった。それは子供の頃、パリのアパルトマンで育ったからだろう、誰でも自分の生い立ちに影響を受けるのだと思った時、忠一郎の頭に子供の頃NSSCのサンドイッチを食べていれば、それがおふくろの味になるのだという考えが天啓のように閃《ひらめ》いた。

どうやって子供に食べさせるかが社の将来を決定する。普通のレストランでは子供たちは歓迎されていない。泣いたり駆け回ったりテーブルを汚したりするし、自分の子供のこととなると多くの母親は人が変わったようにむきになるから迷惑がられていると言ってもいいだろう。

母子連れが優遇されると分かったら、時間帯から見ても比較的暇な時間が賑わうのではないか。

そこまで考えていって忠一郎ははたと思いとどまった。これ以上自分の着想を追っていけば放心癖を今支配したばかりの連中に見せてしまうと気付いたのだ。

彼は、「経営は合理主義に徹して無駄と遊びをなくさなければならないが、今までの安里さんのテイストは引き継いでいきたい」と簡単に挨拶をしてはやばやと引き揚げた。

その日、忠一郎は最近監査官庁の肝いりで作られたばかりの外食産業協会の会合に出席する予定になっていたからでもある。彼はもともと業界の会合は苦手だった。本心を押し殺して相手を褒めるような社交はビジネスを推進するためには無用のことと思われた。しかし協会の外にいると情報が入らない不利があり、役所との関係の調整は業界団体を使えば便利なので二度に一度ぐらいの割合で出席することにしていたのだ。

この日の議題は折をみて外国の外食産業を視察してはどうかという役所出身の専務理事の前回の提案の検討であった。行くとすればまずアメリカということになるのだろうと忠一郎は思い、しかし日本のファストフードの起こりはほとんどアメリカだから各社とも充分検討しているので業界団体で行くのならイギリスとかドイツの方が勉強になると主張しようと思っていた。

ＮＳＳＣは六〇年代の半ばから成長の軌道に乗り、ほぼ二十年のあいだに五百店を超えた。その途中でコーヒーとケーキの専門店であるアンジの店を買収したり、ドーナッツチェーンを合併したりしたが、サンドイッチのフランチャイジーの増加が中心であることに変わりはなかった。

規模が大きくなると、パンやハムなどの食材の購入価格が安くなり利益が増大した。しかし一方で商品センターや物流施設を増設しなければならず、管理の範囲が広がって今までのような単純な成長の物差しでは予測できないむずかしさも増えた。忠一郎は安定した利益を確保するためにはハンバーガーチェーンのような主食のラインがもう一つ欲しいと思うようになった。

彼は、企業の成長にはいくつかの段階があって、規模の増大に応じて人材の質も組織管理型が増えなければならないことを教えられた。それにつれて、企業は経営者の判断や意思によって動くのではなく、あまり愉快なことではないが、現実が経営者に命じて事態を変えているとしか思えないようなことが少しずつ増えた。

この頃から忠一郎はこの社会には経営者の力が及ばない広い領域があること、その領域に源があるのかどうかは分からないが、時代の流れのようなものがあって経営がどんどんひとつの方向へ引っ張られているという実感を持つようになった。

なぜなら競争に勝つことが何といっても前提になっていてその他のことは、総てその前提の上に成り立っているのだ。そのために経営者に与えられている裁量の範囲はそんなに広いものではない。経営者は自由ではないのだ。

それも会社が小さいうちは比較的自由度は高かった。忠一郎は自分の経験でそう言えた。その頃は社員一人一人がどんな考えで何をどうやっているかが分かった。だから指導する場合も命令する際も、自分の判断の現実性に立って方向を明示できた。しかし店の規模が百店を超えた頃から、自分の指導の現実性というのか、説得力が減少していくのを忠一郎は強く感じるようになった。

困ったことに、そうなればなるほど世間は忠一郎を経営者として扱うようになったのである。

彼はヤマナカジュニアが広島の実家の要請で郷里に戻ることが決まった時、「経営者になるというのはだんだん具体的で細かい現実性から離れること、現実性の代わりに数値で現実を認識できたと思える人間になることかもしれない」と幾分の苦い感情を込めて語ったのであった。経営者になりきるためには人間的であることを超越しろ、という意味にもとれる忠一郎の苦い味わいを含んだ言葉は、広島の奥地の名だたる旧家の支配者として帰郷しようとしているヤマナカジュニアを送り出すのにふさわしいとは言えなかった。それが、アメリカで実地を学んできたNSSCチェーンの創業者であり時代を切り拓く経済界の新しい指導者の一人に数えられるようになった忠一郎の口から出た言葉であったから余計理解しにくい表現として受け取られたのであった。

言われたヤマナカジュニアは一瞬困惑の表情を浮かべた。

彼は忠一郎に叱られたような気分を味わい、同時に強い指導者になれと励まされたようにも思った。しかし「現実性から離れること」とは何を意味するのだろう、「数値で現実を認識できたと思える人間」になれと言うのは、小さなことにくよくよするなということなのか、あるいは忠一郎の言葉全体は、並の経営者にはなるなという忠告なのだろうかと彼は迷った。

ヤマナカジュニアが実家での体制づくりに成功し、久しぶりに母親と一緒に上京した時、ネスの本社での修業時代お世話になった上司に感謝したいという意を伝える目的で、まず専務の村内権之助を夕食に招いた。

母親は「私も歳なので元気なうちにお礼を申し上げたいと思いまして」と上京した意図を説明し、「目を掛けていただきながらさっさと帰ってしまった我儘のお詫びもまだでございましたし」と口上を述べた。

宴《うたげ》が半ばになった時、ヤマナカジュニアはかつて忠一郎に言われた餞《はなむけ》の言葉を口にして「これ、どういう意味でしょう」と聞いてみた。

村内は、「アハハ、それ、あまり気にせえへんでよろし」と笑った。村内はいつのまにか関西弁をあまり使わなくなっていたが、それでも時々昔の言葉が混ざった。少しからだを前に乗り出すようにして「君のところは製材業が中心でしょう。基礎は山林地主だということは強みや。だから、教わったのは経営の技術で、それをそのまま使おうとするな、と言いたかったんですわ」とこともなげに言い、「忠一郎さんのむしろ自分に対する嘆きだな。自分はそういう経営者になりつつあるが、あんたさんはそういう者にはなるな、と言いたかったんでしょう」と解釈を加え「むしろあんたの立場が羨ましいのかもしれませんなあ」と言った。

村内権之助に忠一郎の餞の言葉の分析をしてもらうと、ヤマナカジュニアはよく分かったような感じがしたけれども、それでいてまだ疑問は残り、本来の姿はかえって遠のいたような奇妙な気分になった。

そうした混乱を胸中に抱えて彼は二日後アメリカから帰国したばかりの房弁護士と会食した。房は日本の企業の子会社であるアメリカ法人の訴訟問題でデトロイトへ出掛けていたのだった。

ジュニアの父親が他界した時、房義次は忠一郎の推薦で遺産相続問題を円満に仕切り、母子とはそれ以来の縁なのだ。日系二世だったヤスシ・ヤマナカは、後に遺された夫人の頼みで長年のアメリカ生活を打ち切って父親の生家の広島に戻ったのだった。その彼は五年前に他界していた。母親はその際のことに触れて、「亡くなられてみるとヤスシさんには何だか申し訳なかったような気がしているんですよ。アメリカでいろいろと御計画もあったでしょうに、私も夫に急に死なれて心細かったものですから無理にこの人の教育のお願いをして帰ってきていただいて」と往時を回想し房弁護士のお陰で相続問題も少しも揉めずに治まったとお礼を言ったりもした。房は「いや、私は関社長に言われたので、あの時は弁護士になりたての私でもいいのかと自信はなかったんですが」と同じようにその頃を振り返った。

「房さんはアメリカでは関社長と御一緒じゃなかったんですよね」と母親が何かかんちがいしたらしく聞き、彼は「いや、僕は大学で一緒だったんです。二人で講義録をプリントして学生に配る会社を作って。その頃から関が社長で僕はアシスタントでした」と説明した。

「やはり偉い人は違いますわね、学生時代から会社をはじめるんですねえ」と母親は言い、房は黙っていた。彼はビルマ戦線で一緒だったこと、同じ捕虜収容所で苦労したことは言わなかった。死んだヤマナカには密林のなかで忠一郎に助けられたと言い、「忠一郎は命の恩人だ」と言ったことがあったが、その話をしても何分古い話で想像力を喚起するのも無理だろうと思ったし、忠一郎が知られるのを厭がると知っていたので話を大学時代だけのことにしたのだ。

「おじさんはアメリカで奥さんがいたんでしょうに」とジュニアは独り言のように言い、母親が「たしか遠いところの人と結婚していたはずですよ。どこの国の人だったか忘れてしまったけど、先生は御存知ですか」と聞いた。房は「奥さんがいらっしゃったみたいなお話は聞いたことがあります」と慎重に答えた。

房はアンジの会社を買収した頃から忠一郎の内部に変化が起こっているのを知っていた。それが彼にとって、またＮＳＳＣ社にとって好ましい変化か憂うべき変化か判断がつかなかった。房はビルマ戦線以来の関忠一郎の友人としての自分と、ＮＳＳＣ社の顧問弁護士としての立場が矛盾するようなことが起こるのを恐れていた。その場合は企業の立場に立つしかないと決めてはいた。それが房のアメリカ系の法律事務所で学んだ弁護士という職業人の在り方であった。企業にとっての好ましい変化、好ましくない変化は数値に現れるから、あとは適法かどうかを点検すればいいのだが、個人にとって好ましい変化か悪《あ》しき変化かどうかは外側から測定することはできないからだ。

その人が幸せか不幸かは常識で判断すべき事柄ではないことを房は戦争の時代の辛い体験のなかで教えられたのだった。例えば捕虜になった方が幸せだったか、名誉の戦死を遂げた兵士の方が幸せだったかは国家的目標や常識で決めてはいけないのだ。個人に属していることは法といえども踏み込んではいけないのだ。

房は昔の戦友のなかに、帰還してから革命のための運動に参加した者が何人もいるのを知っていた。宗教家になった者もいた。彼らがとても真剣に考え行動していることは否定できない。しかし房に言わせれば情熱の虜になっている点でそれらの元戦友の生き方は戦争時代と少しも変わっていないように見えるのだった。ビジネスの世界に入った者のなかにも、情熱の燃焼を求めて真剣に生きている者が幾人もいた。

忠一郎が郷里に戻るヤマナカジュニアに向かって「経営者になるというのは――現実性の代わりに数値で現実を認識できたと思える人間になることかも――」と言ったという話は忠一郎の心のなかで病に似たものの影がその頃からあったのではないかという心配を房に与えた。

「関社長はそう言いましたか」と房は思わず呻《うめ》くように言ったが、ヤマナカジュニアとその母親が心配そうに自分の方を見ているのに気付いて気を取り直し、「ネスでの経験を金科玉条に考えるな、地域と業種とその社の歴史性などを考えて一番いい方法を自分で見つけなさい、というような意味だったんだと思いますよ」と註をつけた。

ヤマナカ母子と別れた房は一度NSCの戦略とは別に今後忠一郎自身はどんな人生を考えているのかを聞いてみたいと考えた。

房はアメリカで会ってきたばかりの幾人かの経営者の顔を思い浮かべ、彼らと日本の経営者を比べてみた。

まず大きな違いは年齢が平均すると二十歳近くアメリカの方が若い、それも経営の規模が大きいほど年齢差は広がっているようだということだった。それはなぜだろうと考えた時、房は忠一郎がヤマナカジュニアに言ったらしい「具体的で細かい現実性から離れること」という言葉を思い出した。現実に触れずに数値ばかりを相手にする生活は若いうちでないと疲労が溜まってしまうから大企業ほど五十歳代になると引退を考えるのではないかと思い付きを飛躍させてみた。遅くても六十歳ぐらいで引退すると、アメリカの経営者たちは美術館や医療機関、教育施設などへのボランティア的な奉仕活動に入ったり、資産のある者は牧場で馬の世話をしたりしている。

こうした点は日本の経営者とはかなり違うが、それは言われているように税制の違いばかりではなさそうだと房は考えた。

彼が知っている日本の経営者は会社を離れたらどう生きていったらいいか途方に暮れるように見える。サラリーマンの定年は五十五から六十ぐらいなのに経営者がその枠から別格になっているのはアメリカと違って経営者の方が会社から離れられない体質になってしまっているからだとも考えられる。

これは趣味があるなしの問題ではなくそれまでの生き方の違いのようだ。

忠一郎の場合はどうだろう。彼の引退の前提として後継者の問題がある。長男の忠太はまだ若いが、人間としては上質の男らしい。忠一郎は創業者だから長男が後を継いでもそれほど不自然ではない。

自分は長い間の友人として世襲を勧めるべきだろうか。世襲制については批判が多いが、それはムードみたいなもので、業種と規模によるだろう。もっともNSSCの場合は少し大規模になり過ぎたかもしれない。忠太の年齢を考えれば一時創業以来の幹部である村内権之助が社長になる場合もあり得るだろう。

そんなことを考えているうちに房は忠一郎の推薦で弁護士になってはじめて山中家の相続問題を担当した際のことを思い出した。ニューヨークで二世のヤマナカは忠一郎の案内役のような立場だったらしいが、財閥系の商社のなかでも身分序列が厳しかった彼のいた会社でヤマナカの地位は高いものではなかったらしい。しかし、忠一郎とヤマナカの間には切っても切れないような強い絆があったように感じ、それは何だろうと以前から房は気になっていた。

ニューヨークに長くいた二世のヤスシ・ヤマナカと忠一郎は、なぜ一生の付き合いになるような親密な関係になったのだろう。彼は甥になる本家のジュニアをNSSCに引き取って育てたし、とうとうアメリカには戻らなかったヤマナカが五年前に他界した時、忠一郎は総ての予定を取り消して三日も広島に泊まり、通夜、葬儀、納骨まで立ち会ったのだった。それは冠婚葬祭に冷淡な忠一郎にとっては異例のことだ。

房義次は、そのことも含めて老齢期に近付いている忠一郎が引退をどう考えているのか、他の創業型経営者のように、死ぬまで働くつもりなのか、第一線を引いた後の人生をどう考えているのかについて一度人生観を聞いておきたいと思った。

房には、そういうことを聞く資格を持っているのはビルマ以来一緒だった自分しかいないという自負があった。忠一郎と一歳しか違わない彼は法曹界の最初の国際派として、弁護士会の会長も何年か務めて、長老のような立場になっていた。

自分のような専門職種なら、老後のことは一人の算段で決められるが、大勢の社員を抱えている経営者の場合は引退するにしてもそれなりの準備が必要だろう。殊にオーナー経営者の場合はそうだ。

NSSCの専務の村内権之助のように始終顔を合わせているわけではないからか、忠一郎の人生設計の部分は房には見えていない。もし彼が考えていないのなら、そろそろ後のことを心積もりする段階だと忠告するのも自分の役割かもしれないと房は思った。

忠一郎引退後の態勢を話し合う機会はやがて突然のようにやって来た。忠一郎の方から、会社では話しにくいので夜、時間を作ってくれ、と声を掛けたのである。

二人だけで会う時は時々使っている小料理屋で顔を合わせると、忠一郎は一カ月ほど前業界の旅行でニューヨークに行った時、小売業の動態にも詳しい保険会社の会長に会った話を房にした。忠一郎が、どこかで彼に会っているという気がしたので若い頃日本にいたことがないかと聞くと二カ月ほど市場調査で旅行したことがあるが、日本は政府の規制が厳しくてその頃はビジネスとして面白い国ではないという結論だったと彼は言い、忠一郎が、自分がはじめてアメリカに行った時、飛行機のなかで隣に座った男がいて、彼はペンウェーバーという保険会社の社員だったと話すと、相手は急に立ち上がって手を差し出し、それは俺だ、四十歳で役員になった時、ヘッドハンティングで今の会社に変わったのだと言った。

忠一郎は「会社の名前が違うので別の男だと思ったのは、俺もいつの間にか日本の感覚になっている証拠だ」と、いくらか反省の混じった感想を弁護士の房に洩らした。続けて、「しかし、偶然というのはあるんだな、君とこんなに長い付き合いになるとは、学生の頃は思ってもいなかった」と述懐した。「捕虜収容所で一緒だった頃は」と言わないのは二人の間に暗黙の約束がまだ生きていることを示していた。

話がそのような展開になったので、房は「これからネスをどうもっていくかだけど、息子さんも結婚したし、君は後継者についてはノーコメントを通しているが、いずれは決めなきゃならんだろう」と単刀直入に切り出してみた。

「うん」と忠一郎は自然な感じで受けて、「忠太も栄二も」と二人の息子の名前を並べ「公平に見て経営者に向いていないと思うんだよ。本人たちもその気はない。上の方は父親の辿った道をどう理解しているのか商社に入ってしまったし、弟の方は工業デザインをやりたいと言っている。適性がないのに責任を負わされるのは不幸だよ。これは世襲制がどうのこうのと言うような理論の問題じゃない」。

そう忠一郎は言った。房は黙っていた。この際もう少し気持を深く聞いておきたかった。軽く相槌を打ったり、意見を言うべき場合ではないと考えたのだ。「俺も、できればどっちかの息子に継いでもらいたいという気持はあった」と忠一郎は房の沈黙に応えて話を再開した。

「しかし、考えてみると俺自身経営者になりたくてなったんじゃあないからな」と忠一郎は言い、房は「それ、死んだヤスシ・ヤマナカとの約束がはじまりか」と踏み込んだ。

「それもある。しかしそればかりではない」。そう言って忠一郎は胡座《あぐら》の足を組み替え、上体を前に倒して、シッタン河畔で逃亡した軍曹の話をはじめた。彼の方から戦地での話をするのははじめてだった。「あの時、軍曹は中隊に戻れと言いにいった俺に、『自分が戦線に戻れば、この母娘《おやこ》は生きていけない。人間、自分を必要とする者のために生きるべきだ』という意味のことを言って原隊復帰を断った。それは俺には教訓的だった。彼は東京の下町の理髪店の親父だったが人生の達人だった。俺は中隊長だったが隊に戻って『どうもどこにもいない』と隊員に報告した。逃亡を助けたんだ。はじめて君に言うがね」。忠一郎はそう言ってニヤッと笑った。

房は中隊が違っていたので、その軍曹のことは知らなかった。彼が忠一郎と一緒になったのはペグー山系を逃げ回っていた時だ。戦車を先頭に立てた連合軍の南下作戦の速度は速く、優勢な火器を携行し制空権を掌握していたから密林だけが日本軍にとっての味方だったのだ。そこで自分は危うく狙撃されて死ぬところだった。そのようにして密林で戦死し、朽ちた戦友の数は多かった。しかし房は少し離れた木陰から忠一郎が敵兵を射殺してくれて助かったのだと当時の状況を追認していた。

忠一郎の言うように、それは偶然であったとしても、そのお陰で房は死なず、やがて罠にかかって出血多量で意識朦朧の状態となり、動けなくなった。飢えてもいた。密林に入る時、自害用に渡された手榴弾はとっくに大蜥蜴を捕るために使ってしまっていた。

房は回想から身を引き離し、「ネスを誰かが経営するようになったら、君はオーナーとして残ることになるのか」と聞いた。

「そこで相談なんだ、君を呼び出したのもひとつはそのためだ」と忠一郎は言い、「俺の性分だとそれはなかなかむずかしいと思う。たとえ村内権之助が社長になってくれた場合でもいろいろと口を出すだろう。そうなれば彼もやりにくいし不和の原因にもなる」と言った。

房はもう一度沈黙を守った。房には忠一郎が迷っているように見えた。その迷いのなかにはなぜか経営者にあるまじき現世離脱願望のように聞こえる部分があるようにも思えたから、そのまま受けてしまっていいかどうかが躊躇されたのである。

しかし反対するにはあまりに漠然とした述懐であった。もう少し時間をかけ、忠一郎の考えが整うのを待って自分の意見を言っても遅くはないだろうと房は自重した。三十年を超えるNSSCの創業者としての彼の活躍、店の数も九百店に迫り、範囲を全国に広げつつある企業の長としての姿と、目の前に座って迷いをそのまま口にしている忠一郎の姿とは差がありすぎるのだ。

今夜のような会話が洩れれば、下世話な調子でしかものごとを見ない経営雑誌の多くは、忠一郎の真意をわざとのように曲解してNSSCの経営不振説などを書き立てるに違いない。創業型経営者は死んでも迷いを見せてはいけないのだ。

「どこまでいったら仕事は一応仕上がったということになるかな」と房は質問してみた。「千店」と、打てば響くように忠一郎の答えが返ってきた。

サンドイッチチェーンを展開する速度は区切りによって速くなったり遅くなったりするが、あと百店舗ほどを増設するのは今世紀の終わりぐらいだろうと房は見当をつけて少し安心した。あと数年のあいだに決めればいいのだ。

忠一郎は今夜、将来の展望みたいな話をしたのだ。相手に話してみることで自分の考えの妥当性を点検し、構想を整えたり修正したりするのは独裁型のリーダーがよく使う手法なのだ。

また、本題は後にまわして気軽に心境を語るという話の運び方は忠一郎もよく使う手法だ。房はそれなら忠一郎の話を全体として信じ込んだふりをしてもう少し気持を叩いてみようという気になった。NSSCの顧問弁護士になった時から、他の創業型経営者にはない何かがあるというふうに感じることが時々房にはあったのである。彼の放心癖がそうした印象を作っていたのだったが。だから、「世紀でも変われば引退も話題になるだろうが、そうなった後は何をするつもりなんだ。最近、寿命は延びているんだぜ」と房は言ってみた。「まさか、盆栽をいじるということでもないだろう。御尊父の俳句は相当のものだったと聞いているが」

二年前に他界した忠一郎の父親栄太郎の葬儀に房も参加していたが、その告別式の会場には有名な俳人も顔を見せていた。栄太郎の遺稿は昨年句集になり、忠一郎が序文を、異母弟の良也が編集後記を書いていた。句集の『青葉の隧道《トンネル》』という題字は告別式に来ていた俳人が書いてくれたと忠一郎は序文で謝辞を述べていたのだ。

質問しながら房は、将来のこととはいえ忠一郎が迷いを口にしたのは、もう十年ほど前に買収したアンジの元社長安里の影響かもしれないと思いついた。安里は会社を売却してもとアンジの店のあった跡地にマンションを建てその最上階に住んで悠々と暮らしていた。忠一郎との付き合いはその後ずっと続いていた。彼は安里を軽蔑しながらも羨ましく思っている様子だった。

「安里、あのアンジさんは元気なのかな」と房は聞いてみた。

「ああ、釣りに行ったり、ダンスを教えたりしているらしい。ああいう生き方もあるんだよな。元軍国青年が年取った俺たちにはできない暮らしだが」と忠一郎は答えた。そしてわずかな沈黙のあとで「しかしああなるとしてもその前にしておかなければならないことがいくつかあ る」と独り言を言った。

そこで忠一郎はもう一度話題を変えて、「親父が大事にしていた赤城の石楠花園は君の世話にもなったが、財団にしておいてよかったよ」と語った。房が、「俺はてっきり、引退後は石楠花園に籠もって、イギリスの大金持ちのように自然に埋没して暮らすのかと想像しているんだが」と、その話題を追いかけると、「それもひとつの方法だと思うがね、おそらく俺はじっとしていられなくて無駄な設備投資をして財団を赤字にしてしまう危険性があるんじゃないかな」。

忠一郎がそう話すのを聞いていて房はなんだか辛い気分になった。相手の胸中に迷いがあって、なかなか本題を切り出せない様子が伝わって来るのだったから。

聞いているのが俺なのだからもう少し我儘を言ってもいいのではないか。あるいは、日常的な独裁者ぶりの反対面がこういう形で出てくるのだろうか。そう考えた時、房は学生の頃読んだ外国の作品に、大きな罪を犯した男が、個人としてはとても優しく、過度と言えるくらい親切であり、罪が発覚するまで周囲の町の人たちに牧師以上に慕われていたという小説があったのを突然思い出した。

房が頭を振って余計な記憶の出現を振り払おうとしているのを気にもとめず、忠一郎は今は石楠花園に毎年運営費を出しているが、少しずつ入園者が増えているし、二十一世紀になる頃には、後継者が手を抜いてもなんとか石楠花園は自前でやっていけるようになるだろう、と明るい展望を話すのだった。

「知名度も上がってきてね、この間も九州の人から五千株の石楠花の寄贈を受けたよ」と忠一郎はさすがに少し得意気な表情になった。九州の山持ちの老人が趣味で石楠花を集めていたが、ふと気が付くと子供たちが自分の死後、とても植物の世話などはしてくれそうにない。それで悩んだ末、本当に石楠花を大事にしてくれそうなところを探したらしい。

「そうして赤城のネス自然園に行き当たったんだ」と忠一郎は報告した。

房は相手の本心を聞くなら、まず自分の将来計画を語った方が自然の流れが作れると思い、

「弁護士商売も体力が勝負というところがあってね、俺の場合は第一線を退いたら大学で教わった川島先生の伝記をまとめたいと思っている。俺は何となく国際問題が専門みたいな格好になっているが、大学で学んだのは川島先生の民法なんだ。一番人間的にも影響を受けた」と打ち明けた。

「そういうふうに将来計画が作れる職業は羨ましいな」と忠一郎は応じた。「ビジネスという奴は広がり出すときりがないんだ。今晩、相談したかったことのひとつはどうしてもハンバーガーのチェーンがネスに必要なんでね、どうしたらいいかということなんだ。上場会社をTOBにかけるという方法もあるが、どうも日本では敵対的TOBというのはどうかと思う点もあるし。資金も大変になりそうだ。そう考えていたところへ何と言うかな、耳寄りな話が飛び込んだ」

忠一郎はそう言って声を潜め、ある財閥系の商社の孫会社に内紛があるらしいと告げた。本社がどっちつかずの態度なので内紛は深刻になっている。「そこでその社ともうちとも取引のある金融機関を口説いて、銀行が持っているその社の株を譲ってもらった。ネスの株をその銀行に預けてね。法律上の違反はどこにもないはずだ」

そう話す忠一郎の目には先刻とは異なって妖しい輝きが宿り、房はこうした覚醒状態の放心

にはじめて出会った気がした。今まで彼が知っている忠一郎の放心状態は眠りに近い性格を露呈していたのであったが。

「その会社はBB社か?」と房が聞くと、忠一郎は無言で頷いた。その会社の社長はファストフード業界では有名な剛腕で聞こえ、職人かたぎで一徹な男であった。そのために大株主の商社とはごたごたが絶えないと噂されている。房がそう指摘すると忠一郎は「知っている。それでこちらも仕事を進めやすいんだ」と平然と言うのだ。

二人はひとしきりそのBB社の買収計画について意見を交わした。房は気が付いて、「まあ、そうすると引退話などは問題外だな」と言ってから、「しかし、引退後の計画は、ビジネスで忙しいうちに立てるものだそうだ」と誘導してみた。すると忠一郎は、「俺は仕事をやめたらシベリア鉄道に乗ってみたい」そう唐突に言って房を驚かせた。「シベリア鉄道?」と念を押して、「しかし弥生さんは乗りたがらないんじゃないか」と半畳めいた意見をはさむと忠一郎はこれも平気な顔で「一人旅だよ」と言うのだ。

房はかなり前にヤスシ・ヤマナカから、自分の妻のグレタはリトアニアからナチスの手を逃れてシベリア鉄道を乗り継ぎ日本に来た後ニューヨークに渡った女性だと聞いたことがあったのを思い出した。

そのヤスシ・ヤマナカを房に紹介したのは商社マンとして当時ニューヨークに駐在していた

忠一郎だった。ヤスシ・ヤマナカは本家の遺産相続問題を取りまとめるために戻って来て、留守のあいだの妻のことを忠一郎に頼んだのだった。そのグレタ夫人が夫が日本にいるあいだにリトアニアに行くと言ったまま消息を絶った。もしかして気が変わって夫のいる広島に行ったのではないかという問い合わせがニューヨークの忠一郎からヤスシ・ヤマナカにあった。そのことを房は一度に思い出した。

ひとつのことが記憶に戻ると、さっと霧が晴れるように房の前に脈絡らしいものが見えてきた。

「そうか、君の旅行の最終目的地はリトアニアか」と房が念を押すと忠一郎は実にゆっくりした仕種《しぐさ》で頷いた。房は事態が分かってくると謎が深くなるというのはこういうことなのだと思った。

ヤスシ・ヤマナカと忠一郎の仲が終生しっくりいっていたことは、彼が山中家の相続問題を助けてやって欲しいと房に頼んだのでも分かる。

しかしグレタはいなくなってしまった。故国に帰りたかったのは分かるが、まだ東西対立が厳しい時期に、夫に断りもなしにニューヨークを離れたのは、忠一郎と彼女のあいだに何かまずいことが起こったからなのだろうか。そして今、忠一郎は自由な時間が持てたらグレタの足跡を逆に辿ろうとしている。感情的にまずくなっていたら、人間はそういうふうには考えないはずだ。

とすると、グレタと忠一郎の間に深い情愛が生まれたということなのだろうか。

房はその点を質問しようとしてやめた。それはプライバシーに関することだ。房は代わりに「確かグレタさんはフランクフルトの空港以後消息を絶ったと聞いたが」と質問してみた。

「ベルリンの壁がなくなった今なら、それからどうなったか調べられるんじゃないかと思っている」と忠一郎は言った。最近ではソビエト時代の秘密警察の記録も閲覧できると房も知っていた。「僕も法律家として協力できることはするよ」と房は言った。シベリア鉄道の旅を話す忠一郎は、さっきの覚めた放心状態とは違って本当の夢のなかをさまよっているようだと房は思った。

渦の中へ

良也の計画では玉川学園への引っ越しと社会部から出版部に移ることは関連していた。やっと土地を買い、設計の相談をくり返していた矢先、地下鉄で有毒ガスが撒かれ、多数の死傷者が出るという事件が起こった。

そのガスがサリンだと分かった時、二つの衝撃が社会部を捕らえた。一つは事件はオウム真理教がやったのだという直観であり、二つめは松本市の事件もオウムの犯罪なのではという推測だった。良也の新聞も第一発見者を容疑者と考えて報道してきたのであったから。

良也はもう一度、松本サリン事件の全貌を洗い直し、サリンが撒かれた地域にオウム側から見て敵と見なすような人間が住んでいるかどうか調べる必要があると思った。そのためには自分が松本に行ってもいいと考えたりしていた時、編集担当専務から呼び出しが掛かった。

社会部を中心にした緊急の取材班が編成されることになり、編集委員に退いていた良也にそのキャップになれという話だった。

「この事件の規模は大きい。坂本弁護士事件もおそらく同じ組織の犯行だろう。宗教法人に名を借りた悪徳集団をどうやって規制するかの問題も出てくるだろうし、ひいては民主主義とは何かと本質を問う問題にもなるだろう。腐敗社会とオカルトの関係にも目を配らなければならない」と、専務は気分の昂揚《こうよう》を声調に表して喋った。移籍を申し出ていたことがかえって遊軍的に動ける立場に良也を置いていたのだった。キャップを引き受けた時、これを長かった社会部記者生活の最後の仕事にしよう、それにふさわしい大きな事件だから、と良也は自分に言い聞かせていた。

夜、遅く阿佐ケ谷の家に帰って、良也は克子に今度の事件のキャップを命じられたことを話した。引っ越しの問題がはじまってから、別の言い方をすれば香港でかすかに茜の消息を知ってから、彼は努めて克子と話をするようにしていた。

「私も昼間テレビを見ていて、そんなことになるんじゃないかって気がしていたの。引っ越す前でよかったわね」と彼女の方も少しずつ自分の考えを率直に口にするようになっていた。

今度の事件でオウム真理教を追及することに良也はなんの迷いも感じなかった。つきまとっているのは、すでに社で摑んでいた情報を見て、なぜ、かなり知的水準が高いと思われる医者や弁護士や学者のような人が、まやかし者としか思えないリーダーに洗脳されてしまうのかという疑問だった。

常識的な判断からすれば、地下鉄サリン事件に代表されている犯罪は理由なき殺人事件だからこれを断罪することに誰も異論はなかった。問題は煽情的な記事を書かないこと、当然だが事実を正確に押さえて周辺や洗脳されてしまった信者の家族を主謀者と同罪にしないことだ。

また逆に、あまり深く問題の本質を追及しようとすると文明批評や宗教学の領域に踏み込んでしまって本来のジャーナリズムから離れてしまう。

自分の仕事だったと言えるような作品をという意識が生まれてから、その傾向が出はじめたと良也は自覚していた。社会部を変わりたいと思ったのは、肉体年齢の問題ばかりでなく、そうした意識の変化に気付いていたからでもある。さらに、変化の源をたずねていくと茜がまだ元気でアジア地域のどこかにいるらしいと知ったことがその変化を加速させたことを、良也はひそかに知っていた。良也は従来大きな事件に取り組んだ際の経験を想起して、節目節目で意見を聞くべき宗教学者や社会学者、社会心理学者などとの連絡を確認し、資料室にはスイス・フランス・カナダにわたる太陽寺院事件など、アメリカにもいくつかの動きがあると言われる海外でのカルト的な教団の調査を頼んだ。山梨での捜査が続く中、幾日かかけてそうした準備を整えようとしていたある日、珍しく長野支局時代に一緒だった小室谷から電話がかかった。

彼はすでに社を辞め、念願でもあった美術批評で生きていくという、筆一本の生活を選んだ、良也が一目置いている友人だった。

「忙しいだろうと思って遠慮していたんだが、君に見せておきたいものがあるのでね」と彼は言った。良也は咄嗟に、それはオウムについての資料か何かではないかと思った。それほど良也は社会部記者としての最後の仕事と決めたオウム事件に没頭していたのでもある。

彼は良也のその心の動きを読んだかのように「オウムのことじゃないんだ。のんびりした話で気がひけたんだが絵のことなんだよ」と言った。小室谷の手短な説明によると、絵を描いたのは鹿児島の基地で出撃前に敵機の基地襲撃を受けて戦死した、当時二十七歳の絵描きで、彼が結婚して間もない妻をモデルにして描いた絵が今、自分のところにある。近日中にしかるべき美術館に収めなければならないので、その前に良也に見せたい、というのだった。

いつオウム事件が新しい展開を見せるか予測できなかったので良也は少し考えたが、この際何事にも冷静な小室谷の事件についての見方を聞いておくのもいいことだと思い直した。

「途中で急に呼び出されるようなことになるかもしれないが、その時は失礼するとして」と断って、まず銀座のホテルのロビーで落ち合って絵を見せてもらい、「それから飯でも食おう」ということにした。

小室谷が提げてきたのは十二号の裸婦の絵だった。線がマチスを想わせるように生きていた。彼は東京美術学校を卒業した後、数年間千葉の中学校で絵を教えていたというが、無事に戦争を潜り抜けることができたら戦後の洋画界を代表するような存在になっていただろうと小室谷は断言した。

「僕にも、彼が大きな可能性を持っていたことがなんとなく分かる」と良也が言うと、小室谷は自分が褒められたように嬉しそうな表情になって、「だろう。戦争がどんな才能を潰したかのひとつの例だ」と言った。それに続けて「モデルになったのは結婚間もない彼の夫人だ。それが遺作になってしまった。その時、お腹《なか》にいた赤ん坊がちょうど我々と同じ世代で、五十少し前かな。母親が去年亡くなってからこの絵が出てきたんだ。娘はこの絵の存在は知っていたが、母親は決して見せようとはしなかったらしい。彼女も絵を描いている。おそらく夫の遺志を継がせたいという母親の希望に応えてのことだろう。抽象画だけどね。かなりいい線を行っている」と小室谷は説明した。

そう言われて改めて見ると、仰向けに横たわって右手は肩の高さまで開かれ、左手は乳房を隠そうとでもするように胸に載せられ、脚を重ねた腰は描く者の方へ捻《ねじ》られている。よくある裸婦のポーズだが、からだの線が自然で、どこか心の憩いを含んだ甘えと恥ずかしさを表しているようなのは、描いている者の力量のせいもあるだろうが、描いているのが夫だということもあるのではないかと良也は思った。

「この絵の話の続きはアルコールが入ってからするとして、君が聞きたいというのはオウムのことか」と小室谷は顔をあげて良也を見た。

「そう、松本サリン事件では辛い経験をしたからね、地下鉄の場合はオウムだろうが、彼らは何を考えているのか僕には分からない。あまりにも分からないのでね。ぼんやりした話でいいんだが君の感触を聞きたいんだ」と率直に告げた。


良也に意見を聞きたいと言われて小室谷は「それは僕にも分からない」と言い、「なぜ分からないかを考えていくうちに、自分が持っている判断の枠を捨てて事実を追ってみたらどうだろうと思った」と、小室谷は彼流の分析を口にしはじめた。

「僕は最初の頃彼らが考えていたのは世直しという思想だったと思う。しかし、選挙なんかに出て惨敗してから考えが変わった。あの麻原彰晃という男は極端に自尊心が強いところがある。現代人のなかには時々自尊心が肥大している者がいるが、世間は選挙で自分に恥をかかせた。世直しに応じないのならそれでもいい。その結果どういうことになるのか教えてやろう。それは終末だぞ、という意識で、この世の終わりのシミュレーションを演出したんだ。この演出で人が死のうが、いずれ終末は阿鼻叫喚《あびきょうかん》の世になるのだから、先に、平和の時代に死ねたのは幸せだったかもしれないさ、という考えになった。信徒たちが大勢の死傷者を見ても平然としているのは、そういった思想に操作されてしまったからなんだ。僕はそう思うようになった」と小室谷は一気に喋った。

おそらくそれは誰にも言わずに、ひとりで考えていて体内に溜まっていた意見だったのだろう。

「だから、捕まって裁判に掛けられて有罪になったとしても彼にとっては大した打撃じゃない」

小室谷はそんなふうに判断してみせた。

部分的には頷けるのだが、全体としては分からないところが残る、と良也は思ったから「なるほどね」とだけ言って立ち上がり、以前、時々小室谷と行った大正時代の洋食屋を思わせる店に行った。その店でもオウム真理教を巡っての議論のなかで、小室谷は、「麻原にとって一番打撃になるのは、この今の世の中の方が、君が考える涅槃境《ねはん》より人間は幸せなんだと証明してみせることだと思う」と言った。

「しかし、誰もそれはやらないな、みんな内心ではあまりいい世の中だとは思っていないからね」と良也は言い、「だろう、そこが奴の付け目なんだ。麻原は相当頭がいいよ。仏教の原典などもよく読んでいるという話だ」。良也はそれを聞いて、「根性の悪さと頭の良さは別だからなあ」と言い、小室谷は、「だから世間ズレのしていない秀才、それも理工系の秀才が一番彼の催眠術にかかりやすいんだ」と応じた。チリ産の赤ワインで杯を重ねているうちに良也も小室谷も久しぶりの雑談を楽しむ気分になっていった。

地下鉄サリン事件、オウム真理教を巡っての意見交換がひとしきり続いた後で、小室谷は、「さっき話したように、あの絵のモデルは絵描きの奥さんなんだが、その彼女があの絵を死ぬまで娘にも見せなかったのはね、あの絵を見ると戦死した夫とのことを思い出すかららしいんだ」と言った。

そう言われても良也は、それがどうした、当たり前だろうとしか思えないから、「さっきの話では娘さんの出生は夫が死んだ後だったよね、だから彼女は父親のことは話で聞くしかなかったんだよね」とトンチンカンな意見を口にしたりした。

小室谷はその様子を見て、「それがね、戦死した夫とのセックスを思い出すということらしいんだ。娘さんはスキャンダルなんかものともしない女傑だから僕なんかにもはっきり言うんだが、描かれているのは自分のからだだが、そのからだを通じて夫とのセックスが蘇ってくるのらしい。だから彼女はあの絵を見せたくなかった」と解説した。

そこまで聞くと良也はようやく男性の感覚の構造と女性の皮膚感覚のようなものとは違うのかもしれないということに気がついた。まだそういう体験はしていないのだが、男だったら相手のからだが描かれているのを眺めて、はじめて想像が動くのだ。だから自分の絵を写真に撮って、こっそり基地まで持っていったというのなら分かるのだが、女性は自分のからだを眺めて夫とのことを想起するのだ。

そこまで考えて良也は自分がはっきり摑まなければならない主題にぶつかった。

「僕は君も知っているように、ずっと戦没した芸術家志望の青年の遺稿や筆墨などを一冊の本にまとめて私家版『きけわだつみのこえ』を編集しようという野心を持っている。仮に『潮騒の旅人』と名付けているがね。しかし、会社に酷使されていることもあってなかなか資料収集がはかどらない。最近は自分の野心の意味内容がもうひとつ鮮明でないなと感じるようになっていた。しかし、今のような話を聞くと、戦争の犠牲者というような言い方はキメが荒すぎるんだと思う。資料を手に入れても踏みこみ方の問題は大きいな」と、良也は重いからだをやっと持ちあげるような感じで本音を小室谷に告げた。

「そうなんだよ。君からその計画を聞いていたからね、どうしてもあの絵を見せて参考にしてもらいたかったんだ」と彼は良也に電話をした意図を話し、「主題が決まったら、人間どこかでエゴイストになる必要があるよ」と謎のような宣告をした。

さいわい途中で社から呼び出されることもなく小室谷と別れて阿佐ケ谷に戻った時、良也の頭には彼が言った言葉が重くのしかかるようだった。小室谷には評論という方法で美の構造と本質に迫るという人生の主題がはっきりしていた。

自分はジャーナリストなのにその仕事に人生の主題を見付けられないで『潮騒の旅人』の編集に存在意義を感じている。しかしそこでも突っ込みが浅くて資料の収集も思うように進まず、自分への公約のようなものになりかかっている。今の状態では、たとえ資料が集まったにしてもただの編集になってしまうのではないか。

遺稿や遺作を通じて、戦没者やその妻や家族たちの息づかいに触れなければ、潮騒の音は聞こえてこないのではないか。小室谷は、主題が決まったらエゴイストになれと言った。それは社に残れという勧めを断って独立した本人の選択をふまえての言葉だと思うが、自分はエゴイストになる条件を持っていないのだ。芸術家を目指しながら死んだ男の内部に、どうしたら入り込めるのだろう。彼がどんな想いで戦場へ向かったか、それまで誰をどんなふうに愛し、失恋に悩み、食べ物は何が好きだったか。物資が乏しくなっていたから、好きな食べ物を見た時、どんな顔をして喜んだかを、想像でいいから思い浮かべて編集するのでなければ私家版を編む意味がない。

かなりワインを飲んでから小室谷が、「ところでその後、茜さんについて何か連絡はあったか」と聞いたことも良也には胸中に重い錘《おもり》を投げられたような印象であった。

もしいつかうまく茜に会えるようになったら、自分は会えなかった長い時間のなかでの彼女をそのまま受け入れる覚悟で会わなければ駄目だと思った。良也は小室谷の質問に、「いやまだ香港からは連絡がない。特派員の団には頼んであるんだが」と答えた。彼は、「そうか、団は社交性もあってフットワークがいい、しかし締め括りを忘れるからね、催促した方がいいかもしれない」と、おそらく長野支局時代のことを思い出したのだろう、良也にそんな忠告をした。しかしそれに続けて「克子さんとうまく行っているのなら、茜さんが見つからない方がいいのかもしれないな」と言ったのはどういう意味だと、良也は今になって急に腹が立ってきた。いくら親友だって他人のことには干渉するんじゃない、という気持だった。もっともそれは「僕の方はいよいよ駄目みたいだ」という脈絡のなかでの発言だったのだが。

良也が小室谷の話を聞いて、やはりそうかと思ったのは、昔の噂を思い出したからだ。

小室谷夫人のことを良也は柔らかな感性を持った人だと思っていた。ただ、小室谷の話に現れる夫人像は、一度感情がひとつの対象に傾斜しはじめると、途中で自分を制御できなくなる、優しさと近接した不安定さがあるらしかった。だが大人の小室谷なら、そうした彼女の性格も人間的な魅力に変えてしまうのではないかと良也は思っていたのだった。娘は今高校生のはずだが、二、三年前、なにかの折に彼が「子供を育てるというのはむずかしいな」とふと洩らしたことがあり、あるいは娘のことが不和の発端になったのかとも思ったが小室谷の方から打ち明けるまでは立ち入って聞かないようにしようと考えて、「それは大変だな」とだけ言った。

小室谷が「茜さんが見つからない方が」いいかも知れないという意味のことを口にしたのは、自分の苦い想いからのことであったかと思うと、良也は彼を許す気になった。それだけ小室谷は悩んでいるのだ。そんな彼にとって、何か有意義な仕事を手伝うというのは広い意味での贖《しょく》罪《ざい》になっているのかもしれないと良也は考えた。自分も父親の遺作である母親の裸婦像を寄付しようとしている女流画家に会ってみたいと思った。それを言うと、「それはいいが彼女はもうアメリカに帰ってしまったよ」と告げ、「しかし今後、戦没画学生の絵が少しずつ今予定されている美術館に集まるだろう。その都度君に連絡するから、そんなルートも活用したら、『潮騒の旅人』の資料集めのピッチもあがると思うよ」。そう小室谷は提案をした。

「もう一人、君も知っているだろうが、野原行人《のはらこうじん》という有名な画家も手伝っているから、彼にも気の付いた遺書などあったら関に報《しら》せるように頼んでおくよ」と付け加えた。

小室谷に会って、妻の裸婦像を遺作として描いた絵を見てから半年ほど経ったある日、画家の野原行人から、「お見せしたい絵が僕のところにあるので、よかったらアトリエに来ませんか」という誘いの電話が掛かった。野原は、本来なら小室谷が連絡すべきなのだが、彼はここのところずっとヨーロッパに行っているので、彼の代わりに電話したのだと言った。場所は吉祥寺から井の頭線で少し走った三鷹台だという。それは阿佐ケ谷に住んで、杉並の久我山にある学校に通っていた良也の高校時代の回遊圏の端にある場所だったから土地勘があって訪問するのに楽な感じだった。

オウム真理教が関連したと思われる事件は、三月の地下鉄サリン事件以後次々に表に出てきていた。五月には山梨県上九一色《かみくいしき》村で、本部施設の天井裏に隠れるという幼稚さを示した教祖が逮捕されてこの事件は第二段階に入っていた。

地下鉄で使われたガスがサリンと分かった時、良也は九ヵ月ほど前の松本市の事件を想起し、松本の現場近くに弁護士とか裁判官とか、司法関係者が住んでいないかどうかを調べるよう支局にも連絡をした。というのも、この教団は、司法、警察、検察など国の権力機構にかかわる問題に殊更過敏に反応する性格があることが分かってきていたからであった。

この頃になって、松本市の住民宅から押収した薬品類ではサリンの生成は不可能という、当たり前の意見が社内でも認められるようになった。地下鉄サリン事件から三ヵ月経って社内の大評定の結果、良也の社は社説で読者をミスリードしたことをお詫びすることに決まった。

その結果として、良也の胸中のもやもやの半分は消えた。残った半分は、おかしいと疑問を持ちながらも社の内外の大勢に逆らえなかった自分の非力への苦い想いであったが、この時点で彼はオウム事件の特別取材班のキャップを辞めてもよかったのだ。

しかし、正義感の強い勇敢な弁護士一家を殺害し、死体を新潟、富山、長野の三ヵ所に分けて捨てる念の入った残忍さは、この教団の性格が普通ではないことを示していたし、宗教法人のこととなると見て見ぬふりをすることが多い警察の責任問題はそのまま残っていたから、良也はもう少しこの問題を追ってみようと考えたのだった。なぜ優秀な人間が簡単に洗脳されてしまったのかなどについてもこの事件は解明すべきいろいろな問題を含んでいるように思われた。

過去の例から見ても、こうした大事件が裁判で決着がつくのには十年はかかるということを良也は知らなかったわけではない。しかし、彼の関心は現代という病の一端がこうしたカルト教団を生み出しているのではないかという方向にも広がっていて、事件を追っていけばそうした病の根幹にも光を当てることができるのではないかと考えたのだ。そうした予感のために、オウム事件のキャップを辞めるタイミングを彼は逸してしまったのだった。

彼が野原行人のアトリエを訪れたのは、東京地裁が宗教法人オウム真理教に解散を命じるらしいという推測が囁かれるようになったこの年の秋のことであった。

良也がビルマのマンダレーで戦死した美術学校を卒業して間もない兵士の作品を見たのは、まだはっきり身の処し方を決められないでいたこのような時期であった。

それはおよそ戦時の絵という雰囲気ではない一家団欒《だんらん》の情景を描いた作品だった。

絵筆のタッチはメキシコの社会派を想わせるのだが、描かれているのは夕食後の家族が集まっている情景だ。中央に新聞を読んでいる父親らしい和服の男、その隣で毛糸でセーターらしいものを編みかけたまま膝の上にそれを置いている母親、父を挟んで母親と反対側の右手には姉らしい丸顔の若い女性、父親の後ろには、左肘《ひじ》を父親が座っている椅子の背に掛けて正面を見ている学校の詰め襟服を着た少年がいる。絵の向かって左端の一番手前にいる、左手に雑誌を丸めて持ち、何か考え事をしているようにテーブルの一点に視線を落としている背広の青年は本人だろうか。

テーブルの上には紅茶茶碗が五つ、中央には蜜柑と林檎を盛った大皿が置かれている。全体は夕食後の団欒を示していて、絵を見る人の側からだけ当てられている光が、人の顔、父親が読んでいる新聞などを浮かび上がらせている。

野原行人はその絵を良也に見せてから、「僕はこの作品を描いた男の兄という人から受け取った。もう八十歳を超している人だが、矍鑠《かくしやく》としていてね、『うちは今もそうだが貧しい農家だったから、こうした一家団欒の光景など、殊に当時はあり得なかった。きっと弟は日本が戦争に勝てば毎日こうした情景のなかにいられるだろうと思ったんだろう』と言うんだ」と良也に報告した。

昭和の十年代の貧しい農家で、長男は家を継ぎ、人手は欲しいのだが絵の才能がある次男が絵描きになって成功すれば家を助けることができると一家は考えたのだ。

この話は、詩や芸術に立身出世や経済的成功を絡めて考えるのは卑しいと決めつけがちな良也を粛然とさせた。時代が違うと内心弁解しながらも、良也は自分の芸術理解にどこか現実離れした姿勢があることを認めなければならなかった。自分は何と言ってももと鉄道省の高官の息子で、人の上に立つという意識のなかで芸術を考えていたのだった。

当時はタレントや芸人になって稼ぐ道は今よりはずっと狭く、絵描きや流行作家になる方が身近に思えたのだろう。そこには、日本が戦争に勝てば、みんな裕福になれるという切実な夢があったのに違いない。

戦死した絵描き志望の次男は、はじめロシアとの国境に近い中国の東北地域に配属され、ついで中国の南に移り、そしてビルマ作戦に投入された歴戦の勇士だった。

良也は広い中国大陸を、東北の端から南方作戦に備えて南端に運ばれる兵士が、輸送列車に揺られて見た夢を想像してみた。

どこまで行っても終わりがないような中国大陸の広大さも、無謀な戦争をはじめたという認識へと彼を導くことはなく、裕福な未来への夢を強めたのかもしれない。彼はこれからビルマ戦線に行くという時に、病気で連絡をかねて内地に送られる戦友に、この絵を託したというから、これは軍隊に取られて三年目に広東か雲南省のどこかで描かれたことになる。その作品が無事に実家の兄の手に渡ったということ自体僥倖《ぎょうこう》に恵まれた作品なのだと言えよう。

インドのインパールからビルマの山岳地帯を通って日本軍と戦っている中国に届けられている連合軍の補給路を断つのを狙った、インパール作戦と呼ばれたこの作戦は完全な机上プランで、気候や疫病の蔓延や峻険《しゅんけん》な地形を無視したものだったらしい。その無謀な作戦に消耗要員として投入される直前まで彼は絵を描いていたのだ。自分たちの家庭が豊かになるという夢を抱きながら。

その証拠のようなこの絵は良也を、そしてこの絵の由来を説明する野原行人をも強く縛るようであった。

「しかし、こんな団欒は一度もなかったです。わしら貧しくて働きづめでしたから」と老人は平然と野原行人に語ったというのだが。

英米の搾取からアジアを解放する、日本はその先頭に立つのだという宣伝が大勢の人々を捕らえたのは貧しい現実があったからだという説明はどうも心にしっくりしないものがあると良也は思った。それなら最大の盟友になるはずの中国をなぜ敵に回したのか。

当時の新聞の縮刷版などを読み直して気付くのは中国での共産党の勢力への言及がほとんどと言っていいくらいないことだ。邪悪な勢力には触れる必要がないと大新聞は皆信じていたような具合である。貧しいという現実があっただけに、共産主義への関心を入り口のところで断ち切る必要が当時の為政者にはあった。そして彼らはそれに成功した。共産主義は邪悪だというイメージを与えることができた時、戦争への道が開けたと言っていいのかもしれない。

しかし、それなら今はどうなのだろう。新聞やテレビはその頃の経験からどれくらい教訓を引っ張り出せているだろう。一般的に広がっている見方に、あえて異を唱える精神はどこかに生きているのだろうか。

ことに今存在しているのは、絶対的な困窮に代わって誰が誰より金持ちだという比較感覚ではないか。遠くから豊かそうな人を見て羨ましく思うという性格の不満には節目というものを見付けることができない。

全国民が中流という幻想のなかに広がる不満は突出した者、変わった者、〃英雄〃になりそうな者を引きずり下ろして溜飲《りゅういん》を下げるという精神的な腐敗を防ぐことができないようである。

こうした状態を改善するには信仰しかないという別の種類の幻想が生まれたとしてもそれは不思議ではないのかもしれない。オウム真理教信者にはもともとそうした心的な構造があったようだ。だからいくら論理に飛躍があったとしてもそれがかえって深い真理と錯覚してしまう。というのは、それを聴く側に「救われたい」という潜在的欲求があるからだ。

『潮騒の旅人』とは、一番広く捉えた場合、そうした内面の欲求の潮騒のような広がりを耳にしながら、実在しない海を探す旅人のことかもしれない。良也はそう考えながら、しかし同時にいつものように、「待てよ、それは正確な判断だろうか」という自制の声を聴いていた。

「この絵の作者が参加したインパール作戦というのは戦史などを読んでみると戦争を知らない僕のような者でも義憤を覚えるようなひどい作戦だったようですが」と良也は野原画伯に聞いてみた。

良也は戦没画学生の絵を少しずつ集めて美術館を作ろうとしているまだ会ったことのない人

物、そして小室谷と共にその計画に協力している現代絵画の指導者のような男たちが作っているのは毎日事件を追っている自分たちとは違う界隈《かいわい》のように見えた。小室谷が思い切って社を辞めた理由が分かるような気がした。彼がもう半年近くもパリを中心にヨーロッパを歩いているのは、子供の頃のフランスの印象を記憶に呼び返しながら批評家として世界の現状をしっかり押さえておきたいということなのだろう。

「野原さんは戦争に行かれたんですか」と良也は聞いてみた。インタビューする時の習慣で良也は彼が一九二六年に久留米で生まれていること、東京美術学校を卒業していることなどは調べてきていたが、どれくらい戦争にかかわっていたかは分かっていなかった。

それに戦争に反対する画家たちは写実的な絵を描く人間が多いような感じを良也は持っていたのに、野原は完全に抽象の画家なのだ。矛盾がありそうな人物や物事に、関心を持つのは良也の性癖であった。

「僕はね、召集を受けたがもうその頃は戦地へ行く船も飛行機もなかった。海も空も完全に連合軍が支配していたからね。鹿児島の基地に待機しているうちに戦争が終わったんだ。おそらく、あと半年戦争が続いていたら、本土決戦か原爆かで僕は生きていなかったろう」

そう彼はごく自然な話し方で良也に説明し、それは九州の大学の英文学の原口とは対照的な印象であった。原口は話しぶりも考えながらという感じで、まだ何か隠していることがあるのではないかという印象を良也に与えたのであったから。

良也は、「それは運が良かったということになりますか。僕は戦争が終わった翌年に生まれたことを運が良かったと思ったり、良くなかったのではないかと迷ったりするんですが」と言ってみた。

野原はざっくばらんな性格をはっきり見せて、大きく頷きながら「その感じはよく分かる」と言った。「前線から疲れ果て、重い足を引きずるようにして帰ってきた先輩に会うと、何となく申し訳ないような気持になったな」

野原は顎のところに掌を当て、上目遣いになってその頃の体験を思い出そうとする目つきをした。

「それと根は同じなんだろうが、戦地に行っていれば、自分の絵はもっと深くなったんじゃないか、と思ったこともある」と付け加えた。

野原は自分は戦争体験を持たない戦中派だと規定した上で、「戦争というのは当時青年であった僕らにとっては大きなロマンだった」と語りはじめた。戦争には行きたくない、死にたくはない、という気持と大義に殉じる凜々しさ、雄々しさのようなものへの憧れとの間を、当時の青少年の気持は大きく揺れ動いていたのではないか、とも言った。

「今の日本が戦争に巻き込まれる危険に近付くような時には、政府にもはっきり反対を言いますがね、それと戦争をロマンとして受けとめていた感覚、心情とは別なんだ」と言い、人間の内部のそうした矛盾した構造を度外視して、反戦画家、戦争肯定派画家などと分類するのは、ただ迷惑なだけだと、いくらか憤りの口吻《こうふん》を見せてジャーナリズム批判をした。

そこいらになると新聞記者である良也はただ拝聴するしかなく、しかし聴いているうちになんとなく心配にもなり、「戦後派の世代の人間も戦争には反対だということを示したくて、僕らの物差しで『きけわだつみのこえ』の現代版のようなものを編集してみたいと思っているんですが、そんなことは意味がないとお考えでしょうか」と突っ込んで聞いてみた。

「もし、その新編集の本が戦争の残酷さへの想像力を喚起することができるようなものならいいんじゃないかな」と野原はやや心もとない賛成をした。そして、その自分の言葉に触発されて、「核兵器が登場してから戦争にロマンがなくなって酷《むご》たらしさだけになった。あれはいけない」と宣告し、その上で言うのだがとでもいうように上体を起こして、「これは戦争が生んだもうひとつ別のロマン、いやロマンスと言った方が正確かもしれないが」と前置きしてから、「昔、『君の名は』という連続放送劇、ラジオドラマがあってね、昭和二十七年から二十九年まで続いたんだが、この放送時間になると銭湯の女湯がガラガラになったんだ。皆、自分の家のラジオに齧《かじ》りついて聞いたんだね。テレビドラマじゃないから、かえって聴く者は想像力を働かせてヒーローになったりヒロインになったりして聴いたんだ」と言った。

彼の言によれば、戦争で離れ離れになってしまった恋人や家族がどれくらいいたか分からない。批評家や知識人は大衆性を持ったものを馬鹿にしたり、あえて低く見る傾向があるが、あれはいけない、と脱線したりした。

野原はいくつもの前提や脱線の後で、戦争体験が心に消しがたい傷痕《きずあと》を残したために戦争が終わってからうまくいかなくなった家族や兄弟を自分は幾人も知っていると言った。

「親子でもそういうことはあったでしょうね」と良也が言ったのは、野原の話で葉中長蔵大佐と娘の茜のことを思い出したからであった。

葉中親娘の場合はうまくいかなかったというのではないが、茜の優しい看病にもかかわらず父親の元陸軍大佐の孤独は癒やされなかったように良也には思い返されるのだった。そして茜もそれを痛いほど感じていたのだと思う。

また恋人たちの場合で、お互いのいる場所が分からなくて、それこそ『君の名は』どおりのような場合を知っていると野原は語った。それには空襲と疎開が影響している場合が多いらしかった。会いたいとは思っていても生活に追われている状態では忘れられない女性の行方を探すことにそうそう時間を使っていられない。そのうち別の女性と結婚したところへ初恋の相手が現れたり、夫が戦死したと報されて夫の弟と再婚したところへ、捕虜になっていた夫がひょっこり帰還したような場合もあるんだ、と野原は続けた。

そうした事例がいかに多かったかは、戦争が終わってから二十年ぐらいの期間に発表された小説を探せば分かると言って野原は僕は文学者じゃないからたくさんは読んでいないがと断りながら、田宮虎彦の『銀《しろがね》心中』などという作品を例に挙げた。「だから、君が計画している第二の『きけわだつみのこえ』、『潮騒の旅人』だったか、それがそうした運命に遭遇してしまった人たちの哀しみまで包含することができるのなら、その意義は大きいね」と励ますのだった。そう言われると良也はたじろがないわけにはいかなかった。自分には人生というものがまだよく分かっていないという思いがあった。「そこまでお話を伺うと自信がなくなります。何分僕は先ほど言いましたように戦後生まれですから」と彼が言うと野原は「そこだよ、そこが大事なところだ」と大きな声で指摘した。

「経験していなければ冷静に判断しやすいはずだ。君らの同世代の人間の父親や、年の離れた兄弟のなかには、必ず戦争で辛い思いをした身内がいるはずだよ。男とは限らない。彼らはおそらく戦争体験を語りたがらないだろう。それはそれだけ辛かったからなんだよ」と野原は言い、良也は今度は異母兄の忠一郎のことを頭に浮かべた。「やはり体験者に心を開いてもらうのが先決ですね」と小さな声でゆっくり確かめていた。

画家の野原行人との会合は良也に強い印象を与えた。大きなからだの野原は、てきぱきした断定的な話し方で戦争の被害の広がりについて話したのだった。聞いている時は単純に「なるほど」という感じでいたが、その内容は時間と共に重く良也の胸のなかに沈むようであった。

なかでも、「戦争というのはひとつの観念、言ってみれば抽象で、辛さが具象なんだよ。だから個人が社会的行動として〝戦争反対〟と言うのはいいんだが、芸術家はそれだけで自分の役割まで済んだと思ったら怠慢なんだ」という言葉は、良也には自分の姿勢の批判のように聞こえた。

捜査が進むにつれて、松本のサリン事件がオウム真理教の犯行とほぼ判明し、警察の誘導があったとはいえ、それに影響されて第一発見者を容疑者であるかのように報道したことを新聞やテレビはお詫びした。教祖の初公判の後で取材班は縮小され、良也はもとの編集委員にもどって少し自由な時間が増え、玉川学園前に引っ越す準備も楽に進められるようになった。

そこへ、長くなったヨーロッパ滞在を終えて小室谷が帰国した。

良也は彼の話も聞きたいし、自分の方からも野原画伯に会った報告などもしたくてすぐに会った。「どうだった」という質問に、小室谷は、「やはりなあ、少し長めに滞在してみないと駄目だ」と、それが一番圧縮した実感だというような顔になった。彼はパリを中心にしてイギリスへも北欧へも東西が一緒になったドイツへも行っていた。

「EUはどんどん固まっていくね。それでいてヨーロッパはそれぞれの国で違う。違っていてそれなりにしたたかだ。僕が参ったなあと思ったのは、国や社会の動きと芸術上の変化が独立していながら連動していることだ。日本の場合は別々だろう」

話しているうちに、いつも冷静な小室谷には珍しく次第に気持がたかぶってくるような様子を見て、彼は美術批評家として生涯の主題を摑むことができたのだと良也は思った。いくらか羨ましい感じも受けながら彼は黙って小室谷のグラスにビールを注いだ。それを一口飲むとふたたび、「東西ドイツの統一もね、EUの成立にとって有効だという判断が奥の方に働いていたんだと思うよ。現代ドイツを代表する画家のキーファーがフランスに移住したことはね、そのシンボルみたいなことさ」と小室谷は話をすすめた。

小室谷の観察と分析によると、ヨーロッパにEUという共同体が生まれつつあることを背景に新しい芸術の胎動があり、それは国よりももっと小規模な単位の伝統文化から普遍を見付けようとする動きだという。日本のように、アメリカン・マインドだけを見ていると世界が分からなくなるだろうと小室谷は指摘した。また、「まだ誰もポップアートとグローバリズムとインスタレーションの広がりの関係について突っ込んだ議論をしていないが、時代を総合して傾向を捕らえる能力がわれわれには欠けているようだ」と、小室谷の話はとめどなく広がる気配を見せ、良也は彼の話の節々で野原行人の訓戒に近い話を想起していた。

小室谷は、「ポップアートの行き詰まりとグローバリズムとは密接な関係がある」とも言った。「アメリカではグローバリズムはアメリカ的美意識の世界制覇だと思っている根っからおめでたい人がいる。そこまでいくとアメリカ人でもまともな芸術家はついていけないよ」

そう言われても芸術思潮や美術の動きに深い知識を持っていない良也は、何となく分かるような気がするだけで、それは自分の『潮騒の旅人』とどこでどう繋がってくるかと思うばかりだ。

「今、日本のなかにはアニメ的な手法でポスト・ポップを気取っている若手がチラホラしているようだが、これはどうやら見当違いで終わりそうだな」

小室谷がそう言って一呼吸を置いたので、良也はようやく彼の紹介もあったお陰で洋画家の野原画伯に会った報告をした。

「野原さんも方向としては君が今言ったのと同じようなことを話していたが、それと戦没画学生の美術館の企画に協力することが僕のなかでは一緒にならないんだ」と良也は正直に打ち明けた。

それを聞いて小室谷は、「そうなんだ、そこが我々の問題点だ」と長野支局時代のような話し方になった。そして倫理的態度としての反戦、生活の態度としての反戦、芸術的態度つまり美意識としての反戦と数えあげて、「倫理的態度としての反戦にとどまっている限りナショナルな情動に持っていかれてしまう危険があるよ。第二次世界大戦の二の舞いだ」と指摘し、良也はようやく小室谷と自分は同じ土俵に立っているのだという感じを持つことができた。

そうした話が一段落したところで、小室谷が「それはそうとね、僕はパリで茜さんによく似た女性を見たよ。一瞬ドキリとしたほど似ていたが年が違うんだ、ずっと若い」と言った。

小室谷が見掛けた茜によく似た女性は日本からの団体客のなかの一人で、オルセー美術館に入るため、開館前から並んでいたが、彼が声を掛けようとした時、開館の時間になったらしく、行列が動き出した。その日彼はオルセー美術館のキュレーターと会う予定があって、少し約束の時間に遅れていたので結局そのままになってしまった。彼女は三十五、六の女性だった。

「茜さんは今、いくつぐらいかな」と小室谷が聞き、良也は「僕と一つ違いだから四十八か九だろう」。「そうだよな、ちょっと違い過ぎるよなあ」と小室谷は首をひねり、オルセー美術館の入り口で見掛けた女性の話はそれきりになった。

良也は内心がっかりしながら、連続ラジオドラマ『君の名は』のことを思い出していた。良也は菊田一夫が創ったその名作ドラマの話の代わりに、「奥さんとは、その後どうした」と小室谷に聞いてみた。彼が答えたがらなければすぐ別の話に変えようと思いながら。

「実はね、そのことをゆっくり考えたいとも思ってヨーロッパに行ったんだ」

そう言ってから小室谷は「彼女も今、自分の道を一所懸命考えているはずだ」と付け加えた。ずっと旅行をしていたからか、小室谷は少し瘦せて引き締まったように見えた。

「迷いはなくても、別れるというのは意外にエネルギーが要るね、娘もいるし。一緒に暮らしていなければずいぶん楽さ加減が違うだろうと思う、やはり人間というのは習慣の動物なのかもしれない」と述懐した。良也はそれを聞いて、ヨーロッパに行く前、彼が独り言のように「茜さんに会えない方がいいのかもしれない」と呟き、自分が気分を害したことがあったのを思い出した。

良也は、「僕はこのあいだから社会部を変わろうと思ってね。オウム取材班に動員されていたが、だいたい見当もついたし、もういいだろうという感じだから」。

そう聞いて小室谷はじっと良也を見た。彼の内部にどんな変化が起こっているのかを見極めておこうとする目付きだった。小室谷は、「そうだな、社会的事件ていうのは、これからも起こるだろうし、君は優しいところがあって、俺みたいに、美術以外のことはお断りとはなかなか言えないだろうし」と言い、良也は「優しいと言えば聞こえはいいが、いい加減なんだよ」と自分に引導を渡すように言った。

続けて良也が、「俺がまとめた」と思える仕事をしたいと言ったのを受けて、小室谷は、「それは何なんだ。『潮騒の旅人』のことか」と探りを入れてきた。そう聞かれると良也は「そこが問題なんだ。松本サリン事件で各社とも誤った報道をしたことを謝罪したが、僕は報道というのは危うい仕事だと思った。一方、戦争の犠牲者というのは戦場で死んだ人間ばかりではないということがだんだん見えてくると、『潮騒の旅人』をまとめる自信が揺らいでしまった」

と正直に話した。

「創造的というのは、既成の概念を破壊するという動作を伴うから、今、君はその過程に入ったんだよ。その上で新しい君流の戦争被害者像を構成すればいい。今日の話で言えば、まず戦死した将兵、残された家族からはじまって、離ればなれになってしまった恋人たちまで、被害者の範囲はかなり広いわけだが、問題は範囲をどこまでにするかではなく、被害の深さをどこで括るかだろう。そこまで掘り下げて素材を整頓すれば、それは君の作品になる。そのなかから芸術家志望者だけを抜き取ればいい」と、小室谷は批評家らしい分析を展開して見せた。良也は「有り難う、これからも時折相談に乗ってくれ」と頼み、「そうだとすると、香港の特派員の団が推理してくれたように、もし茜さんがたとえばアジアのどこかで伝統工芸みたいなことに携わっているとすれば、彼女も『潮騒の旅人』に登場する資格があるということになるのか」と聞いてみた。

小室谷は答えなかった。黙って、なぜか苦し気な表情になって良也を見ていた。彼のいくらか痩せた頰、深い眼窩《がんか》の中にある瞳は、どう答えるのかが良也にとって有益かを考えているようでもあり、自分が適当に折り合いをつけている事柄に良也ががむしゃらに挑戦しようとしているのを幾分羨ましいと思い、夙《つと》に失った若さを懐かしいものとして想起している顔にも見えた。あるいは、その答えは葉中茜を一番良く知っている君が考えることだと突き放しているようでもあった。

ややあって小室谷は気を変えて、「克子さんは元気かい」と聞いた。それで良也もホッとして「ああ、今、家を新築中でね、そういうことがあると張り切り方が違うなあ、と感心して眺めているんだ」と、これは即座に答えることができた。「人間というのは誰でも、そういう目前の身近な目標というのが必要なのかもしれないな。目標は生きていく辛さをやわらげるためにあるのかもしれない」と小室谷は言った。


良也たちの転居計画に齟齬《そご》が生じたのは、彼が帰国した小室谷と突っ込んだ話ができて間もなくだった。

設計を頼んでいた克子の同級生の夫から良也の社に電話が掛かってきて、「まずいことになりました。施工を依頼していた工務店がいなくなってしまったんです」と言うのである。最初はよく意味が分からず聞き返すと、どうやら工務店が倒産して一家が姿をくらましてしまったということらしいのだ。「倒産の原因は分かりませんが、おそらく町の金融機関から高利の金を借りたか何かだったんじゃないでしょうか。昔で言うと夜逃げです。私の方は施工契約の際、自動的に保険に入っていますから、関さんの方は勿論、私のところも経済的な被害は時間が経てば補塡《ほてん》できます。問題は新しい施工業者の選定と、引っ越される時期を遅れさせないようにするにはどうしたらいいかということなんです。本当に申し訳ないことで、御意見を伺って事後処理をさせていただきたいと思いますので御連絡をお待ちしています」と言うのだった。

良也は珍しく社から自宅に電話を入れた。彼女はもう工務店の事故のことは知っていて「さっき電話があったわ。私、冗談じゃないって怒ったんだけど」と言う。そう聞くと良也の方がかえって宥《なだ》める感じになって、「それ、設計事務所の責任じゃないんだよ。地元の施工業者の方が何かにつけて便利だろうって賛成したのはこっちなんだから、問題は工事が大幅に遅れることなんだけども、とにかく今日、帰ってから相談しよう」と言って電話を切った。

良也が帰った時、克子はもう落ち着いていて、「でも彼を紹介したの私だから、こっちにも責任があるのよね。そう思ったから余計腹が立ったんだけど、でもまずあなたに謝らなきゃあと思ったのよ。ごめんなさい。そう分かってから少しずつ落ち着いてきて、いけないのは居なくなっちゃった工務店なのよね」と、それまでの考えの経過を夫に相談した。

「それだってね、わざわざ倒産する奴もいないんだから、工務店自体も本当は被害者なのかもしれないよ」と良也は、本当に悪いのは金融業者かもしれないと思いながら解説した。

「だけど、そんなこと言ってたら、あなた、こっちばかり損をするわ」と、克子はふたたび憤りが戻ってきた様子で、良也ははじめて見るそんな彼女を、なかば頼もしい気分で眺めた。

以前にもチラッと考えたことがあったが、克子と共同作業をするのは今度の家造りがはじめてだった。子供が生まれていれば二人は力を合わせないわけにはいかず、そこで意見の食い違いなども起こって二人は鍛えられたのだろうが。

今度の新しい家について、克子にはかなりの部分を委されているという意識があって張り切っていた。同級生を通じて夫の設計技師にもどんどん思いついたことを流している様子である。

一方、良也は引っ越しの時期と、今住んでいる阿佐ケ谷の建て替えについては、まだ克子と話を詰めていなかった。時期は来年の五月ごろを彼はひそかに考えていたのだ。普通の進み具合だと自然にそうなりそうだった。引っ越してから一〜二カ月経った頃、良也は単身で香港への出張を考えていて、社の方には早めにその希望を出していた。克子が、新しい家を使いやすいように整えている時期、自分があまり口を出さない方がいいというのが表向きの理由だった。イギリスから国全体の制度が違う中国に返還されてからの香港がどう変わるかを観察するには少なくとも七月の返還時点を挟んで一カ月、できればそれ以上の観察時間が欲しいというのが、記者としての表向きの理由、そして、それくらい滞在していれば、茜の消息に何らかの手掛かりが摑めるのではないかという期待が良也の胸中にあった。

もし団特派員の推測のように臈纈染めとか伝統工芸品に類するようなものを香港の商店に納めているのなら、茜はきっとその間には姿を現すはずだ。臈纈染めやジャワ更紗と呼ばれる布の産地は今でもジャワ島、バリ島が中心らしい。彼女が姿を現さなくても香港の商店を丹念に調べれば、日本人でジャワで臈纈染めの作家という条件を持った女性を探すのはそんなに雲を摑むような話ではないはずだ。

もうひとつ、阿佐ケ谷の家の建て直しの目的は、アパートにして克子の老後に備えるということは話にも出していた。はじめ彼女は、「何だかあなたが先に死ぬみたい」と厭がったけれども、良也は男と女の平均寿命の差を理由に押し切った。もっとも、ひそかにそのなかの一室は自分の仕事場を作ってもいいという気はあったのだが、それは曖気《おくび》にも出してはいなかった。

良也は、同じアパートにしてもどんな特徴を持たせるかについては検討していなかった。克子は幼年時代を過ごしたところに近い新しい家については熱心だったが、将来の生計の拠りどころになるはずの建物についてはあまり関心がないようであった。

仲間の記者に聞いてみると、アパートも集合住宅も年齢や家族構成、裕福度などによって住居への不満はまちまちだった。しかし、都心でもなく郊外でもない阿佐ケ谷で、駅から歩いて十分以内という条件では、託児所、集会場所、近くにコンビニがあるか、使いやすい駐車場があるかなどが共通の要求として浮かんできた。良也は一階の半分ぐらいのスペースに喫茶店に入ってもらうのはどうかと思い付き、忠一郎に相談してみようかと考えたりもした。

公団のような集合住宅には集会所が作ってあるが、そこを使うのには一週間前には使用願いに使用目的や集まる人数などを書いて出さねばならず、使い勝手はとても悪いのだった。もっとも使われなければ管理人の方も手間が省けるという感じだった。そう考えているといま盛んに言われている規制緩和と、こうした役所流排除とは関係があるとは思えない、むしろもっぱら企業活動を自由にやらせろという財界の主張が前面に出ている意見なのではないかと、良也の頭はいつのまにか政府と財界批判になって終わるのだった。

工務店の失踪から十日ほどして設計事務所から連絡があって、至急お目にかかりたいという。良也は社を早めに出て設計を担当した男の新宿の事務所に回った。

「困った事情が判明しました。大手の下請け施工会社に調べてもらったところ、発注しておいた材料などが全部債権者に持ち去られているんです。そこでお引っ越しの時期なんですが、どうしても来年の五月ということですと、規格版の材料を使うしかないんです」と克子の同級生の夫は困惑を顔いっぱいに浮かべて言うのだった。

「そうですね。これはまだ妻には話していませんが、来年の中国への香港返還の時期にはどうも長期出張が入りそうなので、その前にと思っていたんですが」と良也も困ったなと思いながら事情を説明した。

「そういうことであればできるだけ既製の材料に切り替えられたらどうでしょう。その上で設備や室内デザインで住み心地の良さを追求されては」と設計技術者は言った。この方法だとコストも下がる、さらに早いのは近隣の区画に建ちはじめている材料を使うことだ。「ただしこの欠点は見た目があたりと同じようになって目立たない家になってしまいますが」と念を押すのだった。

いよいよ引っ越しの準備にかかる時になって克子から「最近は便利なのよ。分類から梱包まで全部業者さんがやってくれますから、あなたは会社にいらっしゃっていいのよ」と言われ、良也は内心あわてた。

〝何でもパック〟というようなサービスがあって引っ越した先での荷解《ほど》きから配置までやってくれるということを知ってはいたが、克子がそんなに手順よく事を運ぶとは予想していなかったのだ。

「業者はいつ来るんだ」と良也は聞き返し、克子は驚いた顔になって「来週の火曜じゃない。だから今度の日曜日は外で食べましょうっていうことになっているわ」と言われて、良也はぼんやりとそんな話を克子がしていたことを思い出すような覚束《おぼつか》なさであった。母親がいた家に引き続き住んでいた良也に引っ越しの経験がなかったこともその原因なのかもしれない。しかし彼にはもうひとつ別の気に懸かることがあって、そちらに余計注意を奪われていたのでもあった。それは克子に見せていない昔の茜からの手紙が引き出しの奥の方にしまったままになっていることだった。早くどこかへ保管替えしなければと思いながら、手紙の束を持って出勤するのが何となく億劫で、一日延ばしに延ばしているうちに克子に急き立てられる格好になってしまったのだ。やむを得ず、会社のロッカーにでも一時入れておこう、それほどの量でもないからと考え直して、「日曜は何を食べるかな」とようやく克子に聞き返した。

朝のそんな会話を思い返しながら社へ向かう電車のなかで良也は、知識として知っている〝現代社会の構造変化〟と、体験して知ることとのあいだには大きな差があることを今更のように実感させられていた。同じことで戦争体験を追おうとするなら、ミャンマー、インドネシア、そしてニューギニアと、駆け足旅行でもいいから現地に足を踏み入れてみなければならないと自分に言い聞かせるのだった。しかし、一番大きな被害を与え、日本軍の死者の数も多かった中国大陸はどうやって戦禍の跡を巡ったらいいのだろう。

それにしても克子の采配ぶりはてきぱきとしていて、結果として引っ越し作業の主役は彼女になったと良也は考えた。彼女には良也が自分の我儘にも近い希望を容れて玉川学園前に住むことを賛成してくれたという想いがあるらしく、家の設計変更についてもむしろ積極的に賛成した。二人の間は今までになく円滑になっていたのだ。

オウム真理教の事件は法廷での審理が続くにつれて、凶悪事件という性格はそのままながら、神秘的な部分が消えていった。

それは検察の論理と弁護の論理の攻防が、健全な市民社会という共通の基盤に立って戦われているからのようであった。

良也は予定通り引っ越してから一月ほど経って英国から中国への香港返還の現場を見届け、返還を巡るいろいろな国の反応、新しい統治者を迎える香港自体の表情を取材するために出掛けた。シンガポールの華僑の反応の取材を含めてほぼ一月の取材許可が与えられたので、良也は電話で団と打ち合わせて、取材計画を通常よりは綿密に立てた。その間に〝例の件の取材〟という表現で休みの日を設けて茜の消息を巡ることにした。さすがに三年前と違って、空港の雑踏ぶりは返還の意味の大きさを表しているようであった。

返還の当日は雨が降った。夕方になって一時やんだがまだ雨もよいと言ってよかった。いくつも連ねた大きなテントの奥の式場の壇の上では、中国代表の江沢民主席が英国のチャールズ皇太子から香港の返還告知を受ける儀式がはじまっていた。またテントを叩く雨の音が高くなった。団は、「日本だったら、この雨は香港人の気持を表して、やらずの雨かもしれないと書くところだろうな」と良也の耳元に囁いた。イギリスの国歌が中華人民共和国の国歌に変わった。両国の首脳が登壇しフラッシュが焚《た》かれた。会場の何カ所かに置かれているテレビにはユニオンジャックが降ろされ、五星紅旗がするすると掲揚されていく様が映し出されていた。また先に撮ってあった映像なのかもしれないが、中国と香港を遮断していた門が開かれ、人民解放軍が車を連ねて香港に入ってくる光景が映った。

やがて一斉に花火が打ち上げられた。それは香港政庁が用意した祝福の花火だった。花火は幾度も雲のなかに大輪の花を咲かせては消えた。

儀式が終わって、まずチャールズ皇太子が短い演説をした。良也は気のせいか彼の表情が残念そうに見えた。続いて演壇に近付いた江沢民は思わず綻《ほころ》びそうになる顔を、原稿を読むような仕種で抑えているようであった。

歴史的な瞬間に立ち会った対照的な二人の表情は歴史というものをありありと感じさせたと、良也は忙しく鉛筆を走らせながら思った。

香港政庁で働いていたらしい幾人もの男女が、今晩ロンドンから回航してきた専用艦に泊まる皇太子に従って政庁を離れるイギリス人の総督に、別れの挨拶を送っていた。

良也は急いでホテルに引き揚げて、式典の間に取っていたノートをもとに本社へ記事を送った。「帝国主義が消えた日」という仮のタイトルで、約束通り香港を返還することが、英国が威信を保つ唯一の選択であった、これからのアジアの課題は領土を要求しない帝国主義とどう戦うかだ、という主題を下敷きにして返還の模様を描写した。

団と共同して三本の原稿をファクスで送って良也たちは繊維会社の社宅にある在留邦人クラブに出掛けた。

この日はさすがに大勢の会員が集まっていた。三年前は中国が香港にどんな政策を適用するかで議論が分かれたのだったが、中国政府が一国二制度を打ち出していたから、この晩の議論はその実態の推測を中心にして話が弾んだ。

主人役を務める現地法人の繊維会社の社長は以前から赤かった鼻がよけい赤くなったように見えたが、今日ばかりはいくら飲んでもいいと自らに許したからかもしれなかった。香港で苦労しただけにこの日の返還式についての彼の感慨はひとしおなのだろうと良也は思った。

赤鼻社長に意見を求められた良也は、本社に送ったばかりの記事を短くして喋った。「この次は台湾だ、という説がありますが」と誰かが質問した。良也が「いや、今日の返還と台湾問題は全く性質が違います」と答えたのを受けて、赤鼻の社長が「台湾と中国の関係は国内問題だから同一に論じるべきではないでしょう」と引き取って補った。

疲れてホテルに戻って、良也は何となく三年前と今の自分の状態とを比較してみた。あれは、父親の遺産の一部として相続した異母兄の会社の株式が東京市場の二部に上場されたばかりの時であった。今度はその株を資金に換えて作った新しい家に移った直後である。

二回とも個人の暮らしの節目に香港に来たなと思うと、もし三度目にここに来るとすればどういう時だろうと考えた。茜のことが頭に浮かんだ。

団は返還を挟んだ二週間はビジネスは開店休業状態だから、多分茜はここには現れないだろう、その間に商店街を回って調べられるだけ調べておこうと提案してくれていた。方法は茜の写真を持って東南アジアの製品を扱っている店を歩き、取引先にこういう女性がいないかを聞くのである。「例は悪いが、警察の捜査と同じでね、足を使った地道な調査が結局成功のもとだ」と、彼は自信ありげに主張した。半信半疑だが、それ以外に方法がないのだから良也も賛成して祝祭の街を歩くことにしていた。

取材の合間に茜に関する情報を摑もうとする努力に成果はなかった。商店主たちも良也の問い合わせに親切に応対している気持の上での余裕はないようであった。本土に充分な情報チャンネルを持っていて、すでに資本の危険分散を終えて新しく香港を支配する要人が到着するのを待つだけのビジネスマンも心が落ち着かない様子だった。

住宅街に入ると、路地裏で遊ぶ子供たちの声ばかりが聞こえた。返還を挟んだ時期に茜についての情報を集めようと考えたこと自体が無理だったのではないかと良也は思うようになった。団も渋々それを認め、早めにシンガポールに行くことにした。返還を前に共産党政権の支配下に入るのを嫌って、かなりシンガポールに資本が移動したという話は多かった。少なくともアジアの金融センターはシンガポールになるだろうという説は常識になりつつあると主張する者もいた。もしかしたら、茜たちの取引先もシンガポールに移動しているかもしれない。

良也は可能性の糸がだんだん細くなるような心細さを覚えながら、それこそ一縷《いちる》の望みをシンガポールにかけた。

資本が移動したのにつれて、中華料理のトップクラスの料理人も移動したと言われていた。団は持ち前の動きの良さでシンガポールに移った幾人かの知人と連絡をつけていた。そのなかには料理人も、船会社の役員も、中国系アメリカ人の学者もいた。

良也は着いた日にホテルに荷物を置くとすぐ日本人墓地に行き、からゆきさんの墓を訪ねた。日本人墓地には敗戦時チャンギ刑務所で連合軍の捕虜を虐待した罪で処刑されたB級、C級戦犯も葬られていると団は説明した。偉い軍人たちは一、二の例外を除いて無事に日本に帰還した者が多かったらしい。

「そういった連中に比べて、軍旗の棄却を拒んで結局自決した蓮田善明《ぜんめい》という軍人は立派だった」と団は言った。「彼は国粋的思想の持ち主だった。俺はそれには絶対反対だが、その思想に殉じた生き方は立派だったと思う」と団は硬骨漢ぶりを発揮して言った。

「だが、そうなると、それぞれ違う思想を持った人間が常にぶつかり合う、場合によっては殺し合う殺伐とした社会ができるんじゃないか」

良也は心のなかで蓮田善明のような男も『潮騒の旅人』に加えることができるだろうか、それは違うのではないかと迷いながら、あえて団の言葉に異を唱えた。

蓮田善明のような国粋主義者を戦争の犠牲者として『潮騒の旅人』に入れるべきかどうかは、

考えれば考えるほどむずかしい問題であった。それは自分の生き方の根幹に触れてくるように良也には思われた。

「蓮田は国文学者だったが詩や短歌も作っていた。勿論、君と同じように戦後に育った僕は知識として知っているだけだ。彼の全集を編んだ人と親しかった学者の息子が僕と中学校が一緒で、蓮田全集を読む機会があったんだ」と団特派員は言った。

「天皇の放送があった二日後に上官が、この戦争を指導したのは天皇である、諸君は日本精神などを唱えて軽挙妄動をしてはならぬ、と訓示したのらしい。その上で八月十九日昭南神社で軍旗の焼却式を行う手筈が決められ、その式に行こうとした上官の大佐を蓮田は射殺し、自らもコメカミを撃ち抜いて自決した」と団は説明した。

この話を聞いていて、戦争が終わると俄《にわか》に「民主主義者」になりすました大多数の将軍や政財界の幹部に戦争犠牲者の資格がないことははっきりしていると良也は思った。芸術家としての将来に希望を抱きながら戦に消えた若者たちは当然記録されなければならない。しかし蓮田善明は『潮騒の旅人』だろうか。

良也は、蓮田はその純粋さにおいて「旅人だ」と思い、その思想においては犠牲者に数えられるべきではないと思った。

団が話した、蓮田善明全集の年譜に収められているという最後の三日間の彼の行動を反芻してみると、良也には、蓮田が許せなかったのは上からの指令によって昨日までの思想を平気で捨ててしまえる頽廃した精神だったのではないかという気がしてきた。

熊本の田原坂《たばるざか》公園のある植木町には蓮田善明の文学碑が建っていて、「ふるさとの駅に下りたちながめたるかの薄紅葉忘られなくに」という短歌が刻まれていると団が話すのを聞きながら目をつぶっていると遠くに海が見えてくるようだった。この丘はからゆきさんの墓としても知られていた。いくつもの半ば朽ちた墓が並んでいた。ほとんど「まつの墓」とか「むめの墓」という文字だけでどこから売られてきた女性かは分からなかった。ただ、いくつかの墓に「十五歳」とか「十七歳」とか、死んだ年齢らしい数字が彫られているのは、先輩たちが哀れと思ったからだろうか。想像の中で墓はみんな海を向いているようだった。

時おり風が渡り、丘のところどころに燃えるような赤い花をつけた樹が立っていた。

経営と人間Ⅱ

主に首都圏に三百店を展開しているハンバーガーチェーンBB社を傘下に収める忠一郎の計画は意外な抵抗にあって一旦白紙に戻さなければならなかった。

味とサービスの良さに現れている経営の質をそのままにして全国展開を図れば現在の倍の利益は楽に確保できるはずなのに、叩き上げの飯繁《いいしげ》健太郎社長は、これ以上の店舗を持つと質に責任が持てないといって、本社である商社の要請を拒否し続けていた。忠一郎が目をつけたのもこの点であった。彼は辣腕で評判の商社の常務とひそかに連絡を取り、まず金融機関が持っている株を少しずつ譲り受け端株も集めて三番目の勢力になった。早晩、経営をNSSC社に委せてもらうというのが次の段階での作戦であった。

しかし有力フランチャイジーが音頭を取ったらしくNSSC社の買収反対の狼煙《のろし》が揚がった。彼らのスローガンは「血も涙もない合理主義、アメリカ式経営に反対」であった。

それは事実とは違う、為にする議論だ、アメリカ式だろうが日本式だろうが合理主義は必要ではないか、という反駁は一度忠一郎の経営策をアメリカ的と思いこんだフランチャイジーには門前払いになってしまうのだった。創業の時、グレタの思い出が深く浸透しているシンドバッドというニューヨークでの名前をやめ、ニューヨーク・スカイスクレーパー・サンドイッチ・チェーンの頭文字を取ってNSSCチェーンと名付け、それさえも必要によっては、ニホン・セレクト・サンドイッチ・チェーンに読み替えようと相談した慎重さも、BB社のフランチャイジーには通用しなかったのだ。

商社とBB社の対立に乗じて二〇パーセントの株は押さえ、第三位の株主にはなったものの、騒ぎが報道されるようになってから、総会屋のような株主から端株の売り込みはあっても、臆病な金融機関は中立を表明して動かなくなってしまった。忠一郎の会社と縁の深かった銀行も、会えば「何とか早く円満解決を」の一点張りになった。

ビジネスでのこうした性格のつまずきは忠一郎にとってはじめてであった。彼は膠着した状況を打開するために、BB社の親会社に当たる商社の社長に直談判をすることにした。彼は今まであまり必要がなかったので、丸の内や大手町界隈《かいわい》の古い企業の本社を訪問したことはほとんどなかった。

最上階から一つ下の階でエレベーターを降りると、左手の廊下には赤い絨毯が敷き詰めてあるので、社長の部屋は多分ここらだろうと見当をつけて歩いていくと受付があった。名乗ると若い女性が丁寧に挨拶をして「お名刺をいただけますか」と言う。

案内された応接間には画集か何かで見たような絵が前後の壁にかかっていて忠一郎は長椅子の方に座るように合図された。完璧に訓練されているからか、女性の態度、物腰、言葉遣いは「今年の天候は不順ですね」というような語り掛けも受け付けないだろうと思われた。

忠一郎は自分が毎日働いている職場は市ケ谷の本社にしてもまだ儀式からは縁遠いな、と思い、それがいいことなのか悪いことなのかとちょっと考えた。最近、市ケ谷の本社がいよいよ手狭な感じになったのでどこか中央へ移転してはどうかという意見が総務担当の常務から出ていたのを彼は思い出した。財務担当者は、まだ今の場所で我慢できる、本社が立派になると諸経費がそれにつれて膨張するからと反対していて忠一郎は、本社はどこでもいいという気持がまだ残っていたから彼らの討議に委せていたのだったが。別の扉から現れた社長は品のいい小太りの六十代半ばの男であった。彼は「いろいろとBB社が御世話になっておりますようで」と、聞きようによっては慇懃《いんぎん》無礼にも聞こえる挨拶をし、忠一郎はすぐそれを受け取って、「実はその件でまいりました」と本題に入った。

彼は形容詞を抜きにして、自分がBB社をどう認識しているか、提携ないしは合併の準備はどこまで進んでいるかをややNSSCに有利に説明し、フランチャイジーの反対は誤解に基づくものだから、本社から声を掛けて反NSSC運動を沈静化させて欲しいと頼んだ。

「僕もビジネスの振り出しは商社でしたから多少はあなたの立場は分かるつもりです」と主張した。

「ホウ、どちらにいらっしゃいましたか」と相手が聞くので「実は貴社とはライバルになるのかもしれませんが」と前置きして、今は元の財閥名を名乗っている社名を言い、「ニューヨークに駐在していたので外資系と思われたのかもしれませんが」と説明した。前もって常務から報告を受けていたのだろう、相手の社長は「いや、よく分かりました。BB社の社長は腕はあるのですがどうも方々で摩擦を発生させましてね、あなたの方にも御迷惑をおかけしているのではないかと思っていましたが、いやよく分かりました」と頷いた。

本社の小太りの社長は愛想よく「御来意はBB社の社長に伝えますが、彼のことですから果たしてこちらの忠告をきいてくれますかどうか」と言い、一拍間があってもう一度「いやよく分かりました」と立ち上がった。忠一郎は内心、この男は何もする気がないな、と直感した。彼はその商社の大きな建物を出ながら、こうなったら〝駄目でもともと〟のつもりでBB社の社長と直接取引するしかないな、と考えていた。

BB社の社長の飯繁は色の黒い、工事現場の監督を思わせる率直な男だった。忠一郎が直接電話するとすぐ出てきた飯繁は「そろそろ連絡がある頃かと思ってました、どうぞ」と即答した。北新宿にあるBB社の本社はNSSCの本社と似たり寄ったりの飾らない建物だった。

忠一郎は彼に、「このままではファストフード業界は駄目だ。ことにハンバーガーはアメリカ資本に完全に押さえられてしまうというのが、僕が貴社に関心を持ったそもそものはじまりなんです」と時候の挨拶など抜きにして口火を切った。「取ってしまうようなことは全く考えていない」と力説した。

それに対して彼は、「御親切は有り難いが、僕は僕流でやるつもりです」と、余計なお世話だと言わんばかりの返事をした。それは忠一郎の予想通りであった。彼は飯繁が顔に出していいる反感に全く気付かないようなふりをして、悠々とニューヨークの二軒の店を売って日本に戻った時の悲愴な気持などを語った。続けて、「ファストフードは都市化した社会にはなくてはならない家庭の延長のような業態です。その業界が一社や二社に独占されて、彼らの思うままに動かされることは人々の生活を混乱させるでしょう。大手は少なくとも三社あるいは四社に、そしてローカルの会社がその地方地方にあるというのがいい状態だと思いますよ」。

忠一郎はそう言いながら、業界団体の新年の会合に話をしに来た大臣の演説を思い出しながら喋った。言っているうちに忠一郎はだんだんそれは自分の日頃の信念だったような気がしてきた。

「僕は学問がありませんからむずかしいことは分かりませんが、それと今度の株集めとどう繋がってるんです」と飯繁が斬り込んできた。

「合併することで強くなるでしょう、その第一歩として営業提携でもいい」

忠一郎がそう言い終わらないうちに飯繁は、「そりゃ駄目だ、業種が違うんだから一緒になったって強くなるわけがない」と噛んで吐き捨てるように言った。

飯繁の遠慮会釈のないものの言い方に忠一郎はだんだん腹が立ってきたが、それを抑えて、「だから営業は別々がいいでしょう、事業部制がいいと僕は思っているが」と提案した。すると、「あんたも知っているでしょうが、フランチャイジーは中心になるフランチャイザーへの信頼感がもとなんだ。この親父を頼っていればという気持が会社を支えてるんだ。天下国家も大事だろうが、頼られたらこっちだって真剣になりますよ。まず、あいつらが安心して商いをしてくれなきゃあ、この商売はうまくいかんのです」。

飯繁は話しているうちに少しずつ昂奮が高まってきたらしく見事な説教調を響かせながら語り続け、忠一郎はフライドチキンのフランチャイズチェーンやモーテルを全米に建てたホテルチェーンの創立者の、今も語り草として残っている逸話を思い出し、今、自分がやろうとしているのは、こうしたカリスマ性を持った人材を内部に抱え込むということなのだ、それには、自分が飯繁のような人間を心服させる力量を持つか、強制力で従わせるかだ、と考えた。

「今までも商社から何度か、ここと一緒になったらどうだ、あそこと合体したら、という話がありましたがね、言ってくる奴は皆サラリーマンだ。時期が来たら退職金もらってさっさと辞めちゃうんだ。フランチャイジーの方は小なりと雖《いえど》も独立自営業者だ。ねえ関さん、そんな責任のない奴の言うこと聞けると思いますか。奴らは規模を大きくして商社として商圏を大きくできればいいんだから、狙いが違いすぎるんだ」

飯繁の舌の回転はだんだん滑らかになって、後半は親会社顔をする商社批判になった。頷いているうちに忠一郎は自分も歴史を重んじる大企業の重苦しさというか、財閥系総合商社のカルチャーのようなものに反発を覚えてヤスシ・ヤマナカと親しくなったのだ、そのもとを辿っていくと何事も自分の判断で即決しなければならない捕虜収容所での生活があったと、次第に放心状態に入っていきながら回想していた。

忠一郎は飯繁と一時間近く、押し問答を挟み、別の部分では共鳴し合ったりして話し続けた。

「まあ、今日のところは強いて結論を出す必要はないでしょう。時々話しに来ますよ」

忠一郎はそう言って握手をして飯繁と別れた。「虎穴に入らずんば虎児を得ず」か、あるいは「ミイラ取りがミイラになる」か、どっちかだと思いながら。

社に戻ると忠一郎は村内を部屋に呼んだ。

待ち構えていたらしい村内は入ってくるなり、「どないでした」と交渉の首尾、結果を聞いた。学生時代と比較すると村内の大阪弁は、それがきつい内容のことを言う際に印象を和らげる方便として使われる程度に後退していた。

「なかなか魅力的な男だよ」と忠一郎は言い、執務机の前の応接セットに彼と向かい合って腰を下ろし、要点をかいつまんで話し、「ああいう働き手が君の下に二、三人いると戦力増強になるなあと思ったよ」と感想を述べた。

村内は、「飯繁健太郎はフランチャイジーにネス反対の狼煙を上げるよう煽動《せんどう》してまっせ」と忠一郎の目を覗き込むようにして注意した。村内の目の奥には、社長は戦争で苦労したはずなのに、どこか坊ちゃん育ちのところがあるから騙されないようにして下さいよ、という気持が潜んでいるようであった。と同時に、彼の獲物を狙うような眼差しは、村内が何か計略を思いついた時に見せるものであったから、忠一郎はいくらか身構えて、「やはりそうかな」と受けて次の言葉を待った。

村内権之助に注意されても、陽に灼けた誠実そうな飯繁の印象に忠一郎は未練があった。

「ネスと戦うためにフランチャイジーを煽動したりしたら、事が収まった後の統制は取りにくくなるぞ」

そう忠一郎が思い付きを言うと村内は「そこなんですわ」とからだを乗り出して、「少し時間をかけてもよければBB社はものになります」と断定した。村内は忠一郎の関心が自分の次の言葉に向けられているのを意識したのか目を伏せて、「今日のトップ会談の結果、前にも一度買収を諦めたいきさつがあるがネスは計画を再検討するらしい、という情報を流すんです。ここでもう一押し反対を打ち出して役所などにも働きかければ、ネスは完全に手を引くだろうと信じ込ませるんです」と主張した。

「こちらが動きを止めて、その噂が本当であるかのような状況を作ります。そこまでいけばフランチャイジーは必ず論功行賞を求めるでしょう。社長もよく御存じのように、フランチャイジーは常に本社に納めるノウハウ料、いわゆるフィーが高いよって安うしてもらいたいと考えています。だから彼らが要求する論功行賞はそれを低うする方法、たとえば一定の効率突破を実現した店の超過部分のフィーは安うするとか、一定の地域のフランチャイジーの指導は有力店の店長に委せるとか、その要求の内容はまちまちでしょうが」と村内は解説してみせた。

ＢＢ社の買収問題がはじまってから、村内はファストフードばかりでなく、いろいろなフランチャイズビジネスの実態を調べ、弁護士の房の意見も聞き、また相手の実態を摑むための情報ルートの構築などに努力をしてきたのだ。

その結果得た結論を村内はいま忠一郎に披露しているのであった。彼の話の調子は、社長である忠一郎にお伺いを立てているというより、伸びる企業の指導者なら当然、今話す自分の判断を承認すべきなのだと迫っている感じになっていた。

「飯繁は横車押しの半面、人情家ですからフランチャイジーの要求を頭から拒否できまへん。

そこが彼の首尾一貫しない前近代的な弱点ですわ」

忠一郎はそう熱っぽく語る村内の顔を、なぜか熊鼠《くまねずみ》みたいだと思いながら、「そこへいくとうちの方はアメリカ的合理主義だからな」と世間の評判をあえて自社にあてはめて、混ぜっ返し気味に言ってみた。しかし忠一郎のやや自嘲気味の表現は村内に通じなかった。

「そうです。うちはアメリカ的ですから合理主義に徹するべきで、そのもとは自由競争原理なんです。飯繁のように最初から人情を押し出してしもうたら合理主義への転換は無理です」

村内はそう、やや執拗さを見せて主張し、忠一郎は次第に気圧《けお》されるような気分になった。忠一郎はメディアがＮＳＣのことをアメリカ的合理主義経営と呼んでいることに、心の奥では違和感があった。今の事業はグレタと共同ではじめたニューヨークの店が最初なのだから、それは手造り的なものであった。

店の数が多くなれば手造りというのは無理だから画一大量生産方式を採用しているが、精神は手造りのはずだった。

しかしここまでくると、世間が決めたイメージを肯定し、我を張らず、それに乗って拡大政策を実行すべきではないか。この前の戦争も欧米の帝国主義からのアジアの解放というコンセンサスに乗って行われたものだ。大きな企業の政策決定は社長個人の好みや思想によって行われてはならず、組織の意思によって決めることが大事だ。その「意思」は社会がその企業に要求している役割、イメージによって枠をはめられているのだ。後になって無謀な戦争と非難するが、日本がアメリカ、イギリスと戦争をはじめたのもそういうことだったのだ。忠一郎は村内の説明が一段落するのを待って、「はじめた戦争は勝たなければならないからな」と言った。

忠一郎の「戦争は勝たなければ」という発言で村内の肩に入っていた力が抜け、上体が柔らかくなった。彼は続けて、「BB社とそのフランチャイジーへの工作のルートは大丈夫なのか」と村内に聞いた。

「お委せ下さい」と彼は無邪気な学生時代を想わせる微笑を浮かべ、さきほどの熊鼠のような雰囲気は消えた。

BB社には御三家と呼ばれる創業以来のフランチャイジーがいるが、そのうちの一社が四年ほど前、息子の代になったのだと村内は言い、その息子を去年本社の商社の常務に紹介してもらったと報告した。アメリカで経営学を学んでMBAを取って帰国した秀才の息子は、「日本のビジネスの世界に革新をもたらそうと張り切っています」と村内は説明し、「その点でライバルであるが社長を尊敬しているようです」と付け加えた。

「その青年と組んでファストフード業界に近代化をもたらすというのはいいな。それでいこう」

忠一郎はそれまでの彼とは全く別人のように力強い口調で賛成した。村内はその社長の言葉を意外に全く感情の籠もっていない目で見返していた。彼は、今自分が情熱を注いでいるのは近代化でもアメリカ的な合理主義の徹底でもなくNSSCの版図拡大ですがな、と言っているのだった。

忠一郎はこの日、村内権之助の提案に賛成したことでNSSCの版図の急速拡大と多角化に本式に乗り出したのであり、アメリカ的合理主義を基礎とする戦略を社の方針として確認したのであった。またビジネスにとって大切なのは、戦略がうまく運ぶということであり、大義名分は後からついてくるものだという村内流の哲学を承認したのでもあった。

戦略と戦術が決まってしまうと、あとは目的を実現するためにどれくらいの資金が必要なのかであった。

「BB社の買収資金は僕はそれほど大きくはならないと思います」と村内は言った。

「最初の資金量が少し大きくても、それ以後の社の収益体質が強化される方がいいと思うよ」と忠一郎は言い、突然異母弟の良也はもう遺産を資金化してしまったのだったなと考えた。

二部に上場した時、忠一郎はかなりの株をいろいろな人の名義にして手元に保管していた。BB社の買収に必要な資金の量にもよるが、その手元株のいくらかを資金化しなければならないと彼は胸算用していたのである。市中銀行から借りてもいいが、事なかれ主義の彼らは買収用の資金となったら貸し渋るのではないかと忠一郎はまた思った。それに続けて良也はNSS

C株を売ってどれくらいの資金を手にしたのだろうと考えた。

しかし引っ越しが済んだことを良也が報告にきた時、二人は、烈しい言い合いをしてしまい、それ以来、連絡が切れた状態のままだったことを、忠一郎は事新しく思い出した。

喧嘩別れみたいな状態は修復しておいた方がいいだろう。ことにこれからひと合戦はじめようというのだから、身内の関係は調整しておくべきだ。

村内は一旦鉾《ほこ》を納めてフランチャイジーの分裂を計る作戦を提案していた。それは名案だと賛成はしたが問題はどれくらい時間がかかるかだと忠一郎は考えた。彼は遅くても二〇〇一年の上期までには吸収合併を済ませたかった。NSSC社と競争しているファストフードの大手の一社がサンドイッチチェーンに乗り出すという情報を彼は聞いていたので、その機先を制するとなればそれが期限だと忠一郎は判断していた。いくらいい作戦を立てても戦機を逃せば戦争は敗北につながるのだ。二〇〇一年上期までに吸収合併を実現すること。村内のことだから間違いはないはずだが、と忠一郎は考えた。そうすればNSSC社はファストフード業界のトップを狙える場所に到達するのだ。自分たちの活躍の結果、主婦が家の中で料理に費やす時間が大幅に減少するのだ。それだけ女性は教養や娯楽に時間を使うことができる。社会革命は生活革命があってはじめて可能になると、忠一郎はもう合併を発表する際の文章を考えていた。

彼は家に帰ったら妻の弥生にハンバーガーチェーンをはじめることを話してみようと思った。

彼は夫のために料理を作り気温によって着る物を選んだりするのを妻の喜ばしい役割と心得ている彼女が、あまりはっきり賛成しないようなことの方がビジネスとして効率がいいという体験をしていた。だから弥生が賛成することは必要条件ではない、むしろ反対してくれた方が自信が持てるのだった。

忠一郎は事業を通じて思い描いている家庭生活と、自分の生活とが異質であることに何の躊躇も矛盾も感じないようになっていた。

事業は何よりも競争に勝たなければならないのだし、業績が伸びるのはそれだけ消費者が支持してくれている証拠なのだから問題はない。いろいろと口うるさい連中を説得するにはそれなりの理論が必要だが、それはあまり将来を縛ることがないように気をつけながら学者にでも頼んで整えていけばいい。忠一郎は大学でジェンダー論を教え女性解放論のオピニオンリーダーのような教授が家庭では妻を顎で使っているという話を良也が勤めている新聞の家庭生活部の女性記者から聞いた時、なかなかこなれた教授だと内心感心したが慎重に、「いろいろな人がいるものですね」と感想を述べたのだった。

弥生は経営者の家に育っただけあって二人の男の子を立派に育てた良妻賢母型の女性であり、目に見えない網のようなもので忠一郎に経営者的であることを要求しているようなところがあるのが煩わしいと感じることがあったが、今の家庭生活に不満があるわけではなかった。忠一郎はインタビューを受ける時はいつもそうだったのだが取材に来た記者に言葉を選びながら「家の中が平和であることは経営者にとっての重要な条件でしょう」と語るのを常としていた。

いろいろな角度から見ても恵まれていると言えそうな自分の場合に比べて、良也の世代の家庭での生活はどうなのだろう。異母弟の妻には父親を病院に見舞った時にはじめて会い、それから法事の時と最近は年一回の石楠花園訪問の際に会う程度だが、弥生と同じタイプの女性に見えた。しかし良也は女房を甘やかしているに違いないと忠一郎は思った。妻に対しては主人というものはいつも黙って従いてこいという態度で接しなければならないのだが、おそらく男女平等などという理屈に縛られて不器用な暮らし方をしているに違いない。

休日の朝、珍しく書斎に腰を下ろして庭を見ながら、そんなことを考えているうちに、忠一郎は良也との言い合いの場面をふたたび思い出して不愉快な感情をぶり返していた。

良也は新しい家に移った報告と、それについては遺産で受けた株をNSSC社が時価で買ってくれたことが大きかったとお礼を言いにきたのであった。そしてついでのように忠一郎の戦争体験について質問したのである。理由を聞くと、芸術家を目指しながら戦争で死んだ青年たちの記録集を出版する計画があるのでと言った。

良也の説明によるとその文集はまだ企画を詰めている段階らしいのだが、忠一郎はその計画そのものに賛成できなかった。戦争が終わって五十年以上も経ったのに、何をすき好んで暗い記憶を呼び起こすようなものを出版するのかという気持だった。

「そんな下らんものはやめとけ」と言いたいのを我慢して、「戦争で受けた傷は、心もからだもなかなか癒えない。しかし皆それを乗り越えて生きてきたんだから今更被害者扱いされてもだね、嬉しくもおかしくもないよ」と言っているうちにやはりだんだん腹立たしさを抑えられなくなった。

「だいたい戦争のセの字も知らん男がだね、大変だったでしょう、お気の毒です、戦争を二度と起こさないように、その頃の心境を語ってください、どうだったんですかと聞かれてもだね、ハイ、それではなどと喋るわけにはいかないんだよ。ちょこちょこと突っつかれたくはないね。やめだ、やめだ。そんな下らんことはやめたらいい」と言ってしまった。

おそらく良也はそんなふうに頭ごなしに言われたことは子供の頃から一度もなかったのだろう。

呆気に取られた表情がみるみるムッとした顔に変わって、「僕は下らんとは思いません」と言い返してきた。「ああいう無謀な戦争を二度と起こさせないためにも必要なことだと思います」と、全面的に受けて立つ姿勢を見せた。

「ちょっと待て、誰が無謀な戦争と決めたんだ」

「敗けたじゃないですか。それも大勢の人間を犠牲に」

「敗けると分かっていても戦わなきゃならん場合もある。西郷隆盛の西南の役を見てみろ」

「それなら、いよいよはっきりしています。あれは無謀でした」

「それを決めたのは極東裁判だろう。君はアメリカ製民主主義の申し子なのか。だいたい戦後に生まれた奴は、ヒューマニズムだ、民主主義だ、平和憲法だと骨の髄まで占領政策に汚染されておる」

「驚きました。家事労働から女性を解放するという理念で経営を伸ばしているネスの創業者が改憲派とは知りませんでした」

そうして二人の間には急に沈黙が広がった。お互いに言いたいことを言ってしまうと、言い合いがとても子供じみたものに見えてきたのである。

「お礼を言いにきた僕としては言い過ぎたかもしれません。意見は変えられませんが、お礼を言いにきたことだけは覚えておいて下さい」

五月になって庭のつつじが一斉に花をつけたのを眺めながら、忠一郎はあの日自分が我にもあらずむきになったのを反省しなければと考えた。相手が年下の身内という油断があったことも事実だった。忠一郎自身、日頃、民主主義や平和憲法などに反対の意見を述べたことはなかった。そういう考えを持ってもいなかった。しかし、つるんとした顔の良也が二度と戦争を起こしてはならないと言うのを聞いているうちに無性に反対の意見で相手を屈服させたくなった。

一月近く前、戦後育ちのタレントがある県の知事に当選し、「戦力を持たない国家は独立国ではない」と言うのを聞いた時には、「戦地での苦労も知らない奴が何を小癪《こしゃく》な」と反発を覚えたのであったのに、あの日は良也に向かって別のことを口走ったのである。

良也は忠一郎の意見に反対する際、言うにこと欠いて、「あなたがそんなに感情的になるのは、よほど戦争でひどいことをなさって、その傷口に触られたからじゃありませんか」と言ったらしいのだ。はっきり、そう言ったのか、そういう意味のことを口にしたのか記憶がはっきりしないが、心証としてはそう攻めてきたのだ。「人間は誰でも痛いところを突かれると怒るんですね」と、とどめを刺すような言葉も投げられたような気がする。もしかするとあの時、俺は怒りのために放心状態になってしまったのだろうかと今頃になって忠一郎は不安に捕らえられた。

しかし、かつて何度か、後になって確認できた放心状態では記憶が残っていないのに、良也との言い合いのこの場合は記憶が重複して蘇ってくるのはどうしたことだろう。もしかすると関忠一郎そのものに根本的な変化が起こったのだろうか。たとえば、日常の忠一郎が放心状態なので、かつての放心状態が訪れると、かえって日頃抑えられていた現実性が折り重なるようにして訪れるとでもいうような。でも人間の在り方にそんな形式論理学のような法則があてはまるものなのか。

あるいは、あの時は放心状態は起こらず、心のプリズムの屈折率が烈しく変化して、いく色もの光線が放たれたということなのだろうか。この方がありそうなことだが、落ち着いて考えればそんな解釈はどちらでもいいことで、要は自分がどんな考えを述べたのかが問題なのだと、忠一郎は少し居直り気味の姿勢になって考え直した。

いろいろと記憶を整理してみて、忠一郎は要するに経営者は競争に勝たなければならない責任を背負っているので、五十年以上も昔の戦争の記憶などにかかわり合っている暇などないのだ、という意味のことを言ったのだから何も間違ってはいないと、自分の気持を落ち着けることにした。

「若者は軍隊に入ることに反対するかもしれないが、それは規律のある生活が厭なだけだろう」と言っただろうか。とにかく良也がひどく気分を害して、「あなたも並の経営者ですね」という意味のことを口走った。それを受けて、「並か規格外かは知らんが、とにかく勝たなきゃならないんだ」とやり返した。今度ＢＢ社の買収に成功したことが発表されたら良也の奴も俺の言外に込めた意味が分かるだろう。

おそらく、良也の社の経済部の記者も取材にくるだろうが、その際、「社会部に僕の異母弟がいるが会う機会があったらよろしく言っておいてくれ。時には遊びに来いと伝えてくれ」と言おうかと忠一郎は考えた。おそらく彼はそうしたこちらの働き掛けを厭がって、かえって良也との関係はこじれるだろうと思うと、忠一郎は今更のように自分と良也の住む世界は全く異質なのだと気が付いた。

どちらの職業がいいということではない。違いは奴がサラリーマンで俺が経営者だということだ。収入は俺の方が多いかもしれないが、責任も大きい。小隊を率いて密林に入ったようなものだ、と忠一郎は比喩を飛躍させた。いや今のNSSCの規模だったら小隊どころではなく、部隊を率いてと言った方が実情に合っているだろう。BB社を加えれば連隊だ。

しかし、ビジネスの世界はつくづく戦争の世界だなあ、と忠一郎は繰り返した。ただビジネスの場合は法律という枠がある。これは守らなければならないがそれは法を犯せば競争上不利になるからだ。それだけのことだ、と考えた時ノックが聞こえ弥生が淹《い》れたばかりのコーヒーを捧げて入ってきた。忠一郎はコーヒーを野戦病院で覚えたのだった。帰国してしばらくして、アメリカのコーヒーとは比較できないコーヒーの味を覚えた。コーヒーが文化のシンボルのような時代に彼は育った。

あれは敗戦で身分も財産も取り上げられ、本郷西片町の家屋敷だけが残った華族の館でのことだった。伯爵は敗戦後の変革に耐えられず倒れ、残された夫人は学生の仲間Aが夢中になっていた。Aは忠一郎も入っていた英語同好会のメンバーだった。

十歳以上も年が離れていた伯爵夫人に恋をしていたAは忠一郎が支社開設準備のためにニュ

ーヨークにいた時に夫人と心中してしまった。その報せを東京からの村内の手紙で知って、グレタに魅せられていた忠一郎は、Aは彼なりの生き方を生きたのだと少し羨ましいような気持だったのを覚えている。また安里の店を合併した時、彼はAが安里のように洒脱になれれば死ななくても済んだのではないかと思ったものだった。

いつの時代もそうなのかもしれないが、学校を卒業して社会に出て、家庭を持ち、それぞれの道で安定するまでに個人の道程ではいろいろな変動があるのだった。

それは時代だったのだろうか。自分は死線を潜り帰国してからも制度改革で父親の立場がどうなるか分からず、学資は英会話学校のアルバイトと後は講義録配布会社の収入で稼いだ。まだ年金も失業保険も生活実感のなかに存在していないのも同然のような状態だった。今の若い人たちはどうなのだろうと忠一郎は思った。身に降りかかる変動がない、生命を懸けるような目標を見付けることができなくてむしろ苛立たしさを覚えているのではないか。そのうえ、多様な情報が氾濫している世の中に育って想像力が極端に弱くなってしまったから、戦争に憧れる者が出てきているかもしれない。

それは危険だ、と忠一郎は思った。

あるいは良也はそうした気配を感じていて戦没した芸術家志望の若者の手記遺稿集を編集しようと計画したのだろうか。それなら最初から素直にそう言えばいいのだ。この俺の戦地での体験を聞きたいなどと持って回った言い方をするから癇《かん》に障ったのだ。

「今年はいつ石楠花園へおいでになりますか」

盆を引きながら弥生が聞いた。ここ数年、忠一郎は石楠花の季節に良也や二人の息子の家族にも声を掛けて、今では遺言に従って新しく作られた財団が運営するようになった石楠花園に弁当を持って行くことにしていた。三人になった孫たちにも、自然に馴染み植物や昆虫に関心を持たせたかった。忠一郎から見ると孫たちばかりでなく、息子たち夫婦が驚くほど樹木や草花のことを知らないのである。そんなことで日本の古典文学などを読解できるのだろうかと心配になるのだったが、何げない素振りで聞いてみると、忠太も栄二もその妻たちも日本の古典についての知識はせいぜい中学校で教えられたレベル止まりで、関心領域の構造が忠一郎とは違うようであった。

弥生の質問で忠一郎はBB社の買収問題に気を奪われていて危うく年中行事を忘れるところだったと覚った。赤城山麓の石楠花園は栄太郎の死後、遺言に従って財団を作りNSC社の寄付で石楠花以外にも紫陽花、つつじ、桜そして楓などを千本単位で植え続けた結果、四季おりおりにいろいろな花が咲く公園として次第に知られるようになっていたから、前の年から日曜日を避け一月ほど前にウイークデーを決めて訪問することにしたのであった。言い合いのあった翌年、良也はオウム事件で幹部の被告の判決が出る日だとかで参加しなかったが、それからは良也だけの欠席が続いている。

「今年は良也さんをお招きになりますか？」と弥生に聞かれて忠一郎は迷った。

以前のように何げなく行き来ができるようになるのにはいい機会だと思った。しかし、まだ何となく気が進まないのも事実だった。良也は関忠一郎という存在そのものに疑問の目を向けている男のような感じがするのだったから。

「まあいいんじゃないか、彼も何かと忙しいようだし、子供もいないんだから。克子さんが一人でくるのも窮屈だろう。後で君から急に決まったのでとか連絡をしておいてやれば」

そう忠一郎が言うと、「分かったわ、じゃあ日曜日にでも、二人で行ってらっしゃい、急だったので私たちだけで行ってしまったけど、と声だけ掛けておきましょう」と答え、忠一郎はこういうことは弥生に委せておけば安心という感じを持った。

幸いその日は初夏らしい微風のある天気だった。二日前に村内からBB社の飯繁社長が合併に同意したという報告が入って忠一郎はピクニックを本当に家族だけにしておいてよかったと思った。水入らずなら、ハンバーガーを始めることにしたというような話も安心して話せるのだ。主なフランチャイジーの二人が飯繁に会って、これからの競争を勝ち抜いていくためにNSSCと一緒になって欲しい、さもなくば自分たちは離脱すると申し入れたのだと村内は言った。

烈しい言い合いになり最後に飯繁が折れたのらしい。「来週中にも関・飯繁会談をセットしたいと思いますが」と村内は忠一郎の都合を聞いた。それは赤城行きの四日後に決まっていた。三人の孫はもう小学校と幼稚園に通う年になっていたから、計九名の家族は満開の石楠花の群落を見渡す池の畔《ほとり》の芝生の上で弁当を開いた。

これが自分が育ててきた一族だ、と忠一郎は追いかけっこなどをしてはしゃぎ回っている孫たちを眺めながら思った。大学生の頃も、ニューヨークにいた時も想像もしなかった光景であった。

ハンバーガーチェーンの中堅であったBB社の店を加えればNSSC社は今年中に千三百店を超える規模になるのだった。忠一郎は、バブルがはじけて経済全体が停滞している時こそ飛躍の態勢を整える好機だと考えていた。その点でBB社の買収に成功したことに彼は満足していた。

しかし彼はすでに七十代の半ばを越していた。嵐のように成長するのはこれからだというのに自分が年寄りになっていることが忠一郎には不満だった。あと十年は一所懸命に働いて、押しも押されもせぬ大企業に仕立て上げなければいけないと、彼は遊び回っている孫たちを眺めながら漠然とそんなことを考えた。

それにしても創業は一九六〇年、安保問題が日本全土を揺るがせていた時だったから、あれから四十年以上も経っている。そう考えるとNSSC社の成長はそれほど速いとは言えない。ファストフードで先頭に立って鎬《しのぎ》を削っている他の三つの会社の出発もほぼ同じ頃だったのだから、NSSC社のスピードが意外に遅かったのを忠一郎はよく知っていた。サンドイッチという、昔から在って消費者の舌も発達している製品を主にしていたことがその遅い成長の理由になっているらしかった。

もうひとつはアメリカから製造技術ばかりでなく経営ノウハウも輸入した会社ではなかったことも最初の頃のスピードで差がついた理由であったと彼は自らを慰めるのであった。「これでいこう」という店の性格や製品の品揃えの決定に時間がかかった。そうして三つ目は、自分がそれほど急成長に情熱を燃やし、それを目標にしていなかったことが原因だろうと忠一郎には分かっていた。安里二朗の生き方に魅力を感じたり、レストランは量より質ではないかと考えたりして、急速拡大に夢中になっているという姿勢ではなかったのだ。遊びの部分が多かったと言ってもいいのかもしれない。

しかし、ハンバーガーを手に入れた以上は戦略は決まったのだ。追い落とそうと狙いを定めた相手の店の近くに競合店を作り戦いを挑むのだ。手っ取り早いのは価格で勝負することだ。戦争の勝敗は気迫が左右する。

NSSC社の強みはファストフード専業という点だ。他社はBB社のように総合商社が大株主だったり、食品メーカーのレストラン部門だったりすることが多い。それにしても親父はいい人生を送ったなと、忠一郎はあらためて花が真っ盛りの石楠花の群落を眺めて感じ入った。

次男の栄二が忠一郎の紙コップにビールを注ぎに来た。同じ両親からでも違う性格の子供が生まれるのを忠一郎は不思議な想いで眺めていた。自分と良也の場合は母親が違い育った時代も大きく異なるので人間のタイプが違っていてもむしろ当然という気がする。後天的な影響かもしれないが新聞記者という職業が本人を理屈っぽくしたという要素もありそうだ。

しかし良也よりはもう一時代後に生まれた忠太と栄二も性格が違うのだ。弟の栄二は自動車や二輪車の工業デザインの他に注文もあればパッケージデザインも手掛けているからどちらかと言えば芸術家に近い職業ではないかと忠一郎は思っていたが愛想もよく、細かく気も使う。一方、長男の忠太は商社マンなのだから前垂れ精神とまでは言わないまでも商人的な物腰があってもいいのにお世辞ひとつ言うわけでもなく、表情の動きなども学者といっても通る重々しさなのだ。もっとも、自分の商社時代を考えれば、あまり注文はつけられないが、と忠一郎は苦笑するのだったが。

「実は僕ね、来年ぐらいになったら思い切ってイタリアに行こうかと思っているんだ」

栄二はビールを注ぎながら忠一郎にそう言った。「家族も連れて行くつもりだけど、工業デザインといってもいろいろあるんだが、僕の場合はやはりイタリアで勉強するのがいいと思う。

オンザジョブトレーニングみたいなものなんだけど」と説明した。

「先週栄二から相談されて、さいわい僕の方は当分日本らしいから、お父さんとお母さんの許可が得られればそれもいいかもしれない、と答えました」と忠太が栄二の話をフォローした。続けて、自分が海外に出るとすれば五、六年後にアメリカ支社か、ヨーロッパの比較的大きな国の部長といったところかと思うと、堂々と予想を述べるところをみると忠太はエリートコースを歩いているのだろう。忠一郎はふたたび自分のニューヨーク勤務時代を思い出し、今はもう総てがルールどおりに動く時代になったのだと感じ、それで窮屈を感じないのだろうかという疑問を持った。その父親の心が反映したのか、「でも、僕の選択肢のなかには同じ財閥系の各社で作った総合研究所の主任研究員という線もあるんです」と忠太は言った。そんな話を耳にしながら、忠一郎は、いろいろな条件が重なってはいたがもう国全体が創業の時代と呼べる時代は終わったのだと思った。

長男は商社にいるから海外に駐在することになるのは予期していた。それだけに今の若者としては早い方だったが縁もあって二十五の時にしきりに勧めて結婚させた。弥生も、赴任した先で外国の女性を好きになったりするのを心配していたから忠一郎に協力した。

「あの子は真面目ですからね、好きになったら行くところまで行ってしまいますよ」と弥生は言い、忠一郎はグレタのことを思い出して内心何だか落ち着かない気分になった。

しかし弟の栄二が家族ともどもイタリアに行くという話は、予想していなかっただけに忠一郎に軽い衝撃を与えた。

ひどく遅まきながら経営者として野心に火を点じた時期だったからいいようなものの、引退を考えているような心境の時だったら、何とか思いとどまるように栄二を説得にかかったかもしれなかった。

「そうか」と忠一郎は言い、少しして「まあ、今はグローバル化の時代だからなあ」という言葉が出た。息子の妻たちにも外国で暮らすことに忠一郎の世代のような緊張感はないらしい。義父が承知してくれた様子に、もともとはきはきしている性格の栄二の妻は、「お義父《とう》さまもお義母《かあ》さまも、ちょいちょいいらっしゃるといいわ。ミラノってとても暮らしやすいところですって。スイスもすぐ近くだし」と言った。

計画がずっと煮詰まっていたことが明らかになり過ぎるのを恐れたのか、栄二が「まあ、まあ」と妻を制し、弥生が「あなたは外国向きかもしれないわねえ」と栄二の嫁のことを評した。忠太が、「でもネスも海外への展開をそろそろ考えるタイミングかもしれませんね。ことにハンバーガーをおはじめになるのだったら」と商社マンらしい意見を言い、「そうだ、ミラノにお店をお出しになったら」とまた栄二の妻が言い、「いや、出すとなったら、やはりアメリカですよ」というような会話が忠一郎をそこに置いておいて家族の間で飛び交った。忠一郎は長男の話から、かつて商社にいた頃の同僚の来栖がアメリカのテーマパークを日本に持ってこようと画策していたことを想起した。

その来栖は常務に昇進してから子会社のコンビニの社長に転出し、今ではその社の会長として成功者の一人に数えられている。自分にもその来栖のようなコースを歩く方法もあったのだと忠一郎は考え、ＮＳＳＣを創業した頃を振り返って、これからが勝負だと静かに闘志を燃やすのだった。


石楠花園訪問で快く疲れて、さて寝ようとしているところへＮＳＳＣの総務部長から電話が入った。忠一郎は取り次いだ妻の様子で、何かまずいことが起こったのではないかと直感した。経営者になってから、夜遅くとか早朝の電話はいつも彼に緊張を強いた。案の定、「困ったことになりました」と口を開くやいなや総務部長が言った。

「飯繁社長が死にました。自殺です」との報告だった。

忠一郎は咄嗟に、もう契約書にサインは終わっているから、合併そのものは揺るがないな、と自らの記憶に確認を求めていた。

「自宅の、仏壇を置いてある居間の鴨居《かもい》に紐を懸けて首を吊ったようです」と総務部長が忠一郎に認識を迫るように重ねる。

「どうして、そんな」と、思わず当惑を口から洩らしていると、ゆっくり会ったのは一度だけだったが、飯繁の赤銅色に焼けた工事現場の監督のような風貌が浮かんできた。忠一郎は彼の質を大事にしようとする思想に共鳴し、結果として副社長の村内権之助にやんわりとではあったが、「社長は人がよろしいから、相手のペースに乗ってしまわんようにして下さい」という意味の忠告をされたことがあった。その彼が自ら死を選んだのだ。忠一郎は、好敵手が盟友になる過程で起こった悲劇という感じがした。

「遺書のようなものはあったのか」という質問に答えて、「あったようです。それには『城が落ちた時、城主は切腹をするのが武士の生き方で、自分は今までの考え方の延長線として死を選びたい。皆、幸せに暮らすように』というようなことが書かれてあったようです」と総務部長は答え、「その遺書は?」という質問には、「警察が持っていきました」という返事であった。

「参ったな、僕は取材などには一切答えない。広報室長が対応するようにと言ってくれ。もっともコメントは必要だろうから今晩中に書いておく」

忠一郎はそう言って総務部長との電話を切り、妻の弥生にその旨を伝え、寝間着をもう一度部屋着に着替えて書斎に入った。

何といっても世間は関忠一郎が飯繁を殺したと言うだろうという判断が彼を圧倒していた。もしそうした説を唱える者がいたら容赦なく訴えてやろうと忠一郎は身震いをしていた。惜しい男を失くしたという感情に並行して死ぬような弱い男にかかわっている暇はない、と囁く声を忠一郎は聞いていた。

飯繁の死について忠一郎は記者会見などはいっさい断って、嵐が過ぎるのを待った。鬼のような経営者という投書などにも一切言い返さなかった。勝敗は戦う者の宿命であり、勝つ場合もあれば敗ける場合もある。敗けたからという理由で死ぬというのは本人の選択なのだ。

アメリカで勉強した息子に働きかけながら、BB社の有力フランチャイジーを説得してNSCに参加させる村内の作戦を承認したのは自分だから、その作戦の成功の功績も、その副産物としての飯繁の自殺の責任も関忠一郎にあるという理屈も成り立つかもしれない。しかし彼は自ら死を選んだのであり、自分は房が強調してくれたように一切法に触れたことはやっていない。

人を直接殺してさえ、戦争の場合は罪にならないではないか。

忠一郎はいろいろな業界の企業の角逐の歴史を調べ、もう七、八十年も昔、〝強盗〟と呼ばれた観光開発業者のために、会社を乗っ取られた社長が三人も死んでいる事実を確かめていた。二人は明らかに自殺であり、三人目は乗っ取られたという事実から病になって他界したのだけれども、その彼に向けても「殺した」という非難が浴びせられたのだった。しかし彼の名前は今では立志伝中の人物として、またわが国に合理的な観光事業を創設した先見の明のあった指導者として、経営者列伝に名を連ねているのだ。

日本の資本主義の成長期に、〝押し込み王〟という呼び名は嫉妬と畏怖《いふ》と嫌悪の混ざった呼称ではあっても、それだけのことであった。やがてその個人に冠せられた悪名は消え、企業は残ったのである。その男を非難し続けるのも、ひとつの思想的立場としてはあり得るだろう。しかしそうなら、繊維会社の大部分はその創業期に女工哀史を地で行っているではないか。その結果、一時期日本の繊維産業は世界に雄飛することができたのだ。

ファストフード業界は遅れて産業としての形成期に入ったのだから、飯繁の自殺のような事例も起こるのだと、忠一郎は沈黙を守りながらも、経営者としての考えを整理していた。

それでも飯繁の初七日が済むまでは、忠一郎は新しく参加したフランチャイジーに話しかけるのを控えた。

忠一郎は初七日が過ぎてからサンドイッチのフランチャイジーも含めた全員に飯繁を讃《たた》える哀悼の言葉をメールで送った。原稿を書いているうちに自分でも涙ぐんでしまうほど、その文章は心の込もったものになった。一度会っただけだったが飯繁という人物に魅力を感じたのは事実だったから嘘を書いたのではなかった。

飯繁の自殺によって起こった非難に耐え、無言で予定通りに統合を進めた忠一郎の行動は、本社の社員と従来のフランチャイジーの間にうちの社長は強いというプラスの反響を生んだ。

この経験は忠一郎にとって予想外の収穫だった。その内容は、彼らは強いリーダーを求めているのであり、自分は彼らが望むような存在でなければならないのだという自覚だった。指導者であるべき者にとっては、腰が低いとか、優しいという特徴はアクセサリーのようなもので、強さが根幹になっていなければならない。傲岸《ごうがん》と言われても不遜《ふそん》と誇《そし》られても、そうした批判を抱くのは取るに足りない知識層であり、大衆は何よりも自分たちを引っ張っていってくれる存在を求めているのだ。勿論、その今更のような発見を忠一郎は口に出しては言わなかった。

しかし、歩く時もつとめて胸を張り、話をする際は意識して語尾をはっきり発音することを心掛けた。急に切り替えると目立っておかしいと思ったから、徐々に身につくように注意した。

実行に移してみると、サンドイッチ店にハンバーガーを売らせることは意外にむずかしいことが分かった。商品の性質が違うし、今までサンドイッチこそ最上の食べ物と教えられ、顧客にそう説明しているうちに自分もそう思うようになった店主と店員の頭が、ハンバーガーも負けず劣らず優れた物だという頭になるのには少し時間が必要なようであった。

また、一軒の店で併売するよりも、近くに別の店を作った方が不動産コストさえ抑えられれば効率が上がることが分かった。忠一郎はBB社を買収してから毎日一店舗の割合で店を回り、店長と意見を交換し、BB社のハンバーガーについての消費者の評判を集めることを目標として立てた。その結果、BB社の製品は丁寧に作っているという特徴があり、NSCのサンドイッチは昔より味が落ちたようだという、聞き捨てにできない市場の反応を摑むことができた。

この結果に忠一郎は考え込んでしまった。何が原因でそうした印象を消費者が持つようになったのか真剣に考えて、競合店の質が向上したこと、消費者の舌が慣れてしまって無意識に変化を求めていること、実質的に質が落ちているのかもしれないという三点に絞って、徹底した検討をすることにした。創業の頃、忠一郎が追い求めていたのは、ニューヨークでグレタと一緒に作ったサンドイッチだったことなどが懐かしく思い出された。

シンドバッドのもとの店のメニューはロシア料理ふうのものが多かったが、それが日本で大衆に受け容れられるという自信は忠一郎にはなかった。もっともグレタが作ったのはリトアニア化されたもののようであったが。今でも時おりグレタのことを思い出しながら彼はリトアニアには今に至るまで行ったことがない。しかし、バルト海に面しスラブの文化の特徴を色濃く映しながら、チュルリョーニスの絵や作曲に見られるような優しい幻想性を持っているリトアニアの文化とグレタの持っていた雰囲気、夢見がちで我儘なところもあるが、烈しさとうらはらに運命に従順な性格とは忠一郎には切り離せないように思われた。彼女はヤスシ・ヤマナカと暮らしていたから、そのなかにはいつのまにか日本的なものがいくらか混じっていただろうか。

サンドイッチの店を展開しようと決めた時、忠一郎はいろいろと日本的なメニューを考えてみた。そして日本にはハムソーセージばかりでなく海産物を原料に使った練り物などのなかにサンドイッチに向くものもあり、素材の風味を生かした野菜サンドなども検討してみたらいいのではないかと、その頃アイデアは一斉に羽ばたくようだったのだ。それにしてもまず本来のサンドイッチチェーンとしての評判を確立することだと自重して父親に相談に行き、鉄道弘済会の幹部に紹介してもらったりもしたのだった。その頃はことごとにグレタを想起し、すると自分の甘い判断から、彼女をみすみす実質的にソビエトが支配するリトアニアに出発させてしまったことを悔やむ心が動いた。

それから四十年以上の歳月が流れ、さすがにグレタを思い出すことは少なくなったが、今度、ハンバーガーチェーンを手に入れたことは、忠一郎の会社が構造としてグレタから離れたのを意味しているのであった。シンドバッドという名前を使わず、NSSCという社名を採用したことが今から思えばその第一歩だったのだが。

忠一郎はそんな具合に創成期を振り返ったりしながら、新しい構造を完全に自分の手で自由自在に動かせるように現場を回りはじめた。そして四カ月ほど経った時だった。農水省が、北海道で生まれ、千葉県で飼育されている牛にBSE感染の疑いがあると発表した。

「どういうことだ、これは」というのが忠一郎の最初の反応だった。

彼はイギリスで狂牛病と呼ばれる牛の病気が人間に感染する疑いがあると政府が発表して、

ヨーロッパに衝撃が走ったことを知っていた。その時、忠一郎はそのニュースが自分のビジネスに直接関係があるようになるとは思ってもいなかった。むしろ共食いが原因と言われるその病気の発生の事情に関心があったのだった。

最近ある書店に入荷した外国書籍のタイトルのなかに、「食人」という文字が入っている本があるのを知って、カニバリズムに関心があった忠一郎はさっそく取り寄せて半分ほど読んだところだった。

著者はアメリカの臨床精神医で、太平洋上のある島の一部に感染性のタンパク性病原体によって引き起こされるクールーという病気の発症例が多いのを知って現地調査をした経験を随筆ふうに報告している著作だった。

彼によれば、その種族には死んだ親族への尊敬を表す儀式としてその死体を食べる習慣があるのだ。彼らはクールー病は呪術によって起こされるので、対抗呪術によって克服しようとし続けてきたのらしい。この本によると、病気については原因と発症の因果関係も、従って潜伏期間の長短も分かっていない。

忠一郎は完全に記憶が失われているペグー山系の密林で、自分は戦友の肉を食べたのではないかという、誰にも言えなかった恐れが、俄に胸中で息ができないほどに膨れ上がるのを覚えた。勿論、このことは戦友だった房にも言っていない。「食人」という言葉に触発されて忠一郎の下半身は固くなり真っ逆様に放心の淵に落ちていった。そのなかで彼は「ヤメトケ」という声を何度も聞いた。しかし大蜥蜴の爪のようになった忠一郎の手は戦友の服を引き千切り襲いかかっていくのだ。

潜伏期間が短ければもう発病しているはずだから、逆に人肉は食べていなかったと安心できるのだが、それも分からないとなれば判断の手掛かりはない。それに因果関係も解明されていないのだとすれば、発病していなくても食べなかったという証明にはならない。

どれくらい時間が経ったのか分からなかった。忠一郎は身震いして意識が戻った。彼は落ち着けなかった。しかし、今のような状態で医者に相談にいけば、精神科に回され、過労からくるノイローゼと診断されるに違いない。

そんな不安と、自分の内部の問題に捕らえられていたので、BSEと呼ばれるようになった狂牛病の国内での発生についての忠一郎の認識は、「どういうことだ」という段階にとどまっていた。村内副社長が相談に来た際も忠一郎は「うちは原料はアメリカから輸入しているので心配はない、ということだろう」と、BB社が独立していた頃から製品を担当していた二葉助《ふたばすけ》八《はち》の顔を見たのだった。勿論、二葉は大きく頷いて同意した。

当社の食材は安全だという宣伝にもかかわらずBB社の売り上げは徐々に下がった。やはり牛肉そのものへの不安感が広がっているのかもしれないと考えたが、忠一郎は「こっちが苦しい時は敵も苦しいんだ」と、競争相手のことに言及して落ち着いている態度を見せなければならなかった。

調べてみるとハンバーガーチェーンで先頭に立っていた会社も二番目の会社の売り上げも減っていた。

そこへもってきて先頭の会社がこの機会に体力の弱い会社を潰してしまおうと考えたらしく、急に価格を二〇％以上も引き下げる勝負を仕掛けてきた。

「どうしますか」と聞いてきたハンバーガー担当の常務の二葉助八に、忠一郎は「飯繁社長だったらどうするかな」と聞いてみた。二葉は首を捻《ひね》っていたが「多分、価格は下げないと思います」と答えた。「じゃあ、それでいこう」と忠一郎は決定した。しかし売り上げはそれから目に見えて落ちた。ひとつ歯車が狂うと次々に狂ってくるという感じを抱きながら忠一郎は店舗巡回に精を出した。

それは忠一郎自身がヤマナカジュニアに与えた「経営者になるというのはだんだん具体的で細かい現実性から離れること」という教訓に反するのであったが、こうした危機の際は「数値だけでは現実を認識」できないと思ったからだった。

首都圏を離れて東海地方の店を回った時、彼は理解できないことにぶつかった。浜松のその店は比較的大型でサンドイッチとハンバーガーを一緒に提供していたのだが、どちらにも添えられているはずのキャベツが付いていなかった。

妙なことだと思って質問すると、店員が怪訝な表情で奥へ引っ込み、代わって出てきた店長が、「あの、社長がお見えになったらキャベツは出さないように、と言われておりましたので」と言う。忠一郎は面食らった。それ以外にも、この日彼が浜松の店に来ることがなぜフランチャイジーに洩れていたかも不思議だった。「今日、僕がここに来るのがどうして分かった」と聞くと、店長はニヤッとして「はい、東海地方に警戒警報ということで」と言う。

追及してもはじまらないので、キャベツについての質問に変えると、「あの、社長はキャベツがお嫌いと聞いておりましたので」と、この点は店長ももともと腑に落ちなかった様子なのだ。理解できないので、その「本社指令」が出た時期などを詳しく聞いているうちに、忠一郎はその少し前に彼が本社で行った朝礼の際の話を思い出した。

春先にずっと雨が降らず、蔬菜《そさい》類、ことにキャベツの値段が高騰した時期があった。ある朝忠一郎は、「店に行って見ていると顧客にサンドイッチと一緒に提供するキャベツは半分ぐらいが残されている。ソーセージやコロッケの場合も同じだ。こういう時期は原価削減のためにも量を減らすぐらいの臨機応変の姿勢が必要だ」と訓示したのだった。

それが時間が経って浜松に来るまでに「社長はキャベツが嫌い」という情報に変わったのだ。忠一郎は「僕はキャベツが嫌いなわけじゃないよ」と言ったけれども次の言葉を出すことができなかった。自分の会社も、いつの間にか世間で言う大組織病にかかっているのだ。

そうしたことを考えながら量を少なめにしたサンドイッチを食べてみると、気のせいかそれは自分がグレタと協力して作ったニューヨークの頃のシンドバッドのサンドイッチとはすっかり違ったものになっている気がした。この様子では、最近傘下に入ってきた元BB社の九州の店などはどんなことになっているんだろうと心配になった。BB社を創業した飯繁は熊本出身の剛直な男だっただけに愛郷心も強く、首都圏以外では熊本、博多地区に十数店舗作っていた。

忠一郎は秘書にも知られないように抜き打ちで九州の店を視察してみようと考えた。フランチャイジー側は忠一郎がいつ自分の店を見にくるか、いろいろな手段を使って事前に知ろうとしているに違いなかった。そこにはフランチャイジー同士の支配者に対する互助意識が働いていて根絶しようとしてもできるものではないことを忠一郎はいろいろな経験で知らされていたのだった。

忠一郎は大阪に行き、かねて用件を説明してあったヤマナカジュニアを電話で呼び出し、福岡で落ち合う手筈を決めた。今になってヤマナカジュニアと呼ぶのはふさわしくないほど彼は堂々とした地方経済のリーダーになっていた。

どうしても自分が持つ、若い頃育ててもらったお礼だからと言って譲らないので、山中に譲歩して、川べりの料亭で出はじめた河豚《ふぐ》を御馳走になりながら、忠一郎は会社の規模が全国に広がった新しい局面にどう対応すべきかで苦労していると率直に山中に話した。

「僕は君が広島に戻る時、持って回ったようなことを言った覚えがあるが、ファストフードには規模の勝負というところがあってね、勝つためには大きくせざるを得ない」とも言った。

忠一郎の言葉を聞いて山中は、「いや、今日ご一緒に店を回らせていただいたのでお気持はよく分かります。御苦労だなあとも思いました」と感想を述べた。

二人は昼、福岡でBB社の旗艦店と言われてきた大型店に入って、サンドイッチとハンバーガーを注文した。「駄目だな、この店は。成績は徐々に落ちているはずだ」と忠一郎は小さな声で言った。店を出てからその判断のわけを聞いた山中に彼は「ハンバーガーにはさまっている目玉焼きの裏を見たか。あの店の調理場は清潔、整頓がよくないよ。鉄板に前の料理に使った材料の滓《かす》が付いている。サンドイッチも、あれは作り置きだった」と説明した。

「確かにサンドイッチのパンの端が乾いていました」と彼もNSSC社に勤めていた頃を思い出していた。「変なものでな、店に入った途端、この店は生きているか死んでいるかがピンとくるんだ。言葉じゃない、匂いのようなものだ」と忠一郎は言い、彼は忠一郎が「経営者になるというのはだんだん具体的で細かい現実性から離れること」という教訓に自分から違反していると思ったが黙っていた。あるいは忠一郎は、どこかの時点で、「数値は現実を反映しない」ということを覚ったのだろうか。

夕食を終えてホテルに戻った時、忠一郎は福岡の大学には、捕虜収容所で相手方だった原口俊雄が英文学の名誉教授になっているはずだと思い出し、明日、会えれば会っていろいろ聞こうと決心した。彼は自分が意識を失って捕らえられ、野戦病院に入っていた時のことで、何か参考になることを知っているのではないかと考えたのだった。

今まで、なるべく昔のことを知っていそうな人間に会うのを避ける気持が強かったのだが、BSEが発生し、カニバリズムに関する本を読んでしまった今、忠一郎は原口に会って、当時のことをはっきりさせずにはいられない気分になったのであった。翌日、忠一郎は原口と会っているところを人に見られたくない気持もあって大学の研究室に、彼を訪ねた。五十年以上も経っているのに二人とも相手のことを忘れていなかった。

「あの頃は本当に助けていただきました」と頭を下げる忠一郎に、「いやいや、こちらこそ。しかしお互いに一所懸命でしたな」と原口が答え、忠一郎は一気に、「今日、お時間をいただきましたのは、九州で本格的に仕事をするようになった御挨拶と、私が捕虜になった際の病状などについて、もし御記憶にありましたら教えていただきたいと思いまして」と口火を切った。

原口は細い首を真っ直ぐに伸ばし、彼にしては珍しくはっきりした意見を口にする時の表情になって、「あなたの病状は頭部強度打撲による逆行性記憶喪失症だった」と明快に答えた。その当時の連合軍の通訳と日本軍の捕虜代表という立場に立っての真剣なやりとりの習慣が戻ったみたいだった。

「肝臓も悪かったはずですが」と、追い縋《すが》るように忠一郎は質問し、原口はそれまでのはっきりした表情を消した。相手が何か特別なことを確かめたくて自分を訪ねたと気づき、何が関心の的なのかを考えている目つきになった。原口の躊躇の表情を見逃すまいと忠一郎は目を凝らした。記憶が戻ってきたのだろう、原口の顔から緊張が解けて、「それはおそらく悪食《あくじき》の影響でしょう。僕は野戦病院から送られてきた数名の捕虜のカルテを写して持っています。ここには置いてありません。もし盗まれたりして情報が流出したら人権問題になりますから銀行の貸金庫に保管してあります」。

二人はしばらく、まるで睨み合っているように対峙していた。やがて原口は「僕は関忠一郎少尉と房少尉のカルテについてはよく覚えています。あなた方は僕のカウンターパートだったからね」と先ほどとは打って変わって、ゼミの学生たちに教えている口調になった。

「その上」と原口は言いかけてしばらく言葉を探すように視線を落としていたが、すっくと長い首を上げて、「関少尉には放心癖というか、明らかな奇癖がありましたからね」と言い切った。

「どうもそうらしいです。時々、自分でも失敗ったと気付くんですが」と言って、忠一郎は自分の心が異例なほど素直になっているのを知って我ながら驚いていた。何でも知っている相手と会っている、彼からあったままを教わろうとしているという意識が、日頃の身構える姿勢を解除したようであった。その結果、忠一郎の背後には、生きたまま捕らえられているという姿を自らの意識から隠さなければならないでいる大勢の日本兵の捕虜の孤独な姿がはっきり見えてくるようであった。

「深夜、あなたが月に向かって吠えているのを見た時は心底から驚きました。当時、あなたが入っていたビルマの野戦病院ではマラリア以外にも原因の分からない熱病や不意の拒食症のような症状が多発していて、医師たちはてんてこまいをしていた。あなたの奇行も、戦場における異常心理のひとつと考えられていました」

ごく自然ななりゆきとして、話が核心に入ったことに忠一郎は狼狽し、相槌も満足に打てなかった。原口の話の内容によっては、今後の生き方が変わるのである。勿論、大勢の社員を抱える企業の責任者なのだからずっと嘘を通し、表面上は今までとは変わらないように振る舞うとしても。

忠一郎の辛いところは、「人間の肉を食べたのではないか」という質問を、そのままの表現で原口にぶつけられない点であった。

「僕の肝臓障害は何だったんですかね、単なる悪食の後遺症でしょうか」

心配の核心を率直に口にできないために忠一郎の質問は妙なもって回ったような表現を取ら

ざるを得なかった。

「そうでしょう。それについての軍医の所見に特別なものは書いてありませんでしたよ」と、忠一郎の心配の具体的な内容を知らない原口は不当に落ち着いていると感じられる態度で答えるのだ。とうとう忠一郎は不安に抗しきれなくなって「最近、BSEが騒がれるようになって、あのペグー山系の密林のなかで自分は何を食べて生きていたのか気になりましてね」と言った。

原口はふっと口を噤み、首を伸ばして草原の遠くから敵が近付いてこないかどうかを偵察しているような表情を見せた。やがて幾分虚《うつ》ろな目に変わって「たとえば、戦友の肉を食べたか、というようなことですか」と原口は恐る恐るのように、ひとつひとつの言葉を押し出した。

「ええ、まあ、そういうようなことを含めて」

忠一郎の方も曖昧な口調になった。原口は黙り、じっと忠一郎を見詰めていたが、突然、「アハハ、そりゃない。そんなことはあり得ない」と大きな声を出し、忠一郎は思わず飛び上がりそうに驚いた。「だって関さん、密林に逃げ込んで二日や三日でそんなことをする余裕はなかったでしょうよ。食べたとしても大蜥蜴ぐらいかな」と原口ははっきり言い、忠一郎はあわてて、「ちょっと待って下さい。僕は三週間ほど密林にいたはずです」と抗弁した。原口は首を捻りながら、「しかしそれはおかしい。そういう点では連合軍の調査は正確なはずだが」とぶつぶつ言っていたが、やがて正面から忠一郎を見て「それ、誰が三週間と言ったんですか、正気に戻るまでの期間が三週間だったんじゃないですか」と言った。

そう反論されれば忠一郎の方に野戦病院の記録を覆せる記憶はない。それなのに三週間と思い込んでいたのは、悪夢がその間続いていたからかもしれない。

この日の原口俊雄の関忠一郎少尉に関する記憶は完全に近いものに思われた。長い年月、忠一郎の胸の奥に居座って、物事の判断、行動、対人関係に影響してきた不安が根拠のないものとして退けられたのだ。

最終的にグレタのリトアニア行きを認めてしまったのは、今の自分をしっかり認識し直し、その上に立って将来の生き方を決めるためには、一度物心のついた際の時点に立ってみなければという彼女の主張に押されたからであった。自分はまだその作業を終えていない。戦争中どんな背徳的な行いをしたのか、戦争だったから仕方なかったと言って流してしまえないどんなことをしたのかを明らかにしていないが、グレタの故国訪問が済んだら、彼女との結婚前にビルマに行き、ペグー山系の密林、野戦病院が置かれていた森、そしてインドの奥地の砂漠に近い捕虜収容所の跡を訪ねなければいけないと考えていたのだった。

それらはすべて心の奥にあった疚《やま》しさが命じたことで、その結果現実についての判断が甘くなりグレタを失ってしまった。

奥底の不安が消えた今なら、堂々とグレタの行方を探す勇気も出てくる。ビジネスの上でも、もうヒューマニストぶる必要はなくなった。競争に勝つためなら何をやってもいいのだ。彼が大声をあげて福岡の中洲に犇《ひし》めいている夜の歓楽街を歩いても、誰も彼を異常な人とは思わないだろう。それは抑えていたものが出口を求めて爆発したための奇行ではなく、普通の人間としての羽目外しだ。忠一郎は山中を朝広島に戻らせてしまったのを残念に思った。

忠一郎はホテルに戻って部屋で食事を済ませたが、そのまま寝る気になれず前の晩山中に案内されたナイトクラブを思い出し、電話で場所を確かめて車を拾った。

彼はその店で九州の経済界の指導者たち五、六人に紹介された。たまたま東京にいた頃、NSSCの担当者だった取引銀行の男が栄転して九州の総括責任者になっていた。彼がその店に飲みにきていたのである。九州の夜の財界サロンと呼ばれるクラブだけのことがあるのだと忠一郎は思った。いつもよりかなり多く飲み酩酊《めいてい》した。いくら飲んでももう大丈夫なのだと途中で一、二度確かめたりはしたが。

彼はホテルに戻ると風呂にも入らずに寝てしまった。夜半に目が覚めた時、忠一郎は自分がひどく疲れているのが分かり、睡眠誘導剤を服用して朝九時まで眠ることにした。

ふたたび眠りに落ちながら忠一郎はもう自分の思うように生きてもいいのだと、原口の話を思い出しながら確かめていた。それは、まるで今までそうではなかったかのような意識のなかでの話なのだ。

敗戦で鉄道省の高官だった父親がどうなるか分からず、学資ぐらいは自分で稼がねばとはじめたのが講義録配布の会社であり、英会話学校の講師だった。それから商社へ、そしてヤマナカと仲良くなりグレタを好きになって商社を辞めてNSSC社を創業した……と辿れば、忠一郎は自分勝手に生きてきたと言われても反駁できない。だから、これからは自分の思うようにというのは勤め人や役人が言うような意味ではなく、死んだ戦友への償いの気持とか、国が敗北したのに生き残ってしまった自分は経済大国になるために頑張るしかないというような大義からは解放されて、ということなのだ。

あたりを見回しても、そうした倫理的な当為を背負って働いてきた経営者は、晩生《おくて》の自分のような人間を例外として、もう次々に死んだり引退したりしている。バブルの崩壊はこの世代交代の動きを早めたのだ。そう言えば房の奴、いつだったかそれとなく引退の時期について探りを入れてきたことがあったな、というようなことを考えているうちに薬が効いてきたのか忠一郎は眠ってしまった。

翌朝、彼は取りあえず会社に電話を入れた。少し風邪気味なので夕方までには東京に戻って社に顔だけは出すと秘書に告げると、彼は、「承知いたしました。御電話がありましたら必ず取り次いでくれとのことでしたので、少々お待ち下さい」と言って村内に代わった。すぐ出てきた村内は「国内で二頭目のBSE感染牛が出たようです。まだ発表されていませんが。ちょっと面倒です。明朝、御連絡を待って常務会を、と考えていたのですが、お風邪だとすると……」と思案している様子なのだ。

「分かった。明日は大丈夫だ。今日とにかく晩までには社に顔だけは出す。その時、最終的に決めよう。それからこっちのBB社の店は良くないよ。モラールが低い。じゃあ」と電話を切った。頭が重く、なんだか経営者にとっての、現実という悪相の生き物が彼を捕らえに追いついてきたような感じを受け、それでも午後の飛行機の切符の予約だけはして、もう二時間ほど寝ようとベッドに入った。彼はその眠りのなかで、どこまでも黄色い菜の花畑の道を、子供の自分がいくらか途方にくれて歩いている夢を見た。忠一郎は自分は今、春と初夏が一度にくるリトアニアにいるのだと思った。

翌日、忠一郎は村内、二葉助八ら数名の幹部と対策を協議した。もと農水省にいた役員は、第三、第四の病牛が出る可能性があること、それればかりでなく、アメリカでも発生の危険があり、そうなった場合、農水省は発生国からのビーフの輸入停止措置に踏み切る、アメリカだけを例外にすることはできないと考えている、と報告した。

「アメリカからどんな圧力がかかってもですか」と一番若い役員が質問し、農水省出身者は「勿論です」と胸を張った。

会議は重苦しい空気に包まれた。そうなればもともとアメリカから来た会社だというイメージが強いNSSC社と、そのハンバーガー部門になったBB社の店の打撃は他社よりも大きいだろう。NSSC社も、BB社も原料の輸入先はアメリカだった。「わが社の中心はサンドイッチだから」と言いたいのを忠一郎は我慢していた。BB社の常務だった二葉助八の意見を知りたかった。そうした他の役員の空気を察知してか二葉が「幸いうちのメインはサンドイッチですから」と発言した。「当面、サンドイッチの品揃えを多くして売り上げをいくらかでも補うしかありません」

村内副社長もその発言を待っていたのだろう、「フィッシュサンド、野菜サンド、蟹《かに》サンドなど、いくつかのラインアップを準備させていますが、生産ラインに乗せるのは来年の二月に入ると思います。急がせてはいますが」と忠一郎に報告する口調で言った。

「いずれにしても売り上げの低下を最小限にくい止め、誠実というイメージをこの際確立してしまおう」と言って忠一郎は会議を終えたが、結論を出せたという達成感は湧いてこなかった。

家に帰って、「大変ね、お疲れになったでしょう」と弥生が声を掛けた時、忠一郎は、「来年になったらちょいちょい海外へ行かなければならないかもしれない。アメリカ以外のところで原料の輸入先を作らないといけない」と言い、ほとんど考えてもいなかったようなそうした言葉がどうして突然自分の口から出たのだろうと彼自身驚いたのであった。

恐れていたことは次々に確実にやってきた。三頭目の病牛が発生したのである。この影響は大きかった。ハンバーガーの客数の減少は今までの倍になった。もともとサンドイッチの専業店だったフランチャイジーから、ハンバーガーの取り扱いを止めたいという意見が出はじめた。将来のリスクを分散するために原料の輸入先を今から分散すべし、というような意見も出された。

少し前までの忠一郎なら、不利な事態は、かえって彼のビジネスへの情熱を奮い立たせたのである。苦境に陥った時、彼は二つの平凡な発想に基づく言葉で自分を元気づけるのを常とした。

そのひとつは、今の苦境は五年か十年した時、「あの時は辛かったなあ」と懐かしい気持で回想するようになるだろう、というのであり、もうひとつは、ペグー山系の密林の戦闘を思えば、これくらいは何でもない、というのであった。

しかし、今回はその二つが共に役に立たないのだ。

五年経てば忠一郎は八十三歳になっているし、十年目には確実に引退しているはずである。役人だった父親を見ていたからか、彼は民間人でも七十代になれば引退を考えるのは当然のことという感覚でいた。やりたいことが残っていても、それは後継者がやればいい。そう思うところは同業他社の創業型経営者と忠一郎は少し違っていた。だから、引退した身の上で今の苦境を振り返っても、それは単なる回想でしかないだろうと思えるのだった。

またペグー山系の戦いでの辛さは、原口教授から、せいぜい二日か三日の彷徨に過ぎないと教えられ、臨床上の所見からしても、その間に戦友の肉を食べた可能性は限りなく零に近いと指摘されてからすっかり迫力を失ってしまったのである。

人間の肉を食べたかもしれないという、深い部分での不安が、逆にビジネスに分け入る忠一郎を勇敢にさせていたというのは論理的には説明しにくいが、感覚的には奇妙に説得力を持っている事柄だった。そこまでの罪を犯したのだから、もう何でもできるというのでは必ずしもない。人格者としての自分の道は閉ざされていると思う絶望が忠一郎に蛮勇を与えているというのでもない。しかし彼は精神の緊張を失い、虚しさに捕らわれてしまった。

忠一郎は、いつどこで引退をしようかとしきりに考えるようになった。さすがに、共食い的な餌の摂取が原因ではないかと推測されているBSE問題が一段落するまでは引退を口にしてはいけないと自分に言いきかせ、そう我慢していればいるほど、引退したらシベリア鉄道に乗ってリトアニアへ行きたいという夢が膨らむのだった。

再会へ

出版部に移った良也の仕事は『現代人の俳句全集』の編集だった。父親の遺稿句集を編んだ経験はあったが新しいことの方が多く、良也はやり甲斐を感じていた。なかでも良也は俳人の生き方に興味を持った。

地方の仲間を訪ねて座を持つのは芭蕉の頃からの習わしではあっても、詩型がそれを要求しているのでもあろう。だから、全集の一巻、一巻をビジュアルにするためには写真班は勿論のこと、自分たち編集スタッフも全国を歩くことになりそうであった。

取り上げる俳人別に担当を決めて外部の批評家や俳人で構成される編集委員の意見をまとめ、取材旅行のスケジュールを集めてみると、訪れるべき地方はほとんど全国に及んでいた。

自分も、この企画の責任者として、できるだけ取材に付き合おうと考えていると、良也は自分の胸中にいつの間にか漂泊者のように旅行したいと思う欲求が育ってきているのに気付いた。

それはかなりいい加減な、日常性離脱願望みたいなものかもしれないと自戒しながらも、考えていると僧衣のようなものを身に纏《まと》い、菅笠《すげがさ》を被った男の姿まで浮かんでくる。彼はいつも後ろ姿だけを見せて立ち去って行くのであったが。

良也にとって、若い頃一緒にアメリカに取材旅行に行って以来、気心が知れている菅野春雄が良也の推薦もあって写真のキャップになってくれたことも具合のいいことだった。彼はいつか菅野に自分のイメージに浮かんで来る黒衣の男の後ろ姿について話しておこうと思った。写真というものが、姿形を持っていない要素をどう映し出すのか、出せるのかというようなことについて彼から聞いてみたいとも思った。

同じような、イメージに繋がる要素なのだが、大正、昭和の俳人たちが、歌人ほどではないにしても貧困、失意、病、それも主に結核に悩まされている姿があった。その奥から戦争の影響が死神のような顔をして覗いているのだ。予想はしていたが、それがはっきり分かってくるにつれて彼の頭のなかで『潮騒の旅人』の取材が重なって見えてくる。虚子からはじめて数名の先達俳人を本にしてから良也が長野に来たのは、はじめての支局勤めが長野だったこと、天才的な俳人だったのに充分評価されているとは言えない杉田久女の父の故郷が松本だったこと、それに数年前に急死した上田五千石が少年時代を伊那、松本で送っていたからであった。それに、その支局時代から、団と並んで友人だった小室谷が長野市の私立美術館長になっていたのも誘因になっていた。

小室谷が「開館の準備で僕もじっくり見たわけではないが」と前置きして薦めた安曇野の万緑美術館で茜の消息が摑めるとは、良也にとって想像もできなかったことであった。

彼の前に立った、まだ若さを残している館長が「私、葉中茜の従妹でございます。葉中知枝《ちえ》と申します。茜からあなた様のことを伺っておりました」と言った時、良也は、彼女の顔をまじまじと見詰めてしばらくは言葉を発することができなかったのを覚えている。少しして辛うじて、「茜さんはどうしていらっしゃいますか、お元気ですか」と聞けた。香港とシンガポールで探したが分からなかった消息だった。

しかし従妹の知枝の答えは、「元気なはずです」という不確かなものであった。この日は知枝の口から、茜がしばらく前からインドネシアに行っていること、現地で臈纈染めのジャワ更紗を作ったり民話を採集したりし、子供たちに日本語を教えて自活しているらしいことが分かった。

知枝の表情の動き、瞳孔を絞るようにして相手を見る癖、勢いこんで話す時、少し受け口の唇から糸切り歯がわずかに覗くのまで似ていると良也は思った。しかし、糸切り歯については自信がなかった。知枝を見ていて、彼女からの類推で茜もそうだったと思ったのかもしれなかった。数枚の茜の写真は机の引き出しの奥にしまいこんだままで、この数年は取り出して眺めることも減っていた。良也はその写真と彼女からの手紙の束が引っ越しの際会社のロッカーに疎開させたままだったことを思い出して内心狼狽したりした。

この日の収穫は、離れ離れになってしまった後も茜が彼にいい感じを持ち続けていたと従妹の知枝が証言してくれたことだった。

茜は父親の死後、長野の家を引き払って真っ直ぐ京都の叔父の家に来たのだ。ただし、意図的としか思えない綿密さで行き先を消去して。知枝の話によれば「本当に想ってくれたのは関さんだけ」と茜は言い、自分のために東京の会社を辞めて長野に勤め換えをしようとまでしてくれた、と語っていたというのに。そう言われると良也は母親が倒れ、転勤の辞令が出た頃の自分の不決断、身勝手な判断が思い返されて恥ずかしかった。

知枝の口ぶりからすると、茜は良也については好意を隠そうとはしなかったようだ。そのことは、来館芳名帳に記帳した関良也という名前を見て、知枝の方から声を掛けてきたのでも分かる。それなら尚更、なぜ茜は彼の前から姿を消したのだろう。

しかし意外なことに初対面の時、茜が、行方をくらますような形でいなくなってしまった疑問を、葉中知枝は逆に彼に質問するのだった。

「関さん、私も教えていただきたいことがあるんです」と知枝は真剣な表情で言った。その内容はまだはっきりしていなかったが、茜には親密な関係ができそうになると、その相手の前から身をひいてしまうことが良也以外にもあったらしい。京都で知枝が中心になって作った劇団を茜が後見役のような立場で助けていた時のことを良也は聞いていた。ただ普通の姉妹以上に親密と考えられる知枝にとっても茜には謎の部分が残ってしまうのであった。

貿易商だった父親が集めた美術品を中心に、生前彼も好きだった長野県の安曇野に美術館を建てることになった時、茜は「竹取物語の村に行ってみる」と言い出したのだ。七〇年代になって竹取物語とそっくりと言ってもいい伝承が中国の奥地の金沙江《きんさこう》というところに存在していることが分かって、国文学界が大騒ぎになったのを良也も聞いたことがあった。その話は『斑竹姑娘《バンチユークーニヤン》』と名付けられて五人の求婚者の登場のところが同じだと言われていた。

早熟で行動的な知枝は高校生の頃から演劇に興味を持ち、大学生になるのを待ちかねたように劇団万緑群を作ったのだった。陸軍大佐だった葉中長蔵を娘一人が送るという淋しい葬儀を済ませて京都に戻った茜は、自然に自分を慕ってくれている中学生の従妹の相談相手になった。二年ほど経って、時の経過とともにいくらか元気を回復した茜は大学の聴講生になって国文学を学び、そこで改めて竹取物語に出会ったのであろう。知枝からそうした話を聞くにつけても、良也は真剣に彼女の行方を追わなかった当時の自分の姿を目前に突きつけられるようであった。

その頃、東京に戻った良也の失恋の痛手からの回復は意外に早かった。やがて彼は社会部長の仲人で克子と結婚した。

茜が金沙江に入ろうとした頃、中国がそんな奥地にまで日本人の入国を認めるのは困難であり、彼女は許可を待って思いの外長く香港にとどまることになったらしい。その間に彼女は誰かに会ってインドネシア行きを勧められたようだ。その頃知枝は茜をインドネシアに案内したのが男か女か、日本人かどうかも分からなかったらしい。

良也は知枝と京都で落ち合って、茜が父親の死後の二十年近くを過ごした住まいや、茜と知枝がよく訪ねた三条の音楽喫茶、そして劇団万緑群の稽古場の跡などを訪ねて回った。それからしばらくして、社にいた良也のところへ長野の小室谷から電話が掛かった。

小室谷は、「茜さんから手紙が来たそうだ。それを持って葉中知枝さんが君に会いたいと言っている。彼女は来週の月曜日なら東京に出られるそうだ」と言った。

彼は内容については何も報されていないようだったが、知枝が見せたいと言うのだから関さんには会いたくないという返事ではないのだろうと良也は期待を繋いだ。良也がバリに来てくれるのなら会ってもいいということなのだろうか、などとあれこれ考えていると、樹が生い茂って家の裏を渓流が流れ、長野の家に比べると幽遠という趣があった茜のいた住まいの姿が記憶に戻ってきた。もし子供から大人になりかかっている知枝のような活発な従妹と一緒でなかったら父親の大佐の墓を長野に作って京都に来た茜は憂鬱になったのではないかと良也は思ったのだった。その意味でも知枝の存在は看護疲れで萎えていたであろう茜が精神に活気を取り戻すうえで大きかったのだと思えば思うほど、その従妹にも謎を残してバリに行ってしまったぐらいだから、もう誰にも会わないと決めているといった手紙なのかもしれないと良也の心は揺れるのだった。

知枝の茜宛ての手紙は、彼女が美術館でばったり良也に出会ってから間もなく出されているはずだから、一月半ぐらい経っての返事だ。宛先がバリの奥地であってもかなり遅い返事と言えるだろう。彼は知枝が話していた、週に二回郵便が届く箱のなかに日本からの手紙を発見した茜の姿、動作を想像してみた。地面からは朝の太陽に射られて夜に降った雨が水蒸気となって立ち上っている。彼女がどんな服装をしているかは見当がつかない。

新宿西口のホテルのコーヒーショップで知枝を待っているあいだ、良也は茜を中心に置いたいろんな光景を想像していた。そしてロビーから真っ直ぐに彼の方へ近付いてくる女性を発見した時、彼は一瞬茜が現れたのだと驚いて立ち上がった。しかし良也の記憶にある茜は今の知枝よりも若い頃の彼女のはずだった。知枝はコートを脱ぎながら電車が予定より遅れたために良也を待たせたと詫び、自分も気が急いているような手付きでハンドバッグから手紙を取り出し「多分、いい報せだと思います」と言った。

「あなたの手紙で関さんが元気だと知って嬉しく思いました」と茜は書きはじめていた。

しかしすぐに、「美術館は順調ですか。知枝ちゃんのことだから上手に運営していると思うけど、時々、まだできたてだった建物が林のなかに建っていた光景を、ほとんど空想に近いような感じで思い出しています」と筆を移して、「さいわいバリの多くの人は、最近の一部の観光客に対しては別ですが、日本人にいい感じを持ってくれています。前にも書いたと思いますがこのあいだ大変久しぶりにオランダ軍を相手に戦ったマルガの戦いを記念するモニュメントにお参りをしてきました。その際、蜂起したインドネシア軍に参加して戦死した日本人兵士のお墓にも行き、お線香をあげてきました。十基ほどのお墓のなかには漢字の墓碑銘もありますが、半分はこの島の言葉で半分はローマ字で書かれていて、わずかにJEPANGと彫られているので日本兵士の墓ではないかと推測するしかないものもあります」と述べている。この部分を読みながら良也は、日本の兵士の墓を訪れても連想がすぐに戦病死と言える父親のことに行っていない様子は、それだけ茜が過去から離れられたからではないかと思った。

「そのモニュメントを訪れた帰り、私は西ティモール生まれだという年配の夫妻に会いました。おばあちゃんは私が日本人だと知ると、『真白き富士の気高さを』を歌い、これは日本兵に教わった、と言って涙を流し、日本軍は立派だったと言いました。いくつもの不名誉な事例を私は知っていますが、なかには現地の人に慕われ独立記念墓地に眠っている兵士もいるのです。関良也さんが考えていらっしゃる『潮騒の旅人』は芸術家志望だった兵士に対象を絞っておられるようですが、芸術家であろうとした日本人なら現地の人に慕われた場合が多かったのではないかと私は思います」

茜はそう書いて、知枝が書き送ったのだろうか彼女が現在の良也についてかなり事実を知っていることを報せてもいた。

最後の方で茜は、「ところで半年ほど前に知枝ちゃんに約束したチャンティン、ようやく少し古い形のものを譲ってもらいましたので別便で送りました」と書いていた。

良也の質問に知枝は、「それは臈纈染めをするとき布に蠟を垂らしていく道具です。日本にも臈纈染めはあるので更紗の技術を導入できないかと思って」と説明した。

茜の手紙の終わりの部分は、「いま私がこの手紙を書いている庭で、ジャラック・プティがしきりに啼いています。保護鳥に指定されているだけあって純白の小柄なからだから（頭の部分だけ黒い種類のものもいます）びっくりするぐらいにいろいろな音階の、よく響く声を出す鳥です。今までは私の方に、あなたに会うと里心がついてしまうんじゃないかという躊躇があってあなたを淋しがらせてしまいましたがもう大丈夫、知枝ちゃん、一度できるだけ早くこちらへいらっしゃい。バリの踊りや芸術に関心のあるお友達を連れてきても大丈夫。カヤ・オルティニ夫人のゲストハウスには充分のスペースがあります」という説明で突然のように終わっていた。

良也は混乱して目をあげ、じっと彼を注目していた知枝と視線がぶつかった。知枝は「でしょう。だから私、多分いい報せと言ったのよ」とでも言うように微笑を浮かべて頷いて見せた。

「だけど、これ」と良也は迷いをそのまま口に出した。良也についての茜の意思表示は冒頭の部分に書かれているだけで後はすっかり二人だけの応答なのだ。知枝が「カヤ夫人というのは、バリの文化を勉強したいと考えてやってきた若者を屋敷に泊めて、労働をさせながら代わりにバリの伝統芸術や絵画、染色技術などを教えるという、一種の留学システムを作ってお金を出しているもとの王族につながる貴婦人らしいわ。茜さんは、インドネシアの人と結婚して今は旅行会社を作って活躍している日本女性に出会って、カヤ夫人に紹介してもらったと聞きました」と、一部はこれまでの説明を繰り返して良也の疑問に答えた。

茜はその邸宅に住み込んで日本語教室の先生になったのらしかった。京都時代、大学の国文科の聴講生として熱心に文法なども含めて勉強したことが役に立ったのだ。

良也がそれにしては茜のバリでの暮らし向きについてはあまり説明がなかったと思っていると、その心が伝わったのか、「ごめんなさい、充分お話ししていなかったのは、まず茜さんの気持を確かめてから、というところがあったものですから」と知枝が釈明した。知枝は茜から自分が行くことへのOKが出たことに気持が昂揚しているように見えた。

「はっきり、いらっしゃいと言われているのはあなただから、まず知枝さんが渡航して僕のことを話してくれる方法もあるけど。何だか、あなたに頼り過ぎている気もしますが」と良也は言った。

知枝は良也の言葉に頷いてみせたが、すぐ、「でも最初から私たちが二人で行く方法もあるんじゃないかしら。関さんは歓迎されると思います。そうでなければ、お友達を連れてきてもいい、充分スペースがある、とは書かないわよ」と主張した。

それを聞いて良也は「それは茜さんの心境がここのところにきて急に変わったということだろうか」と質問せずにはいられなかった。知枝ははっきり「そうです」と言った。確かに手紙は「あなたに会っても」里心がつかないようになったと断言している。知枝はその表現を指摘し、「何かがふっ切れたのよ」と自信ありげだった。「そうですね、なぜ急にふっ切れたんだろう」と良也は拘った。

知枝は少しもどかしそうな表情になって、「そこのところを確かめたいのでしたら、関さんやはりバリにお行きになるべきだわ」と主張した。しかし、良也にはその結論の出し方はあまりに単純で大胆すぎるように思えてしまうのだった。それにもし知枝の言うとおりだったとしても、昔のように愛情が復活した場合、克子との暮らしを今までのように続けることは不可能だろう。それは自分の感情の構造としてできそうにないので、道徳家ぶるとか、「堅物とは嘘吐《つ》きのことだ」というような問題とは別のことだ。

良也はなんとなく茜の手紙を知枝のように素直に喜べないのだった。彼女が茜と自分の関係を素直に受け取るのは正しい。しかし僕と茜さんの場合はそんなに単純ではないんだ、と良也は言いたかった。茜の手紙の良也に宛てたと考えられる部分を読み解けば、ようやく自分流の生き方に自信がつき、確固としたものになったと思うので、誰が会いに来ても私は動揺することはないでしょう。だから「バリの踊りや芸術に興味があって勉強に来る人がいれば、その人が日本人であっても受け入れますよ」という文脈になるのだ。

それはむしろ、独立宣言と呼んでもいいのではないか。知枝の場合は独立した従姉と、独立した万緑美術館長としての知枝との交流が復活するということなのだからどこにも問題はないのだ。そのうちには、バリで人間としての独立を成し遂げた茜が日本を訪れることだって起こり得るだろう。しかし自分と茜の場合は違うのだ。かつて深く愛し合った男女のあいだに恋愛が復活するかどうかということなのだ。

少なくとも良也の、茜に会いたいという気持の本質はそうなのだ。

良也は考えて、「それでは僕が茜さんに手紙を書こう。あなたにその手紙を持っていってもらうのはどうだろう。茜さんが最初に心を開くのはなんといってもあなただろうから。今の僕の気持はなんとしても茜さんに会いたいんだが、ためらいや不安もそれに相応して大きいらしいというようなことを解説してもらいたいんです。すごくあなたに負担を掛けてしまうような気もするんだけど」と言った。

知枝はじっと瞳孔を絞るようにして相手を見詰める従姉の癖そのままの眼をして良也を見ていたが、彼が話し終わるとふっと明るい表情に変わって、「いいわ、私喜んでやってあげます。でもそれってかなり残酷なのよ、文使いをする方の身にもなって御覧なさい」と、受け取りようによってはいろいろに解釈できる言い方をした。良也は頭を下げ、とにかく今は頼むという意思を表した。

その約束に従って彼は社に顔を出した後、銀座のコーヒー専門の喫茶店に陣取って茜への手紙を書きはじめた。しかしメモ用紙をテーブルの上に取り出してみてはたと困った。

最初の一言が出てこないのである。「大変御無沙汰してしまいました」だろうか「お元気ですか」か、あるいは「東京は冬がはじまったところですがそちらはいかがですか」といった調子がいいのか。ずっと記事を書き続けてきた自分なのに手も頭も動かないのだ。二十代のように「理由はありません。ただ君に会いたいのです」と書けないのだ。どうしてだろうと訝る気持と、五十を超してから昔と同じ調子の恋文が書けないのは当たり前ではないかという相反する考えが良也を動けなくしているようだった。

知枝が彼の恋文を持ってまずバリに一人で行く。その結果、「すぐ来て下さい」と知枝が連絡するようになるか、茜が良也の手紙への返事を書いて従妹に預けることになるのかなどについて、今からあれこれ予測しても意味がない、とにかく一歩踏み出そうと、「あなたの従妹の知枝さんから消息を聞くことができてホッとしています」と書いた。続けて「このあいだ彼女に案内してもらってあなたが二十年近く人生の大事な時を過ごした京都の住まいや劇団の稽古場だった倉庫の跡などを見ました」と続けた。筆を走らせていると懐かしさが湧いてきて涙が出そうになった。思い切って読み直さず封をし次の日同じコーピーショップで渡した。「多分来月はバリに行けると思います」と知枝は半ば約束のように良也に言った。

安曇野へ帰る知枝を新宿駅で見送ってから良也は社に行き、飯島晴子集、石田波郷集、西東三鬼集の進行状態を点検した。菅野春雄をキャップにした写真部はこの『現代人の俳句全集』にやり甲斐を感じているらしく、西東三鬼集の写真の出来栄えなどは見事だと良也は思った。彼の初期の代表作のひとつ「露人ワシコフ叫びて石榴《ざくろ》打ち落す」という句の対向頁《ページ》には、一面に大きな割れた石榴の実が写し出され、その口を開けた実に向かって拳を振り上げている極小の多分ロシア人の写真が配置されている。おそらく妻子を東京に置いて出奔し、神戸にいた頃、貧しい白系ロシア人の姿などを三鬼は見たのではないかと良也は句と写真を見比べながら想像した。茜の消息を求めて香港からシンガポールに行った時も良也は二十代半ば過ぎに三鬼が三年近く長兄の勤務していたこの島にいたことが頭にあったから、その足跡も探したのであったが。三鬼は平畑静塔に勧められて、外から「京大俳句」に参加し、検挙されているから、良也はこの流れからも資料を集めたのであった。

良也はひそかにスタッフに申し訳ないような気分になりながらも編集の進み具合に満足した。『現代人の俳句全集』は編集の段階ではもう折り返し地点と言えた。

良也も松本、京都の後、四国と九州に菅野と一緒に取材に出掛けていた。しかし、もう少し進んでからでないと、まとめて年次休を取るわけにはいかないな、という判断が良也のなかにはあった。

知枝が持って帰ってくる返事次第だけれども往復を入れて四日ぐらいで行ってこれないだろうかと良也は頭の中で思案していた。しかしそれは無理だ、とすぐ自分が立てた案を否定した。やっと三十年ぶりに再会できたのだから茜の方の状態によるけれども、ゆっくり会いたい。積もる話もしたい。

一方克子は引っ越して以来の毎日が気力の充実の時間でもあるかのように元気で、四、五歳は若返った。二人の関係は、良也がうっかり〝自炊生活〟を口にして言い合いになってからはずっと平穏無事であった。

生まれて育った郊外に戻った克子は、良也が新しい家を二人の共同作品と位置付けて以来自信を持ったようで、何事にも積極的になり、活発に意見を言うようになった。皮肉なことに、その状態がやっと二人の間に生まれたところで良也は葉中知枝に出会い、茜との再会を考えるようになったのである。

安曇野へ帰る知枝を新宿で見送った良也が早めに家へ帰った晩、克子が作ったのは教わったばかりのロールキャベツだった。料理教室の模様などを話しながら食事をするのが、句会や級友たちの噂とならんで近頃の夕食時の習慣になった。その途中で、克子は急に黙ってしまった。

何となく気になって「どうしたんだ」と良也が聞くと、克子はおかしさを堪えているような、また話そうかどうしようかと迷っているような微妙な顔をしていたが、「このあいだ言ったと思うけど私たちの五、六歳下の同窓生にM子っていう変わった子がいるのよ」と話しはじめた。

そのM子が二、三日前、皆でお茶を飲んでいた時「克子さんていいわね」と言いだしたのらしい。「どうして」と聞くと、「克子さん見ていると、お婿さん貰うのも悪くないなって思うのよ、どちらから貰ったの？」。

そう質問されて、当の克子も一緒にいた滝沢尚美も、料理教室の先生もいっせいに噴き出すようなことがあったのだ、と克子は話した。滝沢尚美が「Mちゃん、お克は関さんのお嫁さんなのよ。お婿さんを貰ったんじゃないの」と教えても、よほど深く思いこんでいたらしく、「だって」と同意を求めるように仲間をキョロキョロ見回していた、というのだ。

「ね、おかしいでしょう。でも、私ってそんなに威張っているように見えるのかしら」

そう聞かれた良也が返事に困っていると、「それからね、良也さんがどれくらい優しいか、こっちへ越してくるのも会社が遠くなるんだけれど『いいよ』って賛成してくれたって、私、自慢しちゃった」と克子は付け加えた。

そう言われれば茜の消息が分かってから良也はそれ以前よりもなお克子に丁寧に向き合っていると振り返った。それは罪の意識があるからばかりではない、と彼は知っていた。茜の存在、彼女が自分を見詰め納得のいく生き方へと努力しているらしい様子を知って、生きている哀しみを知ったことが克子への態度にも現れていると言った方が正確かもしれない。

しかし、そうした態度が、後になれば「私を騙していた」ということになるのだろうか。

「うまくいっていれば、それでいいさ」と良也は話を平板にした。

「M子ったらね、結婚しない主義なの。今は三人男友達がいて、何かにつけて不自由しないんですって」と克子は突き放す言い方をし、やはり気のおけない仲間の話は知人の噂に流れていくのだろうと良也は思った。

少女時代の環境と友達のなかに落ち着いた克子は、夫が出奔してしまったような時には彼女たちに支えられるのだろうが、それだけ辛さも大きいのではないかと良也は他人事のように想像した。

その気分から逃れようとして、「男の場合はあまり噂話はしないなあ。精神がそれだけ自立しているっていうふうにも思えないが」と感想を口にした。そう言ってしまってから、たしかに自分は噂話は苦手だが、それはどうも精神が自立しているからではなくて、ただ他人に対しての関心が薄いからではないかと考えた。そうした想いはなぜ茜が自分の前から姿を消してしまったか、という惑いに繋がっていくのだ。

知枝に茜への手紙を渡してからも良也は結果を待つという落ち着かない気分を味わうようになった。知枝自身の仕事の段取りもあることは分かっていた。彼女には、もしかするとバリ行きが意外に長くなるのではないかという予想があるのかもしれないと良也は推測した。そうであれば美術館長という立場にいる者としてはいろいろと決めておくことがあるのだろう、だから出発するまでには時間がかかるのだと思った。

あるいはバリに行くとなれば茜のために知枝がしなければならないことがあるのかもしれない。茜の手紙と知枝から聞いた話から推測すれば、彼女はデンパサルからかなり離れたギャニャール県のウブドというところで社会活動のようなことを続けているらしい。棚田での田植えとか除草活動といった、農作業をしている人のための手拭や帽子あるいは日本語のアクセントなどについての資料、テープなどを知枝が探しているとしたらかなり時間がかかるはずだ。

とうとう催促の効果も考えて良也は年が明けると安曇野に電話をして、何か手伝うことはないかと聞いてみたが、知枝からは五月以降の展示企画の準備に時間がかかっていて、「私も気が急いているのですが。お手紙をお預かりしているのに済みません」という返事だった。

「出発が決まりましたら一日早く東京に出てお目に掛かってから行くことにします」と彼女は

答えた。そんなふうに催促しながら良也の方の準備はさっぱり進んでいないのである。何と言ってても克子にどう説明したらいいのか、分かってもらえるのか良也には見当がつかないのだった。話の切り出し方も決められない。離婚しようというのでも別居しようとしているのでもない。自炊生活と言っただけで大変だった。今度は普通の出張ではなく、もしかすると長い期間家をあけることになるのかもしれないのだ。

準備に手間取っていたがようやく出発の日時を決めるところまできたという知枝の連絡を受けて良也はスタッフに「夏前に一カ月ほど休まなければならなくなるかもしれない」と予告した。

『現代人の俳句全集』は出しはじめてから時間が経ち今では毎月一冊ずつ出版する態勢がしっかり整っていた。良也も秋には四国の取材旅行に行く心積もりをしていた。なかでも松山が現代俳句の聖地のようになっているのはなぜか、子規、虚子と指導者が続いて出たからだろうか、その他にも地中海とレスボス島の女性詩人サッフォーのような関係が、瀬戸内海と松山そして五十崎古郷《いかざきこきよう》、波郷という繋がりに見られないだろうかというような、俳句の素人でなければ思いつかないに違いない変わった問題意識も、良也はひそかに胸中に育てていた。最初の四国旅行の時はまだ収録する俳人の総数も決まっていなくて、良也は子規と虚子の足跡を辿るだけで精一杯だった。他にも彼は日本アルプスと俳句、江戸下町と俳諧、なぜ奥の細道なのか、というような問題を編集会議に出してスタッフを困惑させながらいくらかは全集を楽しくする役割を果たしていたのであったが。そのひとつとして俳句と南方憧憬というテーマも茜がバリにいると分かってから良也の胸中に浮かんできたのだった。もっともこの点についての検証はまだ何もしてみてはいなかったが。

やがて知枝から、出発できる日が決まったのでその前日東京で良也に会いたいと連絡が入った。

今度も二人は大きなガラス戸越しに滝が流れているのが見えるホテルのなかのコーヒーショップで落ち合った。席につくなり、知枝は「実は心配なさると思って言わなかったんですが、茜さん病気していたんです。でももう良くなったみたいで、やっとウブドから返事が来たので行く日が決められたんです」と出発が遅れた理由を告げた。良也が驚いて病名を聞くと、「ジャカルタの大きな病院に二週間ほど入っていたけれど、『もうすっかり良くなったから』とだけ書いてありました。でも胃を切ったのだと思います」という答えだった。良也は持っていた手帳を破いて、「病気だったと知枝さんから聞いて心配しています。充分気を付けて下さい。無理をしないで下さい」と書き、ちょっと考えてから「僕もできるだけ早くそちらに行きます」と加筆して知枝に渡した。

少しぼんやりして社に戻ると、香港から東京に戻った団から電話が入った。「至急、聞きたいことがあってね。ちょっと気になるものだから。今晩どうだろう」と団らしい性急さである。

あわただしくなると、立て続けだと思いながら良也は銀座の金春《こんぱる》通りの店の一階で団と会うことにした。団は特派員時代に作った香港とシンガポールの友人の情報網を今も維持していると聞いていたから、その情報網で得た茜の消息を教えてくれるのだと良也は早合点した。しかし、団が言い出したのは茜とは全く関係のないことだった。

彼はいきなり、「つかぬことを聞くが、君、ネスチェーンのことで何か耳にしていることないか」と質問してきた。

良也は呆気に取られたが首を横に振って、「異母兄とはここのところ年に一、二回しか会っていない。それも法事とかそういうことでだが」と言い、二度目に香港で団に会ってから後、忠一郎と衝突し、爾後《じご》、年賀状の交換があるだけの関係になっている、と正直に説明した。

団はがっかりした様子で、「じゃあ駄目だな。特ダネだと思ったんだが」と呟いている。今度は良也が「一体どういうことなんだ」と質問する番だった。促されて団は「いや、創業者の関忠一郎がネスの社長を辞めると聞いたんでね」と話すのは気が進まないが、という口調なのだ。良也は、なんだそんなことで呼び出されたのかと詰まらない気分になった。しかし忠一郎の年齢を数えてみるともう引退それ自体が特ダネになる年とは思えないと、そこまで考えてきて良也は勘が動いた。

彼もかつての社会部記者の表情になって、「しかし特ダネと言うところをみると団記者は何か嗅ぎつけているな、ただの引退ではないな」と探りを入れてみた。団が、お前も取材記者の根性が抜けないなとでも言うようにニヤリとして、「断っておくけどスキャンダルじゃない。しかし何かある、単純な引退ではないことは確かだ」と謎めいた強調をして、「明日、担当の若い記者を連れてくるから会ってやってくれ、材料も彼から全部出させる。俺も勿論同席する。君には取材はしない。しかし協力してやってくれないか」と言い、忠一郎の引退を巡る話はそれで打ち切りになった。良也の方からは、茜の消息が摑めたこと、それで近々休暇を取ってバリに行くかもしれないと報告した。「あの時は忙しい最中だったのに世話になった。君の推測は大枠としては当たっていたんだ」と感謝の言葉を口にした。「茜さんはまだ独身なのか」と団は質問し、「従妹の人からの伝聞ではそうらしい。昔の王族の夫人に世話になって地域での運動をしているという話だ」と説明した。

翌日、社の一階の談話室で良也は団と、彼が連れてきた若い記者に会った。彼はN・Kと名乗り、自分は広島の出身で、大学の同級に山中という男がいる。山中の父親は若い頃NSSCチェーンの本社に勤めていたと聞いたことがある。その同級生から聞いた話として、父親が最近東京に行って関忠一郎社長に会ったが様子が変だったと、N・K記者の友人である息子に語ったというのだ。

団がその話をN・Kから引き取って、「あそこはBSE騒ぎで、せっかく買収したハンバーガー会社を手放してしまったろう。そんなかたがたのお陰でサンドイッチ部門も成績が落ちたらしい。そうした経営上の失敗で経営者が呆けてしまったんじゃないかと思った。広がるBSEの波紋、という記事の一環になるような話なんでね、済まん、君には迷惑千万かもしらんが」、そういう団の口ぶりには事実の発掘と話の展開は着眼次第で、こういうふうにまとまるんだと後輩に教えている感じがあった。

「いや、いや、兄弟といっても母親が違うし年もずっと離れている。このところろくに会ってもいないくらいだから迷惑ということはないよ」

良也は団にそう話すことで自分の立場を若いN・Kにもはっきり伝えた。「しかし今の話はちょっと解せない部分がある。関忠一郎は一度や二度の事業の失敗で呆けるようには思えないなあ。彼は戦争中ビルマ、今のミャンマーで死に損なって捕虜になった過去を持っていてね」。そう話しているうちに良也は九州の英文学者原口俊雄のことを思い出した。彼が語った忠一郎の放心癖、そのなかでの奇行の話は、今になって考え直してみると、その奥に何か深い闇のようなものがあることの暗示ではないだろうか。事件からさらに隠された事実を追うジャーナリズムの方法では捕らえきれない何かを忠一郎は持っているのであり、自分が『潮騒の旅人』の編集を考えたのも、その何かを追いたかったからではなかったのか。忠一郎が良也の話に「異常な」と思える反発を示したのは、隠し持っている部分に触れられる危険を本能的に察したからに違いない。そう思うと、伝えられた忠一郎の異常は自分のこれからのテーマと深く係わってくると良也は予測できた。その手始めに良也は若い頃NSSCの本社に勤めていたという山中の父親に当時の忠一郎の話を聞いてみたくなった。

忠一郎の状態が正常でないらしいという報せは少しずつ、しかし確実に良也の胸中に波紋を広げていった。

良也は初対面の時の忠一郎のなぜか怯えを隠そうとしているような目付きを思い出した。どんなやりとりから異母兄がそんな目付きで自分を見たのか、前後の会話の記憶はない。それから間もなく、父親の病室で何度か忠一郎に会うようになった。もっとも、異母兄に関しては良也は原口から聞いてある程度の予見を持っていた。原口は忠一郎のことを「歴然たる放心癖を持った人物」と言ったのだった。

反対側から見た『潮騒の旅人』の様子を聞くつもりで原口を訪ねた時、彼の方から関忠一郎について触れた。あのインタビューで、原口は良也が関忠一郎の異母弟だということを知らずに話したのだ、と良也は思い出した。

「不思議なというか、奇妙な癖を持った男がいた」と彼は捕虜のなかの一人の男について語りはじめたのだった。こうも言った。「二重人格を悪いとばかりは言えない。ディケンズにしたって、ワイルドにしたって二重人格的と言われている。この捕虜は仲間の代表になっていて連合軍側の私とやり合う相手だったが、強い放心癖と、死地を潜ってきただけに変に現実的な判断とを体内に同居させていて、状況に恵まれれば、新興宗教なんかのカリスマ教祖にはなれただろう」

そう言ってしまってから原口は良也の名刺を改めて見て、「彼は関忠一郎といいましたが」と言い、良也は正直に、今先生が話された男は多分私の異母兄です、と言ったのだった。忠一郎がもし正常な状態ではないとしたら、ビジネスのために自らを縛っていた合理主義の縄が何らかの理由で解《ほど》けたからではないのか、と良也は考えた。

それまで忠一郎を縛っていた事業家としての意識が、何かの原因で外れ、その結果「普通でない状態」が現れたのだとしたら、今の状態の方が彼にとっては自然なのだという解釈も成り立つのではないかと。

それはＮＳＳＣの指導者としては具合が悪いかもしれない。今の世の中では経済合理性を推進するのが徳となっているから、おそらく自然体に戻った忠一郎の姿や行動は、つねに判断を下さなければならないような立場に立たされるのを避け、カリスマ経営者の指示に従って動き、結果として待遇が良くなることを望んできた社員たちにとっては許せない愚行奇行と見えるだろう。「あなたにはついていけないんです」と宣言したフランチャイジーも出たかもしれない。

こうした人々にとってその考え方が人間的かどうかは問題ではなく、ましてその考え方が忠一郎本来の考え方なのかどうかは関心外の事柄なのだ。もしかすると忠一郎はそうした大企業という環境と個人の体質との裂け目に落ちたのかもしれない。もしそうなら自分は彼に会ってもいいと良也は思った。しかしその前にもう少し事実をはっきりさせておく必要がありそうだ。

良也は若い記者と団に「戦争に行っていた頃の関忠一郎の行動あるいは体験のなかに現在の変化の引き金があるように僕には思える」と言い、彼は団の目が獲物を狙う獣のような光を浮かべたのを見たが、気が付かなかったふりをして「彼のその頃のことを知っている人間が二人いる。一人は法曹界の長老の房義次、もう一人は九州の大学にいた英文学者の原口俊雄、彼はその頃アメリカ国籍を持っていたからインドの捕虜収容所で連合軍の通訳をしていて日本兵の代表だった関忠一郎とはぎりぎりの折衝をしていた。僕は別の取材で彼に会ってそのことを知った」。

「僕はすぐその原口先生に会います」と若い記者のN・Kが言い、良也は、「房先生は弁護士だから依頼者の秘密に類することは取材に行っても話してくれないだろう。僕が聞いてみるよ。やはり気になるから」と応じた。

その言葉通り、良也は翌日房義次弁護士に会った。良也の「ネスチェーンの社長に何か変化が起こっていると聞きましたが。これは家族の一員としての心配ですが」という質問に答えて

「僕は密林での戦闘で関少尉に助けられています。今度はその恩返しと思いました」とはっきり言い、良也の再質問に「僕が関社長に引退を勧めたんです」と答えた。

房義次の答えは良也を驚かせた。依頼人の利益を代弁する立場の房が引退を勧告したというのは予想外のことだ。良也の認識では黒を白と言い換えてでも依頼人を庇《かば》おうとする職業なのだから、いくら良也に質問されても重大な変化の存在について、まして引退などの憶測については平然として否定するのではないかと予想していたのだった。それが房の方から引退について話し出したのである。

その房が引退を勧めたというのは、社長を続けていれば責任を問われかねないほど経営が悪くなっていたからなのだろうか。

その質問に房ははっきり「そうではありません。ネスは今でも充分資産と収益力を持っています」と答えた。「それではどうして」という問いを受けて房は苦しそうな表情になり、「弁護士は依頼人の秘密は洩らしてはいけないのです。ただ、これだけは言えるでしょう。あなたは異母弟であっても利害関係者ではありません。確か株ももう一株も持っておられない。そういう点を考慮した上でのことですが、関忠一郎氏は戦争中ペグー山系の密林での戦闘で砲弾の破片を受けて逆行性記憶喪失になっています。そういう病気は骨折などの怪我と同じで、一旦治癒しても老年になって何らかの障害として現れることがある。そのことだけ申し上げておきましょう。一般論としてお聞き下さい」。

房義次はそう主張し、「それは時折指摘されている奇行を伴った放心癖のことですか」という良也の質問に「違います。それはまた別の問題です」と、言葉は明快だが意味はいろいろに取れる回答をした。房義次との質疑応答は団にも誰にも言わないでおこうと決めながら良也は弁護士事務所を出た。おそらく戦友としての絆が房に引退勧告という普通ではなかなかできない行動を可能にしたのではないか、と良也は考えた。忠一郎がその勧告に従えたのも生死を共にした相手、捕虜収容所でも旧日本兵の代表と副代表といった関係であったからだ。

それにしても、引退勧告のきっかけになった兆候はどんなものだったのだろう。あるいはそれは社内の「小事件」と言えるようなものだったろうかと推測をめぐらしてみたが良也には見当もつかなかった。ただ、戦友と呼ばれる絆が忠一郎と房義次の場合は通り一遍のものではなかったということであり、同じことは自分の母親と栄太郎の関係にも言えるのではないか、と良也は推測を飛躍させた。二人の愛情は国が滅んでゆくという背景を持っていなかったら、ただの男女の関係になってしまったのではないか。場所が門司だったから、平家の滅亡とも重なったのだ。

良也の母親は戦火は愛を浄化すると主張しているのであった。そうだとすれば、それはどこで反戦に転換するのかという新しい主題が、戦友の絆としか呼びようのない忠一郎と房義次の友情に触れて良也の胸中に蠢きはじめていた。

　もともとごく常識的な戦争反対論者であった彼は、どこかで反転する場所を見付けなければならなかった。そうでなければ浄化された愛を主張する者は、反戦を唱えにくくなる。直接戦争に引っ張られたり、夫や息子、恋人を戦争で失った人が戦争反対を言うのは分かる。彼らは反戦論者になる資格がある。しかし自分のように戦争が終わってから生まれた者はどうしたらいいか。敗戦後の社会の荒廃、窮乏を知っていれば、少しは反戦を言う資格があるのだろうか。窮乏は敗けたからであって、勝っていれば繁栄が約束されていたのだから、責任は戦争をはじめたことにはなく、敗けたことにあるのだと言われてしまえば、戦争体験を持っていない者の反戦論は一般論の腰の弱さに口惜しい思いをしなければならない。

　平家が滅亡した壇ノ浦を見下ろす門司の丘の上、迫ってくる敗北の足音、焼け崩れていく港と重ねていけば、「滅びのなかから歩き出した」自分がロマン的な悲劇を否定しては母に叛くことになるのではないか。そうでなくても、どこにも節目も仕切りもないのっぺらぼうな平和、そのなかで権力を握っている者たちの腐敗を知りながら彼らを倒す理論が崩れ、社会から行動を組織するエネルギーも消えてしまった今、若者たちが最後の情熱の噴出方向を戦争に求めるようになったら、平和は人間的なのだ、というような言葉は繰り言のように聞こえてしまうのではないか……。

いつもの癖で、良也の思考はやや堂々めぐりの趣を見せながら反戦論の正当性の周りを歩くのだった。ようやく彼の頭のなかに、今の自分の問題意識と忠一郎の引退とはあまり関係がないのではないかという反省が起こった。

やはり、なぜ忠一郎が手塩にかけた社を離れようとしたのかを突きとめてから、もう一度この反戦論について考えてみようと良也は思った。それには九州の原口と、できればNSSCチェーンを立ち上げるきっかけを与えたらしい広島の山中という人の係累に、過去のいきさつを聞くことが必要なのではないかと良也は考えた。しかし彼はいま東京を離れたくなかった。いつバリ島から連絡が入るか分からないし、その内容次第ではすぐ日本を出ることになるかもしれないのだ。

良也はバリに行くことをまだ克子に話していなかった。話せないでいたのである。言い争いになることへの気後れもあったが、いざ話そうとしてみると何のためにバリに行くのかをうまく説明できないのだ。茜に会いたいのだという理由は少なくとも克子には承知できないだろう。必ず、会ってどうするのだと押し戻してくる。この点で、どうするかは自分にも分かっていないし、一人で決められるものでもない。

「それなら事前に手紙なり電話なりで内容をはっきりさせ、私にもそれを説明した上で出掛けて欲しい、私もそれで決心します。あなたが、どうしても理由抜きで行きたいと言うのなら行ってらっしゃい。私には個人の自由を束縛するつもりはありません」

最近の克子ならそう言いそうだと良也は思った。少なくとも〝自炊生活〟の時よりはずっと深刻な対立になるだろう。今度のバリ行きは実は離婚の引き金になる危険があると良也は直感的に思ったから、はっきり説明して納得させる自信がなければ言い出したことでにっちもさっちもいかない膠着状態が生まれ、その結果行きそびれることを良也は恐れた。

「その人が今でもそんなに好きなのなら私と別れるのね、別れてバリに住むつもりね」と、克子は生来の気質もあって透明な理屈で迫ってくるだろう。そう問い詰められて、「そうだ」と返答するだけの覚悟は決まっていない。あるいは彼女は、二、三日深刻に考え、多分そのあいだに滝沢尚美なんかに相談した後で「分かったわ。それなら私も一緒に行くわ、そこで結論を出しましょうよ」と晴れやかな顔で提案してくるかもしれない。

「名案でしょう」とでも言いたげなそんな顔を想像すると訳もなく憎しみが妻に向かって流れるのを良也は覚え、そのことに我ながら驚きもした。

克子に話を切り出そうとして、良也は自分のまだ決断できないでいる部分をしっかりと見てしまった。それに、自分には『現代人の俳句全集』を完成させる責任があり、『潮騒の旅人』の編集出版は今の時代に生きていく自分への責任の履行であり、存在証明のための仕事だ、と言いきかせてみたが……「それなら茜さんに日本へ来てもらって話せばいいじゃない」と言われれば「そうだね」と弱々しく同意するしかない。だいいち、克子との論争の場に会社の仕事の責任を持ち出すのは、どうもフェアな論法ではないという感じがしたから、そうなると結局、どう話を切り出したらいいか分からないままに時間が経ったのであった。

房義次弁護士に会って、忠一郎が社を離れることをほぼ確かめることができ、団に「君の後輩が山中から聞いた情報はどうも裏付けがあるようだ」とだけ伝えた翌々日、待ち焦がれ、そして恐れてもいた知枝からの連絡が入った。

「茜さんの具合があまり良くないんです。あなたが来て下されば元気が出ると思います。お仕事などいろいろあるでしょうがすぐ来て下さい。お願い」と、知枝は落ち着こうと自分に言いきかせているせいか、内容が内容なのに、やや低めの声でゆっくりした話し方をした。

「危ないの？」という問い直しに「いいえ、そういうことではなくて、ただ全く食欲がなくなって、からだ全体が軽く透き通るような感じになって、私、ジャカルタへ行ってお医者さんに相談したんですけど、『気力の問題でしょう。生きるという意欲を持つことですよ』と言われてしまって、私、心配でたまらないんです」と知枝はだんだんと心細そうな声になった。それを聞いて良也のなかからそれまで彼の胸中を徘徊《はいかい》していた遅疑逡巡《しゅんじゅん》が跡形もなく消えた。

「分かった、すぐ行きます。早ければ明日の昼過ぎ、遅くても明後日中にはそちらへ出発する」と答えた。彼はまず旅行代理店に行き、運よく翌日のガルーダ航空の切符を手に入れた。

社に戻って団を探した。一階の談話室で向かい合って腰を下ろすと良也はすぐに、「僕は明日、葉中茜に会いにバリのウブドに行くことになった。残念ながら妻にゆっくり説明している時間がないので手紙を残していく。むずかしい手紙なので出発間際まで書き続けることになるだろう。空港に来てくれる予定の出版部の者に託しておくから、妻に渡して欲しい。おそらく彼女にとっては寝耳に水だから混乱するかもしれない。その際は、宥《なだ》めてやってくれ。僕が謝っていたことも伝えてくれ」。そう頼みながら良也は要するに自分は茜とのことを妻に直接話したくないのだと認めざるを得なかった。

「ちょっと待った」と団は言い「君、日本へ帰って来ないつもりなんじゃないか」と質問した。

「いや、多分帰る。しかし少し時間がかかるかもしれないんだ。彼女は病気らしいから。従妹の人と相談しなければ決められないが」。そう聞くと団は「分かった。それまでの繋ぎならするが、それはあくまでも繋ぎだぞ。それはそうと、ネスチェーンの社長は、何でもリトアニアに旅行するらしい。もと本社で修業していた山中に一緒に行ってくれないかという依頼があったそうだ。関忠一郎社長とリトアニアとどういう関係があるんだろう。君、何か思い当たることないか」と聞いた。

家に戻ると良也は急に翌日から出張に行かなければならなくなったと告げた。長崎を中心に今も現役で活躍している森澄雄の足跡を追い、熊本に回って中村汀女のお弟子さんたちに彼女の住んだ家などを案内してもらうと説明した。こんなに完全な嘘を言うのははじめてのことだったから彼は一所懸命に平気な様子を作らなければならなかった。留守中の編集の進め方などについての会議で帰宅が遅くなり、克子の方も句会があって良也よりもほんの少しだけ早く戻っていたから、あわてて旅仕度のために立ち働いてくれていて、ゆっくり顔を合わせないで済むのがせめてもの楽な条件だった。

朝は比較的ゆっくりなので、明け方まで仕事をすることになるからと克子を先に寝かせてから、良也は書斎に入って彼女への手紙を書きはじめた。

「まず最初に、君に謝らなければならない」

と書くと少し気分が落ち着くようであった。とにかくこれは詫び状なのだからありったけの誠意を注いで真情を表現しなければと良也は身構えて、

「僕の出張先は実は九州ではなくてバリ島なんだ」

と一気に書いた。ようやく腰が座ってきて、

「本来なら顔を合わせた状態で事情を説明すべきだったのだが、残念ながら時間がなかった。正直に言おう。僕がバリで会うのはまだ独身時代に恋人だった女性です。彼女の消息はずっと分からなかったのだが、昨年の秋になってバリに住んでいてNPOのようなことをしているのが分かった。

この消息が摑めたのも、『現代人の俳句全集』の取材の過程で偶然のことからだった。彼女は僕と一つ違いだが陸軍大佐だった父親の長患いで精力を使い果たし、僕が東京へ戻った二年後に姿を消してしまったのだ。

長いあいだ彼女が僕が構想を暖めてきた『潮騒の旅人』の取材対象になり得るかどうかが僕の関心事であったことは事実だ。僕の直感だと、彼女はまだ僕にも話していない悲劇的な運命に捕らえられているのではないかと思う。

彼女は今、回復困難な病の床にいるらしい。それを知ってここ数日、見舞いに行くべきかどうかで迷った。今になればその段階で君の意見を聞くべきだったと思うが時間がなかった。断っておくが、これは恋愛感情の復活というようなことでは全くない。戦争を知らず、平和の配当だけをもらって生きてきた人間の良心に従って、僕はまだ元気なうちに見舞いに行き、悲劇の本質を取材して（こう書きながら、取材というのは何と厭な言葉だろうと思っているが）帰国するつもりだ。直接話さずに出掛けることをもう一度謝る」

そこまで書いて良也はその妻宛ての手紙を飛行機の機内持込みのバッグに入れた。成田に行く途中でもう一度読み直し修正すべき部分が見付かったら空港で手を入れようと思った。というのもなんとなく重要なことを書き落としているような気がしてならなかったからである。

ウブドの月

デンパサルの空港には葉中知枝が迎えに来ていた。彼女を見付けた時、良也は嬉しかった。成田を飛び立ってすぐ、彼は少し強い酒を飲んで寝たが、それは妻の克子宛ての手紙に時間が掛かってあまり眠っていなかったからであり、自分の置き手紙がどんな反応を招くかについて尖っていく神経を休めておきたかったからである。

知枝の顔を見た時、良也は玉川学園前の生活圏から別の世界に入れたと実感でき、それは安心へと通じているように思われた。

知枝の笑顔は明るく、それは茜の病気という電話から受けた悪い予感を打ち消してくれているようであった。

「ありがとう、すぐ来て下さって」と彼女は言い、良也の「茜さんの具合は？」という問いには、「ごめんなさい。なんだか必要以上に心配させてしまったんではないかと反省しています。

茜さんにも『新聞の仕事って、銀行の事務のように他の人に代わってもらって出てくるわけにはいかないのよ』と叱られました」と報告した。母親みたいな感じを持っていた茜と一緒にいる雰囲気から出てきたからか、知枝は東京や安曇野で会っていた時より若く感じられた。

「ここからウブドへは比較的いい道ですが、いろいろな交通手段が混ざっていてあまりスピードが出せません。急停車することも多いからシートベルトは締めていて下さい」と助手席に収まった良也に飛行機の客室乗務員のような指示をして、「ここから一時間くらいかな」と教えた。繁華街を抜けると知枝の言ったように荷物を積んだ牛車や、その間を縫って走るオートバイ、タクシーの代わりをしている三輪車などが混ざり、それに野犬が多いことが良也を驚かせた。助手席に乗っていると今にも犬をはねてしまいそうで、その都度思わず足を踏ん張るのだが、野犬の方は落ち着いたもので、少しからだを斜めにするぐらいで車をやり過ごす。宗教的な理由もあって生き物を大事にしているので犬の方ものんびりしているのかと良也は思った。

「この間まで茜さんはウブドの町から少し離れた棚田の村に一人で住んでいたんだけど、健康上の理由もあるんで、カヤ・オルティニ夫人のお部屋を貸してもらうことにしました。茜さんは『大丈夫、こちらの人は隣近所で助け合うから』って移るのを渋ったんだけど。これから御案内するのも、その邸内の独立したゲストハウスです」。そう聞いて良也は少し前に知枝に読ませてもらった手紙にその夫人の家のことが書いてあったことを思い出した。

ウブドの町にはまだまばらだが人通りがあった。道に向かって張り出した戸板に野菜や果実を並べている店があり、自転車屋や土間に簡単な工作機械を据え、何かを研磨しているグラインダーがしきりに火花を散らす修理屋のような店の隣には、クリーニング店や、大きなガラス瓶に飴や駄菓子を入れて売っている店が並んでいたりした。

知枝が運転する車は石畳を敷き詰めてある一画に入った。

「ここは昔の宮殿だったところです。この道の突き当たりに王様のお城があったそうです」と知枝は説明しながらハンドルを右に切った。石畳が終わり、車は通りに面した広い門構えの家の前まで走って停まった。通りから覗ける奥の方の入って右側に数台の織機を据えてある広い建物が見えた。通路を挟んで左側には何か飾ってある展示室があり、その間には細長い床几《しょうぎ》が置いてあって、相談事がある人は誰でも通りから入ってきてその床几に腰を下ろし、この家の人の誰かに声を掛けられるようになっていた。

良也が車を降りた時、大きなジャカランダのような樹の後ろから女の人が現れた。彼女は少し前からそこに立っていて車が着くのを待っていたらしかった。良也を見て彼女は小腰をかがめた。

腰に巻いた柔らかい帯の端を垂らし更紗をロングスカートのようにつけて、この土地の女性の姿になっていたが、彼女はまぎれもなく茜だった。そうと分かると良也の口から思わず「ああ、茜さん」という言葉が出た。

彼女はわずかに笑顔を見せて少し前に出、良也が差し出した腕が彼女の両肩に触った。

「長い間、本当に」と彼女が言い、「やっと、どうして」と言う、感嘆詞のようなものが良也から出た。軽く茜を抱いたような格好になった彼は、彼女が思いの外小さく、おそらく軽くなっているような気がした。

「具合が悪いって?」と話しかけると「もういいんです」。そう囁くような声で言い、良也は今度は本当に茜の肩を力をこめて抱いた。

そこへ車を駐車させてきたのだろう、知枝が戻ってきた。「お部屋に行きましょうか。カヤ・オルティニ夫人への御挨拶は明日の朝がいいようです」と言うところを見ると、知枝は二人がいるところまで来る前に夫人の秘書の女性に関良也が到着したこと、いつ挨拶に行ったらいいかなどを打ち合わせてきたらしかった。

知枝に言われて、良也はまだぼんやりした気持のまま、庭のずっと奥の方のゲストハウスまで茜と並びながら歩いていった。

良也はジャカランダの木陰に佇んでいた茜を認めた時、彼を捕らえた三十年も前の光景のなかにいた。

その頃、彼は支局を出るとまず茜のところに行き、それから下宿に帰ることにしていた。彼女は夜になるとあまり一緒に外を歩きたがらなかったから長野市の郊外や史跡を回るのは休みの日に限られていた。

支局を出てから茜の家に電話をして、父親を看に病院に行ったはずの彼女がもう戻っているかどうかを確かめてから訪れるからか、茜はよく玄関の傍らの大きな萩の陰に佇んで良也を待っていた。日によっては茜は彼を見て、「お帰りなさい」と言ったり、「今晩は、いらっしゃい」と声を掛けたりした。その後で彼女はくるりと身を翻すと勝手口へ駆けていって玄関を開けるのだった。寝たきりの父親を看なければならない自分には結婚は無理だったと決めているわけではなかったらしいけれども、困難であるとは認めていて、良也のいる暮らしを新婚生活に見立てていたのかもしれない。彼との付き合いについては父親と同室の患者で、良也の社の嘱託だった富沢の推薦もあり、葉中長蔵元大佐も認めていたから茜にもためらいはないようだった。

夫からの仕送りが途絶えた場合を考えて母親が生け花を教えたりしている姿を見ていたから、良也には、地元の銀行勤めの収入があるとはいえ茜のやりくりの大変さも分かっていた。そんな条件もあって良也は町で惣菜などを買って茜のところに行くようになった。支局の近くに揚げ物や煮物をそろえている新しい食料品店が開店したことは良也のこうした心遣いを大いに助けてくれた。だから、もし母親が倒れるということがなかったら、二人は一緒になっていたかもしれず、少なくとも新婚生活同様の暮らしはもっと続いたはずであった。そう考えると、良也は今でも茜が突然彼の前から姿を消したことは自分の方に責任があったと思ってしまう。

茜が自分を迎えに玄関口に立っていた姿を思い浮かべた良也は三十年も昔の時間のなかに入ったまま、茜と知枝に導かれて、自分の宿泊用に用意された離れに腰を下ろした。

「あの時は済まなかった」という言葉が自然に良也の口から出た。それを聞いて知枝が、「それはないみたい」とはっきり良也の考えを否定し、同意を求めるように茜を見た。彼女は表情を動かさなかった、それは知枝の意見に反対なのではなく、しかし本当に深い関係だったのだから自分の行動に良也が全く関係がないということも有り得なかったと言おうとしているように彼には思えた。

やがて茜は従妹の知枝の言葉をそのまま引き取って「ええ、いけないのは私の方です。だから良也さんに連絡できなかった」と言い、「同じ理由で知枝ちゃんにも悲しい想いをさせたんです」と言った。そのことについてはかつて知枝と一緒に京都へ行った時、彼女から聞いて謎のまま良也の胸中に残っていた。茜は年の離れた妹か、娘のように思っていた知枝の前からも姿を消しているのだった。

三人の間に沈黙が広がった。これ以上沈黙が続くと、それ自体が茜を責めているようになっていくような気がして、良也は、「知枝さんから聞きましたが、はじめ茜さんは金沙江《きんさこう》の民話の採取に行くつもりだったとか」と、少し方向を変えた質問をし、「ここに腰を据えるまでのことを知っておきたいと思います」と続けた。茜は頷いて、「知枝ちゃんの言ったとおりです」と言い、「はじめ中国の四川省の金沙江のほとりに住むチベット族の間に竹取物語とそっくりの説話があることを知って驚きました」と話しはじめた。

茜によると、『斑竹姑娘《バンチユークーニヤン》』と呼ばれるその話は、「金沙江を遡っていくとやがて展望がひらけて稲や麦が風に豊かに波打っている夢のような村が見えてくる」というような書き出しで、一種の桃源郷説話の展開を予想させるのだが、『金玉鳳凰』と呼ばれる連環説話の一部で竹取物語のように羽衣伝説とは結びついていないのらしかった。ただ、その地方一帯を支配していた土司《どし》の愚かな息子と四人の仲間の斑竹姑娘への求婚譚《たん》の部分は竹取物語の五人の求婚者の話に酷似しているのらしい。

「でも、日本に伝えられた中国の説話は、物語としての美しさとか香りのようなものはそれほどでもないことが分かったので、もっといろいろな話があるのではないかと思い、行ってみたかったんですけど、香港で入国申請をしてみて、中国という国の広さとか、外国人、ことに日本人に対しての考え方などに無知だったことが分かりました。日本の女の人でインドネシアで旅行代理店をはじめたサリ夫人に出会ったのはその後です」と茜は言った。そのサリ夫人に昔のウブド王の血筋のカヤ・オルティニ夫人を紹介してもらってここに腰を据えることになったのらしい。茜をその気にさせたのは、ここにはいろいろな羽衣伝説があり、またバリでの〝月〟という言葉が持っている多様な響きであった。茜によればバリの人は世の中が力の象徴である太陽ばかりになってしまうのは危険だという思想があって、月を大切に思っているらしかった。

良也は「なぜそんなに竹取物語や月に拘泥するのか」と質問したいのを先刻から我慢していた。どんなに親しい関係でも、相手が話す気にならない限り聞いてはならないことがある。彼は近頃遅まきながらそう考えるようになっていた。そして茜と月はあるいは月の光の関係はどうもそういうことらしいと予測されるのだった。

それほど親しい関係とは言えなかったが異母兄に戦場体験を喋らせようとして論争になったのは失敗の一例であった。そう気付いて少しずつ見えてきたことは、敗戦後に生まれた世代は年代が現在に近くなるほど、触れられたくない部分を持たないということだった。全共闘とか過激派の一部、あるいは狂信的カルト教団の一部の人間以外は、心の襞《ひだ》がのっぺらぼうと言ったらいいのか、翳りを理解できない〝幸福〟な人種が増えたと言ったらいいだろうか。

人間のそうした部分、太陽に対する月の部分と言ってもいいかもしれない、その月の部分を職業柄侵す権限を与えられているのは法律を使う検事、裁判官、弁護士だろうか。新聞記者はどうなのだろうと良也は考えてみた。自由と正義という言葉をためらいなく使っている点では、法曹界とメディア界にいる人間には共通性がある。それは太陽の側の種族であって月の種族ではない。良也はそこまで考えていって、茜が自分の前から姿を消した原因の一端を発見したように感じた。もしあのとき、東京に帰らず社を辞めて地元の中小企業に勤め自分の納得のいく生活に踏み切ったら茜は姿を消さなかったかもしれないという悔いは、それが仮定に立っているだけに消し去りにくい悔いであった。

そんなことを考えている良也の耳に、このウブドは昔から芸術の村であって、デンパサルのような観光地ではない、と茜が知枝に話しているのが聞こえていた。良也はもう一方の頭で、茜がここに住み着いたのもそうした地域の特徴が安らぎを与えたからだろうかと考えた。茜は続けて、「この町の近くのペジェン村にプナタラン・サシというお寺があって、そこに『ペジエンの月』伝説にまつわる大きな銅鼓が安置されているの。知枝ちゃんにもまだ案内していなかったけど、良也さん、よければ三人で行ってみません」と話しかけてきた。彼は、茜が一所懸命に理解してもらおうとしているという感じを受けた。今度は、送られてくる、言葉にはならない訴えを聞き逃すことのないように、しっかり受け止めなければならない、と良也は思った。

良也の泊まる部屋で一時間ほど話しているうちにようやく寛いだ空気が通い合うようになった。

「茜さん、大丈夫？　関さんが見えたから今日はとても元気だけど」

「何言ってんのよ、もう良くなったんだもの」と、二人が娘のような会話を交わしはじめたのを聞いて、良也はもうずいぶん夜が更けたのを知った。日本よりも一時間遅いので油断していたが、それでももう九時になっている。良也はウブドまでの車のなかで、茜は夜は十時に眠り、朝は六時過ぎに起きる、一日八時間は横になっている規則正しい毎日を送っている、という説明を受けていた。

二人が自分たちの寝ている別棟に引き取ってから良也はこれから先、話の進め方をどう組み立てようかと考えていた。

ここまではただ会いたい一心で来たのだった。知枝がいてくれたことで、茜との三十年経ってしまった再会はぎこちなくならずに、日常的な変化のひとつという感じではじまったのだ。それはホッとすることだったが、良也としてはそれで喜んでいるわけにはいかないのだと自分を引き締めた。デンパサルに着いてからの時間の経過を振り返っている良也のなかを、茜も知枝も再会ということだけが頭にあって、それで良也が妻と別れたり、会社を辞めてこのウブドに住むというようなことは少しも考えていないのではないかという発見が走り抜けた。その背後には茜の病気ということがあるのかもしれない。

はっきりと意識してはいなくても、それを前提として考えている場合はよくある。人の生死も別れもそうだ。良也にしても、茜に会って励まし、病気の重い軽いにかかわらず日本に連れて帰って健康を取り戻させたいというところまでは考えていた。しかしそれから先、自分はどうするかについてはあまりしっかりと詰めてはいない。

良也は、もう克子は自分の置き手紙を読んだ頃だと思った。彼女はあの置き手紙に離婚を前提としている自分の姿を見るだろうか。もし彼女から何も言ってこないとすれば、そう受け取った証拠だと良也は考えた。最近は滝沢尚美のような親友もいるのだから、離婚という前提が存在していないと受け取ったら怒りを胸中にかかえて、このウブドまで来るかもしれない。それはさせたくない、と良也は考えたが、克子にそうした行動を取らせたくないという意味なのか、そうした紛争をここで繰り広げたくないという意味なのか、良也は自分の気持なのにはっきり分別できないのだった。

ただ彼は茜を傷つけたくなかった。平和ななかで物静かに話し、彼女の心に深く刺さっているらしい傷痕を癒やしたかった。自分にそれができるかどうかは分からなかったけれども。

考えはじめると良也は眠れなくなった。

茜と知枝の話から彼女はジャカルタの病院で胃を切った後、再手術が必要になったのだがそれを頑なに断っているらしいことが分かった。知枝は良也にウブドに来てもらって彼女を説得し励まして再手術を承知させようと考えたのだ。

茜は良也に会いたいとは言ったが、手術を何回もして衰えていくのは厭らしかった。今はこの島で「ジャムー」と呼ばれる薬を扱う店で働いている少女と親しくなって、彼女が調剤する漢方のような薬で元気を保っていた。

茜がシドと呼んでいるその少女から貰う薬を飲んでいると、からだが少しずつ透明になるという話も茜と知枝の間では議論の種になっていた。「そんなの非合理で茜さんらしくない」という知枝に向かって、茜はただ微笑を浮かべているのだった。その目には年の離れた妹を慈しんでいるような優しさがあって議論になっていない。知枝は歯痒《はがゆ》い表情になって、「ねえ、関さん、そうでしょう」という具合に同意を求めてくる。良也は事柄の重さにたじろいで、「それは知枝さんの言うとおりだけど、生きようという意思をどう表現したらいいかという面もあるんじゃないかな」と後の方は知枝に向かっての言葉を口にしたりしたのだった。そんな言い方は、なんとも歯切れが悪く、強引に日本に連れ戻す役割を良也に期待していた知枝からすれば腹立たしかったかもしれない。

東京では良也の年代の幾人かのなかで、医者になった友人たちは、それぞれの分野でもう権威者だったので、日本に戻れば充分な手当てが得られるはずだったから。しかし会っていると茜はそれほど窶《やつ》れているようには見えなかった。今のうちにいい医療態勢が作れれば助かるに違いないと思うと、良也の心ははやった。

いつのまにか微睡《まどろ》みかけた時、枕元の近くで蛙とも蟋蟀ともつかない啼き声が聞こえた。おそらく家守《やもり》だろうと思いながらも、姿は見えず声の主を特定できないので、それはなんとなくこの世のものの声ではないように聞こえた。そのうちに枕元の少し右上で啼いていた声が足元から斜め右の天井に近い部分から聞こえた。同じ家守なのか二匹いるのかは分からない。耳を澄ますと、ずっと遠くでこれは紛れもない蛙の声が遠い潮騒のように聞こえだした。茜はずっと、この声を聞いていたのだと良也は気付いた。

朝早く良也は鶏のときを作る声で目を覚ました。次第に意識がはっきりしてきて、自分がバリ島のウブドの王宮跡近くにいるのを思い出した。

鶏は何度もあちこちでときを作り、その声に誘われて、町なかのはずなのに一晩中森のざわめきとしか呼びようのない気配を聞いていた記憶が戻ってきた。茜はずっと、その生きているものの気配を聞いてきたのだと思った。おそらくそのなかで、人間の生命というものの儚《はかな》さ、儚さゆえの愛おしさに気付いたのかもしれないのだ。とすれば、再度の手術を拒んでいるのは、日本語でいう諦めとか自己放棄ではなく、むしろ対極にある強さを手に入れたからだと考えることもできる。

彼女の場合、そういうことがなければ乗り越えることが不可能だった心の傷痕があり、彼女は良也との恋によってもそれを消し去ることができないことを知って悩んでいたのだろうと良也は今になって想うのだった。

そうした茜の当時からの心の動きを確認し傷を癒やすにはしばらく茜と起居を共にすることしかないのではないか。その際、従妹の知枝がいてくれることは、知枝の意見を聞く言葉で茜の反応を確かめるという間接話法を可能にする。三十年もの空白は、そのような直接的ではない話法を必要にしている面もあった。茜の方にも同じ事情があって知枝の存在は望ましいのだろう。

良也は茜の心の傷痕の複雑な性格を解く鍵は竹取物語ではないかと見当をつけていたが、前にも考えたようにこの問題は正面から攻め、議論で結論を導けるような性質ではないのだ。方法を間違えれば解答は永久に行方不明になってしまうかもしれない危うさなのだ。

寝たままあれこれと考えている良也の耳に軽い足音が聞こえた。いそいでおきてブラインドの隙間から音がしている方を見ると、この家で働いているらしい中年の女性がバナナの葉で作った小さな皿の上に花を載せて戸口のところに置いている。見ると、茜と知枝が泊まっている棟の戸口のところにも同じ物が置かれているのだ。後で茜に聞いて、それはチャナンと呼ばれる供花の一種で、精霊が訪れそうな場所に置いて精霊に今日一日を護ってもらう儀式なのだという。どこの家もそうした風習を守っていると聞けば、この島はイスラムやヒンドゥー教が伝わる以前の素朴な宗教的生活を大切にしていることが察せられる。そういったことも茜にとって心を平和にする環境になっているのかもしれないのだった。

翌々日良也は茜と知枝と一緒にサシ寺院にペジェンの月を見にいった。

古代バリには十三の月があり、ある時そのうちのひとつが落ちてしまった。「それがこの、土中から掘り出された巨大な銅鼓であると言われている」、そう茜は説明し、「その他にも落ちかかった月が巨木の枝に懸かり、闇がなくなったので困った泥棒がおしっこを引っ掛けようとしたら、月が爆発した。その遺物がこの銅鼓だ」という説もあるとつけ加えた。月はいろいろなふうに呼ばれていて大切なものと考えられており、いくつもの伝説があるがその奥には力の象徴の対極にある、この世は強いものだけでは成立しないという哲学がある、と茜は今まで勉強してきたことの一端を口にするのだった。

また「羽衣伝説のような話は?」という良也の質問に答えて、「たくさんあるわ。バリばかりでなくいろいろな島に。だけど共通しているのは、いつかは天界に帰らなければならない運命だということ、それに地に足を着けてしまうと天女は力を失ってしまうという点なの」。

そう茜は聞く方の気のせいか沈んだ声になって答えた。

「私が住んでいた村のおばあさんに聞いたことだけど、昔の皆既月食の時は村中大騒ぎで悪魔を追い払うために神聖なもの、たとえば鍋、釜、炊事道具などを叩いて音を立てたんですって」とも言い、知枝は「へえー、やはり日常の生活用品は神聖な物なんだ」と感心した声を出した。

こうした会話のなかに身を置いてバリ島に広がっている文化の地層についての話を聞いていると、良也には茜がこの島に魅せられた理由がなんとなく分かる気がするのだった。

前の晩、三人はカヤ夫人の招待でバロン劇を観た。いけにえにされようとした王子と魔女の決着がつかない戦いという筋なのだが、魔法をかけられた重臣らが悪魔の意見に賛成してしまったり、王子が変身したりと登場人物の変化が目まぐるしく、その根底には、悪魔も正義の士も容易に役割が入れ替わるという考え方が流れているようなところがあり、その点では日本の勧善懲悪劇よりははるかに成熟した人間観が生きているようで、良也は社会部の若い記者たちに、こうした舞踊劇を見せたいと思ったりした。

カヤ夫人は、バロン劇や、ケチャという舞踊劇を本来の姿に復元するについては、日本の学者が先駆的な役割を果たしてくれたと述べて、近くその人を良也に紹介したいと言った。日本以外からこの島に来た学者たちも一度はカヤ夫人に会いに来るという。彼女を通じて次々に良質の活動家との縁が結ばれていくのだと分かって、良也は茜を連れて帰るという本来の目的とは別に、この島の文化や思想を吸収したい欲が動くのであった。しかし帰国の日時を決めているわけではなかったが年休を取ったとはいえ時間が無限にあるわけではなかった。良也は茜の疲れ具合を見ながらも次々に彼女の案内に従って、見るべき場所を訪れた。景勝地バトゥール山に行ったのも、頂上のカルデラ湖の水の下流域への分配形態と、それに添うように寺院が建っている様子を自分の目で確かめるためであった。自然の秩序に沿った権威とは、見方を変えれば文化的秩序の一つなのかもしれないという茜の意見にそれは現状肯定だと知枝が反対した。

そうした議論は、おそらく劇団万緑群の時代、二人の間によく交わされたスタイルだったのだろう。良也は茜を見失っていた時間の空白を埋める光景として意見の当否よりもその趣を吸収する姿になっていた。

そうした日々の行動のなかで、独立戦争の英雄グスティ・グラライ将軍が率いた部隊をはじめ独立戦争の死者を葬った墓地に行ったのは良也の希望だった。茜の知枝への手紙で、この墓地のことを読んでいて、バリに行ったらどうしても訪れようと決めていたのだった。

戦士たちは物音ひとつしない灼熱の太陽の下に眠っていた。そのなかで、はっきり日本人と分かる名が刻まれているのはわずかで、あとはこの島の人の名前の下に、サブロウとかタムラというようなローマ字が彫ってあって、茜は、「多分、このお墓も日本の人です」と指さすのだった。

日本軍はこの島では今でもいい印象として残っていて、子供たちが通う小学校を作ってくれたのも日本軍だと茜は感謝されたことがあると言い、そんなことも彼女がこの島に住みつくひとつのきっかけになったのかもしれないと良也は思った。彼女はそれに続けて、「私もその時、はじめて父が戦ったフィリピンのミンダナオ島に行ってみようと思ったんです。もう無理かもしれないけど」と少し淋しそうに笑った。良也はすかさず、「その時は僕も行くよ」と言ったのだったが。

その良也の言葉で茜は素早い視線を彼に投げたが無言のまま何だか遠くを見る目付きになった。

東京の団から電話が入ったのはその晩だった。「どうだ、元気か。茜さんの具合はどうだ」と彼の話し方はいかにも団らしい率直さだった。

「思ったより元気なんでホッとしている」と答えた良也に、「そうか、それはよかった。しかし、君の奥さんは立派だね、しっかりしているよ」と本題に入ってきた。それによれば克子から社にいる団に連絡があり、その日の午後、団は社のなかの談話室で彼女に会ったのらしい。

克子は腰を下ろすや否や、「もうあの人の顔を見たくもありませんので、そのことを御迷惑でしょうがあなたから先方に伝えていただきたくてお時間をいただきました」と宣告をしたという。

「そうですか、そんなにいけませんか」とさすがの団もハッシと受け止めはしたものの、二、三歩退いた感じになって、「やはりそういうことでしたら離婚なさいますか」と反問したが、克子は黙ったままだったらしい。団はおもむろに、「彼が直接あなたに話さなかったのでお怒りになるのは分かります。もっともなことです。しかし考えてみるとそれは彼に自分の行動にやましいところがないという自信があったからではないですかね。それだから逆にインドネシアにいる人を俎上にのせて議論したくなかった。ロマンチストにはそういうところがあるんだと思いますよ」と良也弁護の説を述べたのだと言う。

克子は、「ロマンチストかエゴイストか存じませんが、私はもう顔を合わせるつもりはありませんので御手数をおかけしますがそうお伝え下さい」と言って席を立ってしまったのらしい。団は「怒りは爆発させることで治まるんだ。君の気持次第だが、克子さんは大丈夫だと思うよ、真っ直ぐな人だ」と慰めるような励ますような言葉を口にし、良也はひどくバツが悪い感じになって、「ありがとう、面目ない、迷惑を掛けるな」と言って電話を切ろうとすると、追いかけるような口調で、「関忠一郎社長が会社を辞めたよ。まだ発表していないが任期満了による予定の交代という格好にするらしい。病気説がもっぱらだが病名は誰にも分からない。村内という人が後任の社長になった」と言った。

それを聞いて良也は「そうか」と言ったが、その報せが何の衝撃も与えないのを我ながら不思議に思った。

電話を切ると異母兄の話を良也は忘れてしまった。それより克子の明快なとしか言いようのない反応が彼を打ち続けた。団は、「克子さんは大丈夫だと思うよ」と言ってくれたが、どう大丈夫なのかは考え出すと分からなくなってきた。冷静さを保っているから心配ないという意味から、いずれ良也の真意は理解されるだろうから、時間をかければ二人の仲は大丈夫もとの鞘《さや》におさまるという予測の間に、いろいろな結論が考えられるのであった。

どちらにしても、良也はすぐ日本に戻ることはできなかった。茜が喜んでくれ、日本での良也の状況などは意に介さない様子で、ただ一緒にいられる時間を大切に感じてくれていることが良也には嬉しいからであった。知枝はここでも劇団や美術館の館長としての活動的な時間の使い方の習慣を見せて、バリにいるあいだに見ておくべき寺院、祭りなどの情報を集め、茜のからだを労りながらスケジュールを作るためにカヤ夫人の事務所によく出掛けていた。それは良也と茜を二人にさせてあげようとする好意かもしれないと思いながら、彼はいつの間にかスケジュールについては知枝に委せているのだった。

いつまでいてもいいと言われてはいたが、忙しそうなカヤ夫人の様子を見ればそうもいかないなと思っている二人のために宿泊場所を見付けてきたのも知枝であった。

それは日本の音楽学者でバリの舞踊劇ケチャや呪術劇チャロナランを現代風に復活させた功績で、稀に外国人に与えられるインドネシアの勲章を受けた川城勉《かわしろつとむ》の別荘だった。川城は特に、芸術の国という伝統を持ちオランダ占領時代にも生き延びたウブド地域の王族からも信頼されて、チャンプアン渓谷を見下ろせる密林の高台に別荘を建てる資格を認められたのだ。それは町なかで頼ってきた人々に仕事を与える授産所の性格を持っていたカヤ夫人の家に比べると、静かで眺めもよく、雨季に入る前に何とかもう一度茜を説得して日本で治療を受けてもらおうと思っている良也を内心喜ばせた。そんな良也に、川城教授は話し相手が現れるのを待っていたかのように熱っぽく音楽の文明史、音の環境学、近代主義の誤りなどについて語るのだった。良也も彼が漠然と疑問を持っていた問題を解明する新しい学問が創られているのを知って、川城のような観点からバリの芸術を見たら、その特徴がはっきり見えてくるだろうと思った。しかし、空気も良く風も通るこの川城邸に移った日から茜の容体は一段と深刻になった。

茜は朝起き上がるのが辛いようだった。もとから食は細い方だったが、それがさらに減って、良也は転移したと知枝が話していた癌細胞がひそかに広がっているのではないかと不安だった。何をおいても再手術を受けてもらいたくて、両手を床について頼んだりした。

「ありがとう、でもね、私は分かっているの。人にはそれぞれ与えられた生命というものがあるから、無理をしてみても結局は逆らえない。苦しんでもほんの少し生き延びるだけということじゃないかしら。シドちゃんの薬で穏やかにしている方がいいわ」と表現は柔らかだが意思を変えることはなかった。「何も日本での手術でなくても、前に入ったジャカルタの病院でもいいんじゃない」と知枝が言っても同じだった。

茜の依頼で呼ばれたジャムーと呼ばれている薬を扱うシドは、若い女性には似合わない、昔、良也も絵で見たことがある漢方医が提げていたような薬箱を持って別荘にやって来た。良也と知枝は茜とシドがこの地方の言葉で短い会話を交わしているのを眺めているしかなかった。この三、四日、川城教授と近代主義の傲慢さと誤りについて議論し、「それが科学的であるかどうかを判別する基準は、それが自分の学説の及ぶ範囲を限定的に捉えているかどうかだ」「自分たちの理論は科学だから、古今東西、万般を貫徹している、と言うのはドグマだ」というような点で大いに共感するということがなかったら、自分はもっと執拗に茜を説得して気まずい失敗をしていただろうという感じを抱きながら。

茜は、「シドのは普通のジャムーと違って、宗教的、と言ってもヒンドゥー教がこの島に入る前、八世紀以前の、棕櫚《しゅろ》の生えた土地と呼ばれていた頃の自然観から出ている療法みたい」と語っていたことを良也は思い出した。近くで見ると、もう少女と言うより若い女性の年頃であり、それでも無邪気そのものの態度動作からは妖精のような感じが生まれているのだった。彼女は飲み薬を調合し、部屋の隅に良也が嗅いだこともない香を焚いて静かに帰っていった。

良也は聖武天皇の頃、中国から東大寺に納められた蘭奢待《らんじゃたい》という名香の話を想起した。記憶では不確かになっているが、名香は人の心を穏やかにするというような話がそれにまつわってあったようだ。シドが帰ると茜は良也を近くに招き、「ごめんなさい、我儘を言って、でも私にはあなたが来て下さったことが嬉しい。私は許されたんだと思えたから、それで充分なの本当に」と言った。

訪れた客を泊める部屋を離れに用意するのは、この島の富める人の習わしなのか、川城邸にも教授とその家族が使う建物とは別にチャンプアン渓谷を見下ろせるゲストハウスが建てられていた。渓谷の反対側は広い庭に面していて、その芝生のずっと先には数段高くなった二つの門構えがあっていつでも舞踊劇が演じられるしつらえになっていた。夜は篝火《かがりび》が点じられ、そこここの芝生の広さをそこなわないような場所に神や悪魔を象《かたど》った石の彫刻が置かれて月の光の下に広がっている。

良也はゲストハウスの茜に当てられた部屋から、その庭を眺めて話しかけた。

「こうして君と話ができるようになるなんて考えてもみなかった。会いたいとは思ったし、香港で君を見かけたと特派員だった団記者に聞いたから、九七年の返還の時、もう一度出張してずいぶん探した。シンガポールにいるのかもしれないという推測をして行ってもみた。探す方法としては団の推測もあって主にインドネシアやフィリピンの産物を売っている店を回ったんだけど」

そう言う良也に茜は、「済みません、香港の時は覚えてます。ここの有名な画家の作品を扱ってくれる画廊を探しに行ったんです。旅行会社をしているサリさんと一緒に。そこで日本人の女性ばかりの団体の観光客に急病人が出たという事故にぶつかって。でも、ずっとここにいたから、日本の人たちに会うのが恐いような気持が強くなってしまって。同じ理由から知枝ちゃんにも淋しい思いをさせたみたいだけど、でもあの人堂々と自分の意見は言うし、何でも肯定的に明るく受け取るのよね、とてもいい性格」。

それを聞いて良也は「でも幼児性が抜けなくて、それが空威《から》張りにもなる日本人の男性には歓迎されないかもね、そう言う僕も日本の男だけど」と思いつきを口にした。

「そうね、だから知枝ちゃんだったら、あなたぐらい年が離れた男性の方がいいのよ。彼女、心のなかはとっても綺麗。それにあなたは優しいから」と、なんだか茜の話は従妹を推薦する親戚のおばさんのような口ぶりになった。良也がなんと答えようかと手間取っていると、「そんなあなたにねえ、私はあの頃、心の奥底のところは開いていなかった」と低い声になった。

「そうかな、僕はそんなふうには感じなかった。鈍いのかな」と良也は嘘をついた。嘘をつくのも労りのひとつだと自分に言いきかせながら。

父親の栄太郎の時は本人が癌の進行状況を冷静に追っていたから、その点では周囲が病気の内容を癌ではないと取り繕う必要がなかった。今、良也にとっても知枝にとっても悲しいのは茜が自分だけで死期についての予見を持っていることだった。普通の癌患者とは逆なのだ。

日本に連れて帰ろうとすれば彼女のその予見を否定しなければならない。良也の胸中に暴力的にことを運んでしまっても、場合によってそれは善だという考えがないわけではなかった。知枝もほとんど無意識にそれを望んでいる様子でもあった。

しかし良也はただ茜を労りたかった。それは多分葉中長蔵大佐を看病している茜を見ていて、それから三十年の時間を飛ばして今の茜に接しているからかもしれなかった。運命は常に彼女に対して苛酷だという感じがあったから、良也は労り以外の愛情の表し方を思いつかなかった。昨夜、良也は知枝に呼ばれ、「あなたは茜さんを連れて帰ろうとはしてくれないんですか」と詰問調で聞かれた。

「できれば連れて帰りたいけど」と良也は言った。「嘘おっしゃい、日本には奥さんがいるから困るんでしょ」と知枝が詰《なじ》った。「いや、それは違う」と良也は思わず大きな声を出し、その強い反応に知枝は目覚めたように謝った。しかし彼女の平俗な責め方への動機には茜への愛情があると思うと、良也は彼女に向かってそれ以上怒れなかった。むしろ可愛いと思った。

「私は本当に自分が体験したこと、それによってどんなふうに物事を感じるようになったのかをきちんと書いておかなければいけないと思っています。以前、知枝ちゃんに渡したノートは読んで下さったらしいけど、その続きって言ったらいいかしら、むしろその前提になっていることなのかもしれないけど」と茜が言い、良也は「それは読まなければいけない。見せて下さい」とすぐに言い、茜は「いずれね」と微笑した。

それは確かに微笑だった。しかし言葉で説明することができない内容の微笑なのだった。しいて解読をしてみれば、そのノートは今書いている途中でこの後も書き続けるつもりであること、書き終えるまでは生きているという意思表示、その時になれば良也に見せますという約束の気持、しかし思うように書けるかどうかは分からないという自信のなさなどの総《すべ》てが含まれ、それらを総て包んで、良也がじっと見守ってくれていることに感謝している心を現しているようであった。

良也は茜の謎の微笑と言ってもいい笑顔を受けて、「このウブドの月は光が丸みを帯びていると言ったらいいのか柔らかくて透明という感じだなあ。日本の場合は、たとえば嵯峨野の秋の月なんかはもっと澄んで冷たい。なぜか長野支局時代の月は覚えていないが」と言った。その時、茜は鋭いなんだか恐い光を湛《たた》えたような目で彼を一瞥《いちべつ》した。それは一瞬のことで、茜はすぐ柔らかな眼差しになって、「そう言われればそうね」と諾った。

言葉が途絶え、二人は黙って二階から母屋の前庭を眺めた。今夜はバロン劇の練習は行われていなくて、広い庭の奥に現世と異界を分ける二つの門柱の影が斜め後ろに昇った月のために影を庭に落とし、隅々の数カ所に燃えている篝火のまわりには金の粉を撒いたように虫が飛んでいるのが見えた。部屋の後ろに深く落ち込んでいる渓谷、その対岸の棚田から無数の蛙の声が上ってくる。

良也は茜といるこうした時間が限りなく幸せに満ちているように感じられた。いま、このまま死ねと言われたら喜んで死ぬだろうと思った。危うく「一緒に死のうか」と言いそうになった。

『潮騒の旅人』の編集のことが頭に浮かんだ。とうとう一頁《ページ》分も編集しないで終わってしまうかもしれない。しかし、それはそれでいいのだ。自分が潮騒の旅人そのものになってしまうのだから、と考えた。

今なら、茜も「いいわ」と小さく頷くだろうと思った。途中で、これは長野支局時代には決して浮かんでこなかった考えだったと思った。あの頃は前方ばかりを見ていた。父親の看病で長野から離れられない茜、倒れてしまった母親を看なければならない自分、東京と長野に引き裂かれそうな苦境をどうやって乗り越えようかと、そればっかりを考えていた。

あの頃の方が純粋なのか、一緒に死のうかと考えている今の方が澄んだ心境なのか良也には分からなかった。ただその間に三十年の空白の時間が流れたことだけが確かだった。勿論、今のこの想いは茜の生命の火が間もなく尽きようとしているからではないと良也は思った。いつもだったら、そう思おうと無理をしているのではないか、というふうに自己否定的に働く思考回路が今夜は止まっていた。ただ茜への想いだけが募った。

茜が小さく身じろぎして、「あの、私まだ結構生きられると思うの。良也さん、そのあいだずっとここにいるわけにはいかないでしょう」と言い、彼は茜も同じことを考えていたのだと思った。まだ結構生きていますから、今度来る時はずっと一緒にいられるようにして来て、と言ったのだろうか。

たまたま、バリで芸能を活性化させ勲章を受けた川城教授の業績を実地に見聞しようという、学者と知識人、経済人で構成される視察団がウブドを訪れた。彼らは国土交通省と経済産業省の応援で日本の伝統芸能奨励のための委員会を構成している人たちだった。高齢者もいたので医師が同行していた。

知枝は京都の総合病院にいたその医師を知っていたから持ち前の行動力を発揮して茜の診察を頼んだのらしい。

その医師の判断は、心臓などに異変が起こった場合のことは保証の限りではないが、このまいけばまあ半年ぐらいということだった。長野の美術館の小室谷にファクスを送って戻ってきた良也にそう報告して知枝は泣いた。彼は知枝の肩を抱き、背中を軽く叩くようにして慰めながら、「茜さんがどうしても意思を変えないなら、僕らはそれに従って最善を尽くすしかないんだ、それしかできることはないんだよ」と言っているうちに自分も悲しくなってきて困った。そこには感傷や妥協を許さない茜の意思というものがあった。彼女が、なぜそのような固い決心を持ったのかは分からない。良也は「いずれね」と言った時の茜の謎のような微笑を思い浮かべた。たしかにそこには近寄りがたい何かがあるようであった。良也は我に返って、小室谷に「知枝さんのバリ島滞在が長くなりそうだ。彼女から直接万緑美術館の館長代理の男性に、判断に迷うこと、困ったことがあったら君のところへ相談に行くようにと言いたいようだ。受けてやってくれないか、僕のバリ滞在も長くなりそうだ」と依頼したことを彼女に報告した。

「ありがとう。でもあなたはどうするの」と彼女は涙を拭きながら聞き返した。「どうしようか、まだ考えていなかったけど」と答えながら彼は何をどう考えたらいいのか、その順序をうまく整えられない気持のなかにいた。

「でも、ずっと今のままここにっていうわけにはいかないでしょう。私の場合は個人経営みたいなものだから自由がききますけど」

そう言われてみると知枝の指摘する通りだった。一度日本に戻り、身辺を整理し、最期まで茜の傍らにいられる態勢を作ってここに来ることしかない。しかし、社を離れて暮らしていけるか。収入を得る道がここで見付かる可能性は少ないように思う。自分と知枝の二人がいれば棚田に囲まれた茜の家で暮らし彼女を看護することは可能だが。難点は自分がもう初老の男で農作業は無理なことだ。

良也は長野支局にいた時も同じ問題で悩んだのだった。その晩、考えていると、またしきりに家守が蛙の合唱をバックにして啼いた。

あの時の方が結論は出しにくかったと良也は素直に認めた。新聞記者という職業に彼は大きな意義を認めていて、さあこれからと意気込んでもいた時期だったから、社を辞めるという計画を口には出したが自分自身納得しているといえる状態ではなかったのだ。それに比べると今は経済的方途さえ見付かれば主体的な困難の感じは薄い。再就職の可能性としては、茜が世話になったカヤ・オルティニ夫人の伝統芸能復活と授産事業を手伝う、川城教授の助手のような仕事を見付ける、サリ夫人の旅行会社で働く、というような方法を思い付くのだが、いずれも自信を持てる職種ではない。

その自信の持てなさは年齢からくるものだろうか、精神の構造によるものか。考えると残念ながら精神的な困難のように良也には思われた。座って周囲の人たちに判断を示すことに慣れ、営々とからだを動かして働くことには辛さを覚える精神の体質になってしまっている。

茜はそうは言わなかったが、そのことが一番深いところの心の闇を、良也に開けなかった原因ではないだろうか。彼女の心を本当に摑むためには何もかも捨ててここに戻って来なければいけない。若いうちはからだの関係が精神的な理解度の不足を補ってくれたが、今はそういうわけにはいかない。そう思って寝返りを打つと、今夜は大蜥蜴が「トッケン、トッケン」と啼くのを彼は眠りに落ちながら聞いた。

翌日良也は茜に「一度日本に戻ってずっとここに居られる態勢を作ってくる。長くても一カ月後にはウブドに来ます」と言った。その時、意外に茜は淋しそうな顔をした。それは、本社の転勤命令を受けることに決めた良也を長野駅まで送ってきた茜が、ホームで見せた顔にそっくりだった。良也は内心狼狽して、「でも、君が心細ければこのままここにいてもいいんだ。そうしようか」と前言を翻した。

「それは駄目」と今度は茜ははっきりした声で言った。「父は陸軍の軍人専門の療養所だった長野に移る時、するべき挨拶や順序を全部省略してしまったの。それで私、京都に帰った時ずいぶん辛い思いをしたわ」。茜にそう言われると良也は言い返せなかった。彼女の方から父親のことに触れたのはウブドに来てからこの時がはじめてだった。

良也の方から触れないようにしていたからでもあったが、茜から父親についての発言が出たことに彼は驚いた。それは彼女が父親の存在、病気と死から受けた心の傷を乗り越えたと報せているように良也は受け取った。その経過はおそらくいま書いているノートにもう書かれたか、間もなく書かれるのだろう。一冊目のノートはこの問題の解明についてはいささか期待はずれだったのだけれども。

翌々日、良也は夜のフライトで朝成田に着きエクスプレスでまっすぐ東京駅へ行き、新宿経由で玉川学園前へ向かった。不意に帰宅して克子に出発の経緯を釈明し、自分に半年ないし一年の時間を与えて欲しいと直談判するつもりだった。「顔も見たくない」と言ったようだが、乗り込んでしまえば話をしないわけにはいかなくなるはずだ。そう胸算用をして玄関を開け、声を掛けたが家のなかはしんとしていた。

胸騒ぎを覚え、急いで靴を脱ぎ捨てキッチンを覗き、リビングダイニングに入ってみたが出掛けているようだ。事前に帰国を報せると友人たちと相談してそれなりの用意をされる場合もないとは言えないと考え、不意打ちに限ると計画しての帰宅だったから、留守を想定しなかったのは自分の失敗だと良也は認めざるを得ない。その背後には、主婦は家にいるものという固定観念があったのかもしれない。書斎に入ると、良也の机の中央に角封筒が置いてあるのが見えた。

ふたたび胸騒ぎを覚えて封を切ると、「お帰りなさい、長い御出張でお疲れになりましたでしょう。ゆっくりお風呂に入って、戦塵《せんじん》ならぬ旅の垢《あか》を落として下さい。御連絡の方法がなく、お友達の団さんをわずらわすのもいかがかと思いましたので、結果としてこの置き手紙でお報せする非礼をお許しください」という字が目に入った。一見キチンとした文章であることが、かなり意地の悪い皮肉になっていて、やられた、という第一印象を否定できない。

「私は一カ月半ほど同窓会の友人と女ばかり五人でヨーロッパの古いお城を見て回る旅に出ます。急に決まったために事前に充分御相談できませんでしたこともお許し下さい。大体の旅程はフランクフルトでドイツの鉄道に乗り、ヴュルツブルクで降りてゆっくりインスブルックに出るコース、いわゆるロマンティック街道を回ります。熟年の女五人の旅、果たしてロマンティックになりますかどうか、あなたには関係のないことですが」と文章は続いている。

克子の置き手紙には日付がなかった。だから彼女がいつ旅行に出掛けたのか、分からない。ということはいつ帰ってくるかが分からないということだ。落ち着けない状態に良也を追い込もうとしているのだ。

あなたが私をどういう状態に放置したか、御自分で体験なさってみるとお分かりでしょうと言わんばかりである。良也は腹立たしくなり、そんな駆け引きをしている場合じゃないと怒鳴りたかった。と同時に、克子と顔を合わせなくて済んだという安堵の気分が生まれたのも事実だった。

良也は阿佐ケ谷のアパートにまだ空室があったはずだと思い出し、ひとまずそこに荷物を置くことにした。管理人に電話をし、続けて社にいる団と連絡を取った。彼が妻に手紙を渡す役を実行してくれた礼を言い、「今日中にでもどこかでゆっくり会いたい」と申し込んだ。

良也はとにかくその足で社に顔を出し、「年次休の中休みだ」と説明にならない説明をしてから『現代人の俳句全集』の進行状態の報告を受けた。ある結社から「うちの主宰の巻はいつ頃出版されるのか」という問い合わせがあり、「この全集は個人別に編集しているので結社の指導者でも収録されない俳人もいる」と答えたところ、相手が怒って、「そんなに偏ったものなら『全集』という字を外せ」と嚙みついてきた、という報告がスタッフからあった。良也は「今後、何度か同じようなことがあるよ。気にしないで予定通り進めるしかない。その際、前にも言ったが編集委員の先生の名前は相手に教えないことが肝要だ」と指示し、俳句全集以外にも進行中の数冊の出版準備の進捗状況を報告してもらった。

そうした仕事をしていると、やはり途中で投げ出すわけにはいかないなと考え、すぐ、長野から東京に転勤になった時も同じような経過を辿って、茜との約束が実行できなくなったのだと思い出した。彼は長野支局を離れる時、月二回は長野に会いに来る、と決めたのであった。しかしそれはすぐに実行できなくなってしまったのである。

団と良也は、かつて良也が老夫婦の会話を衝立《ついたて》越しに聞いてしまった店に行き、今度はテーブルを挟んで座った。良也は克子が置き手紙をしてヨーロッパに出掛けてしまったと報告した。「見事に仕返しされた感じだ」と言うと、「さすが、君の奥さんだけあってなかなかやるな、似合いの夫婦という奴かな」と団は愉快そうに言い、良也は「冗談じゃないよ」と言うしかなかった。

団は真顔になって、「それはそうと茜さんはどうだった」と本題に入った。常に遠慮会釈なく話を主題に向かって真っ直ぐに進めるのは、彼の本来の性質が長い特派員生活のなかで磨かれた結果なのだろう。良也は自分にはあまりないそうした団の性格とやり方に昔から記者としての才能を感じていたのだった。

「うん、彼女は僕が行ったことを喜んでくれた。医者は半年だろうと言うんだが本人は手術を拒否している。最初の胃の手術はジャカルタの総合病院でしたらしいが、手術は一度で充分、二度目は日本の病院でも受けるつもりはない、と言うんだ」と正直に報告した。団は腕組みをして天井の方を向き、目を動かして若い頃彼女に会った数少ない記憶を呼び戻そうとしているような表情を見せていたが、やがて、「それは彼女の意思を尊重するしかないだろうな」と言い、「子供でもいれば説得の方法もあるが、彼女は独身なんだろう？」と良也に念を押した。

「多分、係累は従妹の、茜さんの看病をしている葉中知枝さん一人ではないかな」と、良也の返事はいくらかあやふやになった。団は小さく吐息を洩らすと、腕組みを解きしんみりした語調になって、「確かに何度も手術をして、遂に満身創痍、からだ中に点滴のチューブが絡まっているのはよくない。患者が可哀想だ」と言い、良也は父親が同じように手術を断り穏やかな死を選んだのを思い出した。茜の父親の大佐は生きながらえて自分も苦しみ、娘の茜も苦しめたのであった。その体験が茜の方にもあって、現在の再手術拒否の意思を支えているのかもしれないと気付いた。

「確かにな。彼女を傷だらけにはしたくない。僕は静かな病床にずっと付き添っていたい。今度、急に帰国したのはその準備のためなんだ。女房のことはまた君に頼むしかないものだから」と良也も、団を呼び出した真意を率直に打ち明けた。

「それはいい、乗りかかった船だからな」。そこまで言って団は急に良也を強い目の表情で見詰めて「しかし君、社を辞めるつもりじゃないだろうな。それなら俺は断る」とはっきり言った。

このことになると良也はやはりたじろいだ。

やがて団は「どうも君たち兄弟は不思議なところがあるからな、やはり親の血かな」と妙なことを言いはじめた。「どういうことだ、それは」と今度は良也が質問する番だった。

団によればNSSCの社長を退いた関忠一郎が広島の山林地主の会社社長山中を伴ってリトアニアに行く話は事実だったのである。

「いくら戦友だった弁護士に忠告されたからといって、さっさと自分が創業した会社を辞めてしまうというのは異例だろう。これからいろいろな勘ぐり、憶測が生まれるのは間違いない。その上バルト三国のひとつの国に行くとなったら少しおかしい、ということになるだろう」と彼は言った。若い記者N・Kが同級生である山中社長の息子に取材したところでは、関忠一郎のニューヨークでの恋人がリトアニア人のグレタという女性だったことが分かった。ところが彼女は山中社長の親類で日系二世のヤスシ・ヤマナカの夫人だったのである。発展家だった山中社長の父親が急死した後始末のために広島の本家に呼び戻される時、ヤスシ・ヤマナカは妻の面倒を若手商社マンだった関忠一郎に頼んだ。それというのも、グレタ夫人は生まれた国がナチス・ドイツに支配される形勢になった時、アメリカに亡命した境遇だったから身寄りが全くなかったのだ。まだ若かった関忠一郎と少し年上ではあったがグレタが恋仲になるのにそう時間はかからなかった。本家の孫の言によれば、そうなるのをヤスシ・ヤマナカは予測し、期待さえしていた気配があったと、学友である記者N・Kに語っていたという。

「それは分かるよ、そこまでは分かる。しかし創業型経営者が四十年以上経って、年寄りになってその恋人の行方を探しに行くというのは少し変わり過ぎていやしないか」と団が言った。

「それはきっと、そうしなけりゃならない訳があるんだよ。僕はあの異母兄のことはあまり評価していませんがね、何かあると思うよ」

良也がそう言うのを聞くと団は〝我が意を得たり〟という顔になって、「だろう？　俺もそう思う。その何かを探りたいんだ」と力説して、「俺はずっとね、新聞や雑誌に登場する経営者像を読んでいてね、経営者という職種にいる人間は単純なものじゃないんじゃないかという疑問を感じていたんだ。合理主義一点張りとか、社会公共性を重んじている、とかさ」。

「確かに、いつも時の権力の傍らにぴたっとくっついていてスポットを浴びたがるような口舌の徒もいるが、あれはまあ財界人という種類で、むしろ声なき経営者のなかに、本当の経営者像を構築する時期かもしれない。しかし関忠一郎はそのモデルにはならんよ、僕はそう思う」

と良也は言った。

団は良也の異母兄に対する意見は無視して、「とにかく、今度の関忠一郎の旅行は、同行する旅行代理店の男が逐一様子を報告してくれることになっている。新しい経営者像の発掘に協力して欲しいという要請に、忠一郎を尊敬していた彼が応じてくれたんだ」と言った。

おそらく団は得意の弁舌を振るって、「これはスキャンダル探しなどとは訳が違う」と力説したのに違いないと良也は思った。忠一郎の方も全く事情の分からない未知の国なので、同行者の山中の他に、事情をよく知っているロシア語の自由な若者の案内役を依頼したのであっただろう。

それにしても、忠一郎にリトアニア生まれの恋人がいたという話は良也には初耳だった。年の離れた異母兄にも青春があって恋に悩んだりしたのだという発見は、忠一郎という存在がはじめて生身の人間として良也の前に姿を見せたことを意味していた。彼らは二、三日うちにもドイツのフランクフルト経由で首都ヴィリニュスに出発する予定だという。

団が「茜さん関連の件は承知した」と目くばせをして席を立った後、良也は社に戻ると若い記者からグレタという女性について詳しく聞いた。彼も伝聞の伝聞に過ぎなかったのだが、彼女は両親や兄の先発隊として日本の領事の協力でシベリア鉄道に乗り、神戸経由でニューヨークに亡命できたのらしい。しかし続いて到着するはずの家族は誰もアメリカに来られなかった。

グレタは忠一郎と暮らすようになってから結婚前にどうしても一度リトアニアに帰って家族の消息を確かめたいと言い出した。忠一郎も最終的には彼女の考えに賛成してしまい、結果としてグレタの行方は分からなくなった。東西冷戦の厳しい時代だったからおそらくリトアニアを支配していたソビエトの秘密警察は彼女をアメリカから送り込まれたスパイと考えたのだろう。体制が変わって当時の秘密警察の資料が閲覧できるようになったことが忠一郎をリトアニア行きに踏み切らせたのだ、とN・K記者は言い、「おそらく関忠一郎さんは責任を感じているんだと思います」と感想を述べた。

「そうねえ、それも一因だろうが、あの人はもっと自分中心の人だから」と良也は歯切れの悪い答え方をし、「団の、新しい経営者像発掘というのは賛成だけど、他にもサンプルが欲しいよね」と言い、異母兄の引退の場合はビルマ戦線での頭部損傷、その結果の捕虜体験が引き金になっていると思うと教えた。良也がそう言ったのを受けて、N・Kは「このあいだ九州の原口さんに会ってきました。それによると捕虜時代にもいろいろ変わったところがあったようですね」と、良也にさらに忠一郎についての発言を促すように水を向けた。

「そうなんだ。それがもともと性格的なものか、戦地での体験の結果、放心癖や奇行が引き出されたのか、そこのところが肝心な点だと僕は思う」

と、全く関係のない第三者を批評する口振りになった。

バイカル残照

フランクフルト空港に着いた時、忠一郎はここでリトアニア行きの便を待っている時に書いた葉書がグレタの最後の便りになったと改めて記憶に確かめていた。

それには、「旅に出ていると、私にはつくづくあなたを愛しているんだという実感が押し寄せてきます。本当の愛を有り難う」という言葉が英語で書かれていた。あの頃、二人とも若かったからか、「本当の愛」というような言葉が使えたのだった。グレタにとって母国語ではない英語の表現だから可能だったとも考えられるが、あるいは時代がそうした言葉の使用を可能にしていたようにも思える。グレタのこの言葉を思い出したことをきっかけにして、忠一郎のなかで封印されていた過去が動きはじめた。

日本を離れてみると、旅ははじまったばかりなのに、捕虜の生活が経営者としての自分を準備したのだ、というようなことが頭に浮かんでくるのだった。運よく帰還できてからは、国全体の大きな変動のなかで、学生であっても自活を考えなければならない立場になり、いわば日本軍捕虜の代表という姿勢の延長で学生社長になり、英語を活かして商社へ入った。そのお陰でニューヨークへ行きグレタと出会ったのだ。

一方グレタの方はナチスドイツを嫌って、当時は自由の国であったアメリカに逃げてきた。家族は亡命に失敗し、グレタは父親ほど年の違うヤスシ・ヤマナカに助けられた。

そう辿ってみると、二人は時代の波に翻弄されながら出会ったのだ。そこにはどれくらい自分の選択と言える要素があっただろう。NSSC社についてもその前身はヤマナカが作ったシンドバッドなのだ。忠一郎はずっと自分が入り込んでいた戦い、競争、緊張という言葉で代表される世界が、飛行機が離陸して高度を上げるにつれてどんどん遠のいていくように感じた。

今までの生き方に自分の意思があまり入っていないとすれば、これからはどうなのだろう。自分の社長辞任を知れば世間の人は引退と受け取るだろう。形からすればそうかもしれないが自分には「あとは悠々自適、余生を楽しんで」ということが分からないのだ。

同年配の者は気持の上ではみんなそうではないか、世間の通り相場に合わせて「余生」と言っているだけではないのか。リトアニア旅行にしても自分が納得できる生き方をするために、まず来なければならなかった国だからだ。次には今はミャンマーと呼ぶようになったビルマに行くのだ。

忠一郎は今度の旅を新しい旅の第一歩と意味付けていた。彼はビジネスマンだった時の習慣で、日本を出発する前に房義次に頼んで、外務省の知人を介して一九五六、七年の頃のリトアニアにおけるソビエト政府の抑圧の実態について、公開されるようになったKGB関係の資料の調査を依頼しておいた。リトアニアに着いたら、真っ直ぐに日本大使館に行ってその結果を聞くことにしていた。確かアメリカのパスポートは、グレタ・ヤマナカになっていたはずである。

忠一郎の顔を見るなり、大使館の青年は、「あと二、三日すれば調査結果がまとまるはずです。グレタ・ヤマナカという名前は見付かりましたから消息もある程度は分かるのではないかと期待しています」と報告し、「本省からの依頼がありましたので調べましたが、一般の方の場合は取り扱っておりませんので」と付け加えるのを忘れなかった。忠一郎は胸中の波立ちを抑えて、「生きているんでしょうかね」と質問し、大使館の青年は「さあ、それは分かりません」と慎重に答えたが、それだけではぶっきらぼう過ぎると思ったのか、「殺された人はナチス時代に比べると少ないようです。どちらにしてもひどい話ですが」と付け加えた。

結果が出るまで忠一郎たちはヴィリニュスがポーランド領だった第一次大戦後の二十一年間首都だったカウナスに泊まり、比較的近くにある十字架の丘やネリンガの砂丘、そして旧市街地の大聖堂やカウナス城などを見物することにした。忠一郎はグレタが「子供だったけど小さい国だから主なところには行っていると言えるのが哀しいのよ」と話していたこと、それなのに彼女が住んでいた家の正確な場所を知らないことをここに来て残念に思った。

それはおそらく本国政府の訓令に反して六千人ものユダヤ系の人にビザを発行して亡命を助けた杉原千畝《ちうね》領事の記念館の近く、カウナスの市街地を見下ろす丘の上の住宅街ではないかと思われるのだが、それ以上のことは分かっていないのだった。郊外の第九要塞博物館はナチスの強制収容所の跡で、水責めの拷問室など、カウナス全体で五万人が殺されたと言われるホロコーストの凄惨さは想像を超えていた。忠一郎は一言も言葉を発することができなかった。旅行社の青年は、リトアニアの主な都市にはたくさんのユダヤ博物館が作られていると言い、グレタが先発隊として必死に逃げた時の気持を推測すると忠一郎は自分の認識の甘さが辛かった。

白夜の季節が続いていた。彼らはカウナスからクライペダへ、そして船に乗ってニダへ渡り、トーマス・マンの別荘へ行く砂丘沿いの道を走った。また次の日は十字架の丘があるシャウレイを経由して大回りでヴィリニュスに戻る道すがら、この地方独特のリュピントイエリス（悩む人）と呼ばれている小さなキリスト像が道祖神のように次々に街道に現れては車の後ろへ流れていくのを忠一郎は見ていた。

これという都市には、旅行社の青年の言葉通り、必ずと言っていいほど迫害を受けたユダヤ人を追悼する博物館があった。

しかし、これらはナチスの犯行の跡なのでソビエトのKGBの場合はそれほどでもないのではないかという、グレタを想っての期待は、カウナスでKGBの監獄博物館を見学してから消えてしまった。ソビエトが支配していた時代、彼らは人種差別からではなく反革命陰謀という名目で自分たちの支配に反抗するリトアニア人たちを迫害したのだ。その年月は第二次大戦の終わり頃からソビエト体制の崩壊まで四十五年以上にわたっていた。その間ずっと広大な森を根拠地にした〝森の兄弟〟と呼ばれる反ソ・パルチザンに悩まされた支配者は傀儡《かいらい》政権を使ってことあるごとに迫害を強め、根拠も理由もなくリトアニアの人たちを逮捕し、殺害したりシベリアへ流刑にした。その数はナチスの被害者をはるかに上回った。

そうした話に接する気の重い旅のなかで、ヴィリニュスからそれほど離れていないトラカイ城は忠一郎たちを明るい夢のなかへ連れ出すような光景を展開した。

それはチュートン騎士団の侵略を防ぐために十四世紀の後半に造られた城であった。グレタの少女時代、見に行くことはできたが城はまだ荒れていたから想像で補う必要があったのだが、今はすっかり修復され、澄んだガルベ湖の水に赤煉瓦の中世の城が忽然と姿を現すのであったから、忠一郎たちは急に野蛮極まる近代から典雅な中世に投げ出されたような錯覚に捕らえられた。この城の近くに、幻のハザール団の生き残りと言われるトルコ系の少数民族の住まいがあることは、この想いを補強するようであった。現在彼らは二百人ほどになってしまったと言われるけれども、歴史の時間のなかで幾つもの滅びた民族がいたのだという想いは、別の意味で忠一郎から言葉を奪った。

忠一郎と山中そしてロシア語が自由に使える旅行会社の青年の三名は、作曲家で画家のチュルリョーニスのポスターが貼ってある若い大使館員の部屋でグレタの消息を聞いた。

グレタ・ヤマナカは一九五六年の五月二十三日、ヴィリニュスからサンクトペテルブルクに行く鉄道に沿って広がっているベネレイの森で数名のリトアニア人と共に逮捕されている。

三人の日本人の一人が同じ山中であるところから、大使館員はグレタの行方を探す理由を納得したらしく、「お気の毒なことですが」と何度か繰り返すようになった。忠一郎は逮捕の日付から、それは彼女がフランクフルトから葉書を書いた五日後のことだと計算をしていた。

スターリン時代、つまり戦争が終わってから八年間に十三万二千人のリトアニア人がシベリアに送られている、と大使館員は細かく書き込んだノートを見ながら報告した。KGBの記録は閲覧はできるがコピーが取れないので素早くノートするしかないのだ、とも彼は言った。スターリンの死後、抑圧は少し弱くなったと言われているが、「それはどうですかね」と言いながら、逮捕された者のうち銃殺されなかった者は大部分シベリア鉄道でまずイルクーツクに送られ、そのなかの一番多くの人間は第二シベリア鉄道と言われているバム鉄道の建設に、残りの人々はそれぞれ発電所の建設とか、森林の開墾に回され、「お気の毒なことですが、多くの人は劣悪な条件に耐えられずに亡くなった、と推定されます」と彼は言い、山中が「それは女性もそうだったんですか」と質問した。それに答えて、「いや、女性の場合は労働力として期待されていませんでしたから、逮捕者の世話とか、日本軍捕虜の監視役とか、そういった作業だったと思います」と彼は答えた。

「シベリアに送られてからの消息を探すことは可能でしょうか」と忠一郎は聞かずにはいられなかった。忠一郎にはまだシベリアの広さがよく感覚的に摑めていなかった。「足で探すことは不可能ですから、自治体の資料を当たるしかありません。それも、まあイルクーツク州政府でしょうか」と大使館員は言い、「一番確実なのはモスクワの中央機関から紹介してもらうことですが」としばらく考えていたが、「もうひとつの方法は、あそこにはデカブリストの叛乱に連座した人たちの博物館があります。そこの人たちに協力してもらえれば、それの方が結果は早いかもしれません」と教えてくれた。

忠一郎はそれが可能ならヴィリニュスから汽車に乗ってサンクトペテルブルク経由モスクワへ、そしてシベリア鉄道を使ってイルクーツクへ行きたいと思った。それは亡命したグレタが通った道なのだ。しかし山中と旅行会社の青年にとめられた。辿り着くだけで疲れてしまうし、どこかで一、二泊すれば、移動だけで一週間かかってしまう。それだけの時間があれば調査に使うべきだ、というもっともな意見だった。

ホテルに戻って調べ、ロシアの飛行機会社アエロフロートでモスクワに飛び、そこで一泊してまた飛行機でイルクーツクに直行することになった。

その晩忠一郎は東京に電話して弥生と話をした。彼女は、「まあロシアからも電話がかかるようになったのねえ」と驚き、忠一郎は「来てみるとモスクワは大変な近代都市だよ」と見たままを話した。

弥生は、「栄二がね、ミラノから帰ってきてますよ。日本の会社と取引ができたんですって。あと一週間は東京だと言ってますが、あなたいつ帰れますか」と聞いた。

忠一郎は、「明日イルクーツクへ飛んで、多分そこに三、四日いることになると思う」と正直に答え、少し間があって弥生は、「それでグレタさんは見付かりましたの?」と質問してきた。彼は日本を出る前、ニューヨーク時代グレタ・ヤマナカという女性と付き合っていたことを弥生に話しておいたのだった。今度の質問にも忠一郎は正直に、「まだだ、当時の弾圧は想像以上のひどさだったことだけが分かった」と言い、それなのに帰国を認めたのは完全な判断ミスだったという言葉を呑み込んだ。弥生の問いで忠一郎は当時ニューヨークでの彼女との苦しい議論のいくつかの場面を記憶に再現した。国が小さく弱かっただけに、家族の絆だけを頼りに生きてきたグレタにとって、両親と兄を見殺しにしてしまったという辛さの度合いは、同じように苦難に遭遇した国ではあっても、東西対立の狭間で生きる道を見付けられた日本に住む忠一郎とは比べものにならなかったのだと今になれば推測できる。

今後ずっと忠一郎と一緒に暮らすようになるのなら、その前にどうしても一度帰国して家族の行方を確かめたいという彼女の主張に押し切られるように議論は組み立てられていたのである。

それにしても、アメリカの統治下に入ったのは長期的に考えて日本にとって幸せだったと言い切れるのだろうかと忠一郎は考え、ふと、こんな面倒なことは理屈好きの良也にでも委せておけばいいと頭を切り替えた。

忠一郎は日本の独立論に関連して、なんの前触れも関連もなく異母弟の名前が浮かんだことに驚いた。これは過度の放心癖のはじまりなのだろうか。この旅行にかつてＮＳＣにいた山中とロシア語が自由な案内人に同行を依頼したのは、表向きはグレタの消息を尋ねるには山中姓の人間が入っていた方がいいし、ロシア語が自由に使える人間がいることが探索を効果的にしてくれると考えたからだが、もうひとつ隠された理由として、年齢と共に陥ることが増えたように思える放心癖が出た時、最低二人の同行者がいて左右から守ってもらうことを考えたからであった。

もし、こちらの状態が正常であるなら、親類縁者の名がしきりに浮かんでくるのは死期が近付いているという言い伝えが当てはまる現象なのだろうか。しかし忠一郎はそのために不安を暮らせるということはなかった。もう年なのだから、それならまあ仕方がないかと思った程度であった。

房の忠告もあって社長を辞める決心をした頃忠一郎を捕らえたものは、役職を辞したらアンジのように生きたい、という考えだった。彼は自分の事業をNSSCに譲って、もと本社跡に建てたマンションの最上階に居を移し屋上庭園を拵《こしら》えて悠々と暮らしているのである。中折れ帽をいくらか斜《はす》に被った姿が決まっていて、落ち着いた飄逸《ひょういつ》感が身についていた。葉巻を吸う仕種もごく自然だ。

しかし彼が子供の頃をパリで過ごし、十八、九で日本に帰ってくるまでに人生の大方のことを経験した過ごし方と、少し年齢の差はあるが経済立国の先兵というような大義を聞かされながら過ごしたニューヨークの過ごし方とは天地の差ほど離れているのだ。自分にはアンジのような生き方はできないな、と忠一郎は思った。洒脱とか軽み、侘びなどという世界からも自分の感性は隔てられているのかもしれない。そう考えると、さすがに忠一郎はこれからの生活を自分は何をよりどころにして生きていったらいいのかと心もとなかった。だからこそ、グレタの消息を知ることが必要なのだと思い返しもしたが。

どこまでも光って続いているエニセイ川を眺めてクラスノヤルスクを越え、数時間飛ぶと大きな湖が見えてきた。バイカル湖ではないかと思って客室乗務員に聞くと、今見えているのは人工湖で発電のために作られたものだ、バイカル湖はまだ先でこの六倍以上あるという。

何時間飛んでいてもタイガと呼ばれる北方地域の森が続いていて、その広さは計り知れない。食事が終わって少しすると旅行会社の青年のところへ客室乗務員が来て、今見えはじめたのがバイカル湖から流れ出している唯一のアンガラ川で、これはずっと先の方で先刻越したエニセイに合流していると教えた。

飛んでいるうちに忠一郎はまた少し憂鬱になってきた。シベリアに流されるということの意味が現実性を帯びて迫ってきたからだ。それは銃殺ではないというだけの同じように死を意味する処罰だったのではないか。

空港に降りてホテルに荷物を置くと三人はヴォルコンスキーの家の館長に会うためにタクシーを拾った。モスクワの大使館が一八二五年の十二月に帝政打倒を試みて失敗したデカブリストの記念博物館のうちヴォルコンスキーの家の方を紹介してくれたのである。おそらくそれはソビエト体制の名残りで、公《おおやけ》の自治体による行政の外に党による情報収拾の組織が作られていたから、これから行くのはそのなかのひとつなのではないかと忠一郎は思った。三人は館内の参観を後回しにして、すぐ「グレタ・ヤマナカというリトアニアからの流刑者の行方を調べているのだが協力してもらえないか」と頼んだ。一九五六年という日付を聞くと丸い赤ら顔の館長は肩を竦め、「今、元気でいるとすると幾歳ぐらいか」と聞いてきた。忠一郎よりも年上だからもう八十歳になっているはずだと言うと館長は溜息をつき、「リトアニアも寒い国でことその点では変わらないから、日本兵のようなことはないでしょう」とそれを慰めの言葉として口にした。中国の東北地方から強制連行された日本兵たちのうち死亡した捕虜の過半数は最初の冬が越せなかったのである。山中が「空港からホテルに行く途中でリストヴァンカの墓地にお参りしてきました。あそこには日本人捕虜がたくさん葬られていると聞きましたから」と述べた。館長は遺憾の意を表するように肩をすくめ若い女性を呼び、グレタの消息を早急に調べるようにと指示した。

忠一郎はぼんやり、自分が南のビルマに連れていかれたのはまだ運が良かったと言えるのだろうか、と妙なことを考えていた。また、二回の世界大戦、原爆の投下、長く続いた東西冷戦と考えると、二十世紀はデカブリストの叛乱などがあった十九世紀よりもずっと野蛮で殺伐とした世紀だったのではないかなどという気もした。

忠一郎は芯から疲れていた。もともとNSSCの社長を辞める決心をした根本の理由は疲労だった。ただ責任があるので、「疲れたから辞める」と言えないので困っていた。しかし、自分が戦友の肉を食べていないと分かったことが、疲労が限界を超えていることを自覚させる引き金になった。彼は家に帰っても非の打ちどころのない妻である弥生の前で経営者でなければならなかった。そして次第に経営者であり続けることが快い体質になっていた。少なくとも自分ではそう思っていた。しかし戦地でもまっとうな生き方しかしていなかったと分かった時、どこかで緊張を支えていたバランスが崩れてしまった。それまで表に出るのを我慢していたかのように放心癖がひどくなった。疲労が自覚された。

房弁護士の意見では若いうちに受けた傷の影響は、スキーでの骨折程度でも年を取ると痛み出すということだった。

今辞任するのは表面的には具合が悪いようだが、いつまで待てば辞めやすい状態が来るという保証はない。あなたは村内という立派な後継者を育てたのだから、業績回復の手柄は彼に持ってもらえばいいではないかと房は熱心に説得した。

彼はその説得にそれほど関心がないふりを続けながら、「そうかね、そういう考え方もあるだろうね」というような受け答えをしていたが、内心では房は十日ほど前の自分の失態を知っているのか知らないのか、知っているとすれば誰から聞いたのだろうと考えていた。

その日、いつも休みの日にそうするように、昼食を済ませてから彼は家の近所の散歩に出た。しかし気が付いたら夕方になっていて、なぜか青梅市のスーパーから警察へ行く途中だった。それも挙動がおかしいので店員が交番に通報した結果だと分かった。忠一郎は、「どうしたんですか、これは」と警官に聞き、中年の巡査は、「まあいいから、署で話をうかがいましょう」と言った。

歩きながら思わぬ事態にどう対応すべきかを必死に考えた。大きな警察署に着いた時、彼は落ち着いてきて、あくまでも散歩の途中で道に迷った、で通すことにしようと決めた。そのためにはまず相手を信用させることが肝要なのだ。彼は署に着いた時、巡査がちょっとためらった後で彼を応接室へ案内したのを見逃さなかった。

忠一郎は腰を下ろすや、「私は関忠一郎と言います。住所は新宿区市谷砂土原町二ノ十一、電話は——」と自宅の番号を教え、幸いに家にいた弥生と連絡がとれた。

忠一郎の不安はいくら考えても、自分がどうして砂土原町の散歩から奥多摩の入り口の青梅市まで行ってしまったのかが分からないことであった。おそらく歩くかタクシーを拾って新宿まで行き中央線を立川で乗り換えて青梅に着いたのだろう。誰にも咎《とが》められなかったから乗車券は買ったのに違いない。

散歩の時はタクシー代ぐらいしか入っていない財布以外、身分を明らかにするものは持たない習慣だったが、最初どれくらい入れてあったかはっきりしないので、いくら使ったかも正確には分からない。弥生に聞かれた時は、「ちょっと最近の店を見ておきたくなったんだが、迷ってしまったから警察署の電話を借りて」とお茶を濁したが、放心に気付かれたかどうか、それも不安のひとつだった。

こうした密かな経過があって忠一郎は退任を決意し、理屈は広報担当に考えてもらうことにして山中を誘い旅行会社の青年に案内役についてもらって、まず真っ直ぐにリトアニアに飛んだのであった。

旅行中、確かにグレタの足跡を追うことに精力を集中しながら、どこか頭の片隅では自分は正常かそうでないかを点検していた。あの青梅行きは日曜日だったので助かったと思ったり、なぜ青梅なのだ、奥多摩の森へという意識があったのだろうかと考えたりした。

ヴォルコンスキー博物館長にグレタ・ヤマナカの調査を頼んでから、快く面倒なことを引き受けてくれた館長に案内されていくつもの展示室を見ていて、忠一郎は自分がこうした歴史的な事件に意外に興味を引かれていることを発見していた。なかでも、流刑になった夫や恋人の後を追って幾人もの女性がサンクトペテルブルクからここまで、ユーラシア大陸を横断する距離を何カ月もかけて馬車で渡ってきていることが忠一郎を驚かせた。

大都会から当時のイルクーツクへ来ることは自分も流刑になること、流刑者の生活に入ることだ。バイカル湖が凍っていれば橇《そり》に乗り換えて収容所が作られていたブリヤートの村に、夏に着いた者は舟に乗せられて湖を渡ったらしい。罪一等を減じられていた者だけがイルクーツクに留まった。

矍鑠《かくしやく》とした老人の見本のような小柄な館長が顔を紅潮させながらデカブリストの足跡を説明してくれているのを聞きながら、忠一郎の頭のなかに、革命思想について考えるのなら良也よりも自分の方が適任だという考えが浮かんできた。

忠一郎は自分のなかに突然異母弟の名前が出てきたことにもう一度びっくりした。まるで自分の思惟《しい》とは関係なく、日頃あまり交遊のない者の名前が出てくるのはなぜなのだろうと思った。

しかし、僕の方がデカブリストたちの具体的な理解は深く的確なはずだ、と忠一郎は固執した。忠一郎にはシベリアに流されたことで彼らのなかにあった革命思想が、権力奪取のためのロマンチックな構造から生活の思想に変化していったことが、展示を辿っていくうちに見えてきたからである。こうしたデカブリストたちの成熟の理解は僕だから可能なのだ。忠一郎は知らない人が見たら気味悪がるようなほくそ笑みを目と頰に浮かべ、そんなことが考えられるようになった自分は以前よりも頭が冴えてきたと嬉しかった。

旅行中、忠一郎は自分が育てたＮＳＳＣに思いが残っていることを知った。それは当然のことかもしれないけれども、旅が終わって日本に戻ったらどうしたらいいか、などと考えるのだった。そうした惑いの下から、房や村内に文句は言えないけれども、もうちょっと、辞めなくてもいい方法を考えてくれてもよかったのではないか、という恨みに近い心の動きも蠢くのだった。

忠一郎のことを親身に思ってくれている人たちは弥生にしろ房、村内、山中にしろ、若干の危険性はあるが、日本を離れることがもたらす義務からの解放感が精神の疲労を癒やすだろうという点で考えが一致し、そのかわり同行者は二人行ってもらうことも確認したのだった。そこいらの相談の指揮は社外の房がしたのである。

そうして、リトアニアを振り出しにした旅はもう十日になっていた。確かに心は自由になったが今度は肉体的な疲労が重なってきた。三日経ち、日程が十日を超え十一日になり十二日になってもグレタの消息は摑めなかった。四日目になって三人は十時過ぎにイルクーツクの港を出て三時頃ブフタ・ペスチャーナヤに着く遊覧船に乗ってバイカル湖に出た。忠一郎はどうしても世界一透明度が高いという湖を船上から眺めたかったのだ。

旅行会社の青年は、もし釣りをするのだったら日本では味わえない豪快な釣りができるんですが、と残念がった。山中は、「僕は沢釣りしかやったことがないが、それももうやめました」と言った。やはり船で沖に出たことはそれぞれの気分を寛がせたようであった。

確かに水は透明で、一番深いところは千六百メートルを超える水深があるのだった。水面に映る太陽の光も昼間から星のように輝いていた。

細かい波に反射する太陽は澄んだ風と澄んだ湖に励まされて眩《まばゆ》い瀬々を展《ひろ》げていた。瀬々はずっと遠い彼方まで届いていて湖面を広くし山を青く染めていた。

そのなかに停泊する船はそれ自体がひとつの白い点になって光の私語を紡いでいるように思

われた。乗っている人たちは光のなかでその呟きを聴いた。やがて甲板で小音楽会がはじまった。最初はグリボエードフの「知恵の悲しみ」。これはもとはデカブリスト的な人物を主人公にしたオペラのアリアだったという。歌い手は柔らかに歌っていた。むしろ、あたりに満ちている哀しみが声になったようなテノールだった。続いてグリンカが編曲した「ロマンス」。何度か繰り返されるフレーズの頭に「燃えている夢を私たちは何も考えずに信じた」というリフレインがある。響きに身を委ねていると、意味は少し遅れてやってくるようであった。

自分は一度でも夢に燃えたことがあったろうかと忠一郎は考えた。グレタを知った時燃えたがそれは本当に夢だったのだろうか。青年時代、大東亜共栄圏の建設を夢にしようとしたことはあった。しかしそれは強制された観念を自分の夢に変換しようとしただけのことであった。軍隊に入ってからそれはすぐ崩れた。NSSCを大企業に育てあげようと燃えていた時期は確かにあったが、それは野心であって夢ではなかった。

自分の青春に音楽はなかったと思った時、ピアニストの浦辺晶子が浮かんできた。彼女の弾く「クライスレリアーナ」を聴いて、彼は本当は音楽に恋をしたのだった。忠一郎がニューヨークに行ったあとで彼女はヨーロッパへ去った。デートしたある日、城ケ島には霧のような雨が降っていたなあ、と忠一郎は回想した。バイカル湖の眩い光に揺られて想う城ケ島は霧に包まれていた。城ケ島ばかりではない。光の瀬々のなかで日本全体が水滴に包まれて山の稜線もぼんやり空に溶けているように思いなせる。

最後の曲はヤズイコフの詩にリービアが作曲した「船乗りたち」であった。ロシア語の分からない忠一郎は「船乗り」とは歴史の時間に流されたデカブリストのことなのではないかと思った。

終わって人々の間に小さな拍手が起こった。それは瀬々に合わせようとしているかのようであった。その時、大きな水鳥が水面すれすれに翔《と》んでいくのが見えた。一羽だった。鳥は白くはなく、青灰色だったが、なぜか忠一郎は「八尋白智鳥《やひろしろちどり》」という言葉を思い浮かべた。古事記のなかの言葉であった。

この時も、なぜ古事記が急に出てきたのか分からなかった。鳥はゆっくり翔んで少し先の方で高く舞い上がった。それは古い時間のなかから飛んできたのに違いなかった。

小さな音が起こり船が振動をはじめた。湖上での休憩が終わったのだ。「グリンカのロマンスはヴォルコンスキーのホールでも聴きましたね」と旅行会社の青年が言い、その時リフレインの意味を忠一郎は教わったのを思い出した。三人を歓待してくれた館長がイルクーツクの歌劇場で歌っているというソプラノの歌手を招いて自分が伴奏を引き受け、内輪の音楽会を催してくれたのだった。終わって忠一郎はモスクワの外国人専用の土産物店で買ったウオツカを館長に提供した。その場で開けて飲みながら、収容所から出ることができたデカブリストたちは長い冬を赫々《かつかく》と燃える暖炉と強い酒で凌《しの》いだのだろうと思い、忠一郎は何ひとつ不足のない日本に戻ったら自分は何を頼りにして凌いだらいいのだろうと思った。

バイカル湖で一番大きなオリホン島を遠望できるところから引き返した船がブフタ・ペスチャーナヤに近付いても北の国の夏の太陽は西に移ったもののまだかなり高いところで輝いていた。

時間は充分にあるので三人はニコリスカヤ教会を見てから、空港へ行く途中の墓地とは別の日本人抑留者墓地に参拝し、浜伝いにホテルに戻ることにした。彼らは依頼した調査の結果がどのようであっても、翌日の午後の便で帰国することにしたのだった。

浜にはたくさんの食品を売る露店が出ていた。それらは観光客相手ばかりでなく地元の市場も兼ねているようであった。

薫製した鮭に似たオームリを買おうと一軒の屋台に近付いた時忠一郎はグレタを見た。彼は思わず「グレタ」と名前を呼んだ。山中と青年が駆けつけた。相手は怪訝な顔をし忠一郎は気が付いて英語を喋った。彼女は怯え青年はあわてて説明をはじめたがそのうちに人違いだと覚った。年齢が決定的に違うのである。グレタは八十歳を超しているはずだったが、屋台の傍らの焜炉《こんろ》でオームリを炙《あぶ》っている女性は四十歳になったばかりのように見えた。「ああ、失礼しました、人違いでした」と青年は引き取ったが、その言葉は忠一郎に通じなかった。「そんなはずはない。人違いではない。あなたはグレタだ」と忠一郎は言い張り、二人に両腕を取られながら地団太を踏んだ。

幻花

良也は方針を決めることができなかった。

日本に戻った目的は年次休の振り替えでは不足なので少なくとも一年は休職すること、克子にことの次第を説明して、離婚するつもりはないが、残り少ない人生の時間に自分がいなければならない女性がいるので、当分バリにいる、その間は別居という形になると提案するつもりだった。おそらく、そんな勝手な言い分は認めないと克子は言うだろう。結論が出ない状態で自分がバリに戻る場合もあり得ると覚悟を決めていたのだったが、彼女はヨーロッパに旅行に出てしまっていた。

これが第一の誤算だった。

休職については、このところ何事によらず相談相手になってくれている団が正面から反対した。「仕事に責任を持つなら、出版部に移って部を指導する立場になった今、休職はないだろう」と痛いところを突いてきた。彼は、二カ月に一週間ぐらいずつ休暇を取ればいいし、「そのうちに茜さんを説得して日本に連れ戻せばいい。その努力もしないで休職はおかしい」と、言われてみれば正論と言うしかない意見だった。

小室谷は電話で、「男と女の関係はむずかしいなあ」と言うばかりで意見は出さなかった。良也は迷い、決定を一日延ばしに延ばしながら克子の帰りを待つ状態になってしまった。

遠い玉川学園前に戻って自炊生活をしてもはじまらないと思い、空きがあった阿佐ケ谷のアパートに寝泊まりすることにした。NSCの関忠一郎は疲れ切って帰国したが社には顔を出していないらしい。ナホトカの病院で幾日間か療養していたようだという情報を耳にしたのはその頃だったが、良也の方もその報せに関心を持ったり見舞いに行く余裕はなかった。

良也は三日に一度はウブドの川城邸に電話をして茜と話し、知枝とも連絡を取り合っていた。茜から二冊目のノートが届いたのはそんな時であった。たまたま東京に来る用事があったインドネシアの旅行会社の社長サリ夫人が届けてきたのである。それを受け取って良也は意外だった。電話で話していたのにノートのことは茜も知枝も一言も口にしていなかった。茜は知枝には内証でこれをサリ夫人に託したのだろうか。

「茜さんが一人であなたのところへこれを持ってきたんですか」という良也の質問に、サリ夫人は「いいえ、シドという若い女性が一緒でした」と答え、「茜さんの様子はどうでしたか」という質問には、「ええ、なんだか透き通るようになってしまわれて、私心配になりました」と言うのだった。

「知枝ちゃんから、あなたに会ったという報せをもらって私は人間として大切なことをなおざりにしていたことに改めて気付いたのです」とそのノートは書き出していた。

「それは、あなたには真実を打ち明けなければいけない、ということです。勿論、伝える方法や時期、表現の仕方は選ばなければなりません。でもそれは正確に伝えるためであって、打ち明けるのを延期するためではありません」

そうして茜は良也に、あなたは私が月に照らされるのを避けていたのに気付いていたと思います、と主題の真っ只中に入ってくるのだった。読んでいて彼は、長野市の近くの大座法師池《だいざほうし》で花火があった夜、彼女が「私、月の光って好きじゃないんです」と言い、「恐いんです、覚えておいて」と命令口調で言ったのを思い出した。

それ以後、二人で夜の長野市を歩いたことはあったが、それは月の光が降ってこない晩に限っていた。彼女は「その理由を遅ればせにお伝えします」と前置きして、「夏の終わりでした。遠くの山の向こうを台風が通り過ぎた日の夜、空気はいつもにも増して澄んでいました。運動会の練習で疲れ、ぐっすり寝込んでいた中学生の私は隣の部屋で誰かが叫んだような物音で目を醒ましました。胸騒ぎがして、しばらく目をつぶったままじっとしていましたが、母の『あなた、どうして』という押し殺した声に追い立てられるようにして両親が寝ている部屋の襖を開けたのです。月が部屋に射し込み、父が布団の上に四つん這いになり、母が手を後ろに突いて、倒れそうになった上体を辛うじて支えていました。見開かれた母の目は恐怖そのものです。母の目線を追った私は、思わず両手で顔を覆いました。それでも、年とともにひどく顔が黯《くろ》ずんできた父の頭の後ろに、淡い紫色の光の輪が懸かっているのを見てしまったのです。それは、キリストを描いた宗教画に見られる光背そっくりなのですが、色はもっと緑色がかった紫でした。母は私に気付いて、『ああ、茜、なんでもないのよ、お父さん病気なだけ』と説明しました。私の姿を見て母は怯えから抜け出し、『なんでもないのよ』と繰り返しました。しかし父は、両手を布団の上に突き、四つん這いのまま、『ひとのにくをくった、くってしまったんだ。しかしそれは、せいせんかんついのためにはひつようだった。にくをくった』とわけの分からないことを告白しているのです。父が何か言うたびに、薄紫の光背はかすかに揺れるようでした」。

「ひとのにくをくった」という部分を読んだ時、良也は自分がどんな衝撃を受けているのかよく分からなかった。それでいて胸中には無惨な想いがじわじわと広がるのを感じた。

後の方の記述から父の異変を見てしまったのは茜が中学二年の時であることが分かるのだが、彼女は父親の呟きが「人間の肉を食べた」という意味だとは思えなかった。思いたくなかった。

「ひとのにく」というのを、「他人の食糧の肉を横取りして食べてしまった」という意味にとった。

「そうではないことを知りながら」と茜は書く。

寝たきりに近い状態で苦しんでいた土気色よりも黯ずんだ顔が浮かんできた。葉中大佐の苦しみは癒やされることがあったのだろうかという疑問が浮かんできた。

茜は何度も、自分が見たのは幻であり、光背が浮かび出たようなことはなかったのだと思おうとしたらしい。彼女はノートに正直にそう書いていた。しかし、葉中大佐がフィリピンで自害していれば茜は生まれなかったのだ。ノートはそのことに触れていた。

「私は大人になって、本人の幸福を考えたら父は敗戦に際して、死んだ方がよかったのではないかと思いました。しかしすぐ、それなら私とは何なのだろう、私の生命は生存する資格があるのかという疑問にぶつかりました。私の体内には、生きるために人間の肉を食べた葉中長蔵という人の血が流れているのです。ということは私にも父の光背が出る可能性があるという遺伝の恐れを感じました。悩み、死のうかと思い苦しんでいる父を見捨ててひとりで死ぬわけにはいかないと考え直した夜もありました。母が死んだ時は、このまま私たちも死にましょうと、もう少しのところで父に持ち掛けそうになりました。母は父の異変について予感のようなものを持っていたのかもしれません。私が幼い時、茜は自分たちの娘ではなく、どこかから授かったのだというようなことを時々口にしました。母はよく白雪姫や日本の童話では『竹取物語』や『鶴の恩返し』のようなものを読んでくれました。その影響もあったのでしょう。子供の私は自分をかぐや姫になぞらえたりしていました。しかし、その意味はあの月の明るかった夜以来、逆転してしまったのです。かぐや姫伝説を私は恐れるようになりました」

そう書いているノートを読み進めるにつれて良也はだんだん息苦しくなっていった。こう書くためにはどれくらいの辛さと勇気が費やされたかと思うと、良也は戦争に敗けた時、葉中大佐は自害すべきだったのだと勝手に思った。

今度のノートはひとつひとつの区切りの冒頭に「私はもうじき死にますから」という表現が隠されているような気がして、良也は一気に読み進むことができなかった。

「何度、私は父の頭の後ろに光背が出た夜のことをあなたに話そうとしたか分かりません。しかしできませんでした。話せばあなたは、それまで私がそんな重要なことを隠していても責めなかったでしょう。あなたは優しかった。でもその後はどうなるのでしょう。いつ私の頭の後ろに光背が現れるかという不安を抱えて、夜の道を手を取り合って歩けるでしょうか。辛い想いをずっとしてきたので、何事も暗く考える女になってしまったのではないかと自戒しながら、あなたにお話しするには、もっとよく事柄の本質を理解してからでなければと考え直して、いつも告白を見送っていたのです。

でも夏の終わりの爽やかな月の光の下で見た光景の意味を理解するというのは父の罪を理解することでした。私にはそれが恐かった。父が犯した罪はどんな罪だったのでしょう。そう考えだすと、助けに来て下さったようなあなたを失うまいと気を遣いながら、私にできるのは父を優しく看病することだけでした。

私も恋をする年頃でした。

精一杯明るい笑顔を見せて入行試験を受けて採用されたことが、その頃わずかに私を慰めてくれていました。それまでの、家督を継いだ叔父からの仕送りに私の給料が加算されたのです。人間て不思議ですね。本質的でないことが結構元気のもとになったりするのですもの。

そうした状態の私の前にあなたが現れたのです。あなたは私にとって青春でした。あなたを愛しはじめていると知ったことは私にも人を愛することができるのだという発見だったのです。

でも、それは束《つか》の間の幻影だったみたい。

私は大事なことをあなたに言わないでいるのがだんだん苦しくなりました。ですからあなたのお母様が倒れたと聞いた時、私たちは離れ離れになってしまうかもしれないと恐れながらも、なんという罪深いことでしょう、同時に、これで別れられるかもしれないという考えが頭をかすめたのです。その時の私の状態は錯乱という言葉だけがあてはまります。しかし、そんな私に罰が加えられました。お母様の病状が悪くなったというあなたの連絡を待っていたかのように父があの世に旅立ったのです。長いあいだお世話になった病院の人たちと淋しいお通夜と葬儀を終え、遺言に従って戦没者を埋葬している墓地に父を納めると、私にはもうすることがありませんでした。

ぼんやりしてしまった私のところへ知枝ちゃんから、京都に帰ってきて欲しい、『茜さんがいなければ知枝は生きていけないでしょう』というような、中学生らしい思い詰めた手紙が届きました。その手紙を追いかけるように彼女は私を連れに長野に来たのです。もし、そういうことがなかったら、本当に私はどうなっていたか自分でも分かりません」

そうして彼女はノートに、長野の家を引き払う時、自分の今までのこの世での存在の痕跡を消してしまいたいという情熱に捕らえられてしまったと告げるのである。

「なぜなのでしょう。なぜ私はそんなふうな気持に捕らえられたのでしょう。もしかすると私は、父の病気の本当の原因を知っている私自身を消してしまいたかったのかもしれません。そしてどこかに、私には男の人と一緒に暮らすことは許されていないという意識があったのでしょう。

私の京都での生活は、知枝ちゃんを愛しく思う気持に支えられてそろそろとはじまりました。最初は父の記憶が濃い霧のように立ちこめていました。私には叔父になる知枝ちゃんの父親はだらしのないところがありましたが、自分のだらしなさを知っていて私には優しい人でした。

教養が深く気位も高い貴族の家柄出身のお母さんは、折り目筋目をきちんとしないと落ち着けない人で毎朝写経に精を出していました。

知枝ちゃんは高校に入って間もなく演劇に関心を持つようになり、私も彼女に引っ張られる感じで芝居を見はじめました。そうしてその都度、私は何も勉強していなくて、そのために自ら住んでいる世界を狭く窮屈にしていると思いました。私が一緒なら、家の人は大阪や神戸ぐらいまでお芝居を見に行くことを許可してくれました。私は知枝ちゃんの母親代わりだったのです。

知枝ちゃんの知識欲は素晴らしかった。私も追い立てられるような気持になって、自分の根拠地と言えるような分野を見付けたいと考えて大学の聴講生にしてもらいました。

少しずつ変わっていくあいだも、私はあなたのことを忘れませんでした」

こうした記述を読むと良也は、あの頃もし自分が葉中大佐の病気の原因を知らされていれば、どんなふうに対応したろうと考えてみた。

茜に父親の頭の後ろに緑と紫色の混じった、薄紫と表現してもいい光の輪が現れた夜の光景を告白されてもどう考えていいか分からず、言葉を失って不器用に慰めるのが精一杯だったろうと良也は思った。自分の思想的な深さはその程度のものだ。

「私が、専門は平安時代の文学なのですが京都生まれの俳人飯島晴子の研究もしている国文学者に会ったのは、京都の生活にも慣れ、落ち着いて自分の勉強をはじめて間もなくの頃でした。私が長い年月父親の看病をしていたことを知った彼女は、自分の境遇に似ていたからでしょうか私を気に入って、杉田久女のことを調べる松本市への旅に私を誘ってくれました」

ノートには環境に馴染むにつれて、少しずつ心の弾力性を獲得していく茜の姿が報告されていた。それを知ると、銀行勤めの時間以外は看病に集中しなければならなかった茜が、良也との恋に縋って生きる力を得ようとしていたいろいろな場面での彼女の姿が思い出され、その彼女の期待にどれほど応えていただろうと思うと、良也の心は重くなるのだった。

「私はだんだん深く劇団万緑群にかかわるようになりました。それはもう自分から逃れるためでも、父の記憶を消すためにでもなく、世界が広がることが私にとって必要なのだと気づいたからなのです。そうしたなかで、私は武田泰淳という人が書いた『ひかりごけ』という作品に行きあたりました。劇団がこの短編を芝居にしようと計画したからです。これは戦争がたけなわだった時期、根室港を出た船団の一隻が難破した事件を舞台にしています。乗組員たちは、春は雲丹《うに》を、夏はこんぶを採取するために漁師たちが使い、冬は無人になっている小屋にようやくのことで避難します。それから六十日間、船長一人を残して全員死亡。やがて残った船長が仲間を食べたことが発覚するのです」

良也はこの『ひかりごけ』という作品を学生の頃読んでいた。細部は忘れたが主題は覚えている。いま茜のノートを見て、かつて葉中大佐の病状に関連して、自分がこの小説のことを一度も想起したことがなかったのを不思議なことだと記憶に確かめていた。それほど自分はぼんやりしていたのだろうか。あるいは劇的なものへの感性が欠落しているのだろうか。

この短編は、後半が二幕もののドラマ仕立てで書かれている。

その二幕目が、船長が死体毀損《きそん》および死体遺棄の罪で裁判にかけられる場面なのだ。

「この二幕目の法廷の場で、検事の首のうしろ、裁判長、弁護士、いや傍聴の男女のうしろにも光の輪が着くと作者のことわり書きが添えられているのをどう理解するかで、劇団員の意見が分かれたのです」と茜は書いている。

「一人の男子学生は、これは日本の八百万《やおよろず》の神思想の裏返しだと言い、共産主義者を自称する団員が、これは資本主義体制に対する明快な批判だよ、と主張しました。人間の原罪ということを言っているんだと思うわ、と言ったのは女子学生でした。私は皆の議論を耳にしながら、検事が被告の船長を断獄する言葉を繰り返して読んでいました」

おそらくこの日の議論は茜にとって切実だったからだろう、かなり細かく書いていて、良也は若者たちの議論を聞きながら後ろの方でプリントした原作を膝の上に載せている彼女の姿を想像した。

「検事は、『もしも弁護人の主張するがごとく、愛国的行為をなしとげるため、あくまで生きんとの目的によって人肉を食することが許されるならば、何故、わが忠勇なる兵士は、かの数百数千の食糧に欠乏せる兵士諸君は、遠く海をへだてた戦線にあって餓死しなければならなかったのであるか。(拍手)』と船長を責めるのです」

「私は、ずっと父のことを意識下ではこの検事と同じ思想の水準で認識していたことに気付きました。私は奥底のところでは父の苦しみを理解していなかったのではないかと不安になりました。理解できないままに、いま私がやれるのはただ優しく看病してあげることだけだという、問題を問い詰めない姿勢で生きてきたのです。だからあなたに打ち明けることができなかったのでしょう」

「いつもそうであるように、終わりのほうで、『茜さんはどうですか』と聞かれたら私は、作者のなかには船長は許されてもいいのだという思想があるように思います、と言おうと決めていました。でも、この日はなぜか誰も私の意見を求めませんでした」

茜が『ひかりごけ』について記したこの部分を読んだ時、ひとつの考えが良也に閃《ひらめ》いた。作家武田泰淳も食人の罪を考えた時、薄紫の光背をイメージしているのだ。宗教的禁忌にも近いタブーに触れた想いが、葉中大佐や茜に同じ光景を幻視させたとしても、それはあり得ることだ。だいたい、葉中大佐が自分で死体から肉を切り取ったとは考えにくい、部下が「蜥蜴の肉」などと称して提供したような場合が想定できる。ところが戦争に敗け、敵兵の捕虜を虐待したことなどが明らかになれば、ＢＣ級戦犯の死刑は確実である。「大佐も同じ肉を食べたんですよ」と事実の確認を迫って、かつての部下が大佐の口を封じたのかもしれない。戦争に敗けるというのはそういうことだったのだ。

茜から直接告白を聞けば良也が口にしたであろう「薄紫の光背は幻想ではないか」という意見におそらく彼女は、「でも自分だけではなく死んだ母も父自身も見ている」と言うだろう。そこで自分は、「だからこそ禁忌を犯したということの共同幻想なのだ。共同幻想は他にもいろいろある」と主張しただろう。面と向かっての話ならそのように茜の苦しみを和らげることができたのにと想像を募らせていって、良也の連想は止まった。

すると心に間隙が生まれ、その谷を埋めようとでもしているかのように虚しさが広がってきた。今更、そんなことを考えても何になるだろうと彼は思った。幻想を乗り越えるために茜が今までに払った努力は、事実ではなかったと言われても、過ぎた歳月は行方を失うだけだ。良也の慰めは心に届かない言葉に過ぎない。重要なのは、今生きている人間はみんな前の世代の罪から生まれたのだ、ということだ。それこそ、『潮騒の旅人』の主題ではないか。そう考えた時、良也ははじめて、自分が立てている企画は茜のためのものでもあるのだと思った。

迷い、悩み、それを通じて少しずつ茜が変わっていることに関係なく、劇団万緑群のなかでは何事によらず政治的な判断を優先させる仲間と、芸術性を中心に考える団員との対立が深刻になっていた。創設以来、ずっと中心になって活動してきた知枝が自分の限界みたいなものを感じるようになったところへ、応援してくれていた父親が死んだ。劇団万緑群は財政の基礎を失ったのだ。どうするかを決めなければならなくなった。

知枝から今後のことを相談された時、茜は「あなたよくやったわ。一度、お休みしてみるのも方法よ」と劇団の解散を勧めた。その頃、知枝には二人の男性との恋愛問題もあって、そのうちの一人は劇団員だったから、スポンサーが他界した際に解散するのは自然だが、その場合は京都を離れたいという気持もあった。そこへ代わって劇団を応援してもいいという人が現れたのである。

差し迫って知枝と茜は相続税の問題に結論を出さなければならなかった。母親はこういうことに全く役に立たなかった。父親の遺産のなかには、かなりの美術品、骨董品の他に、年取ったら長く続いていた愛人の一人とそこに住もうと心積もりしていたらしい長野県の安曇野の土地があった。

父親の会社を手伝ってくれていた税理士と三人でその土地を見に行った日は秋晴れで、北アルプスはもう雪に輝いていた。税理士から美術館をつくって美術品の大半をその財団に寄贈したらという提案が出ていたが、知枝はその美術館を安曇野に建てることに決めた。

美術館の計画が決まり建物が建ちはじめた頃から、茜はひそかに開館を見届けたら自分は竹取物語の原型と言われている『斑竹姑娘《パンチユークーニヤン》』説話が採取された金沙江を訪ねようと決めていた。茜のことを気に入っている国文学者から、竹取物語研究のための中国旅行に誘われていたのだった。女流学者は多くを語らなかったが、若い頃、知枝の父親と知り合う機会があったらしかった。しかし彼女は大学内のごたごたで間際に出発できなくなった。

「やむなく一人で香港まで行きましたが、その頃の中国はまだ奥地への観光、ことにチベットなどへの旅行を許可していないことが分かりました。途方に暮れていた時、偶然日本からきた女性ばかりの八名のグループに会い、彼女たちに一緒にボロブドゥールに行こうと誘われたのです。それから先は前にお話ししたとおりです。私ははじめ、日本に戻ってから私がやれることを見付けたくてカヤ夫人の家に身を寄せたのです。そのうちに、カヤ夫人がどんな苦境を乗り越えて今の仕事をはじめ、いろいろな人から尊敬されるようになったかが少しずつ見えてきたのです」

カヤ夫人の夫は王族の血を引く貴族だった。バリ島の他の王族がオランダ軍と戦って滅ぼされてしまったなかで、当時のウブド王は戦争に敗けても外交で勝つ方法を選んだ。カヤ夫人の夫になった男はそうした平和主義を自分のために利用することしか考えなかった。占領軍に取り入って娼家を経営する利権を独占し、石油販売網を掌中に収めようとして失敗し、他の事業もまとまらず、結局、女性との放蕩だけは数を重ねる生活を続け、とうとう本家の王族から準禁治産者の扱いを受け、オルティニ家の管理は夫人に委せられた。その時点ですでに夫は十人を超す子供を作っていた。

茜のノートには家の名誉を救うために夫人がはじめた授産事業、その基礎が固まってから手をつけた伝統芸術保護の運動にカヤ夫人が心血を注いでいる様子が簡潔に記されていた。

「カヤ夫人の夫はあなたが泊まっていたゲストハウスとは反対の、臈纈染めの工場の奥に住んでいて、今でもこっそり女の人を自分の部屋に誘ったりしているようです。時にはそうした夫のためにカヤ夫人は実害を受けるのですが、彼女は一言も私に零《こぼ》したことがありません。それどころか、十二人になってしまった、他の女性に生ませた子供を、カヤ夫人は全員引き取って育てているのです。どうしてそんな寛容さを示すことができるのか、私にはずっと疑問でした」

ある日、カヤ夫人が三歳になったばかりの男の子を抱き上げて、「ホラ、可愛いでしょう。どんな親から生まれた子だって本人に罪はないのよ」と茜に言った時、彼女は突然のようにカヤ夫人を理解する。その子は夫が十七か八の少女に産ませた子だったのである。

「彼女が耐えてこられたのは、いま自分が受け止めている苦しみはこの島の多くの女性が受けているものなのだと考えられたからなのです」と茜は書き、「不正を見逃すというのではありません。ただ耐えるというのでもありません。この世に生まれ出た者は、どんな小さな生命でも生かされなければいけないとカヤ夫人は考えることができるのです。そしてそれは、この島の善悪観、宗教観とも根元のところで繋がっているようです」。

茜はそう自分の発見を書き、そうした考えがもう少し深く、はっきり身につくまでこの島にいたいと思ったのだった。この発見を手掛かりに、彼女は今までの自分の生き方を点検する。

「私は父の苦しみを、同じ世代の日本人が受けた苦しみのひとつだと考えたことがあったでしょうか。そして私が耐えてきた暮らし方は、戦争の時代に生きた日本の女性の苦しさが遅れて私にもやってきたのだと考えたことがあったでしょうか」

そう振り返った続きとして茜は、「あなたにどうしても事実を言えなかった奥のところには、やはり、これは私だけにしか分からないことだという、狭い傲慢な心があったような気がします。その罪を償うために、私は何をすべきだったのでしょう」と書く。二冊目の茜ノートはこのあたりから喘いでいるような、呼吸音が良也に聞こえてくる筆遣いが見られるのだった。

こんなふうに考えてはいけない、こんなふうに書いたら、あとは死しか残っていない場所へ自分を追い込んでいくようなものだと思いながら、良也は読むのを中止することができなかった。ノートに集中している阿佐ケ谷のアパートは繁華街から少し入っているので、十一時頃になるとあたりは急に静かになる。

「私は、授産所のスタッフの一員に採用してもらいました。そうすると今までよりも更に広く、この島の女性が耐えている、いろいろな姿が現れてきました。きっと日本も同じことだったのでしょうが、私には何も見えていなかった。私は時間が経つにつれて、日本に帰るのが億劫になりました。知枝ちゃんからは思い出したように帰ってきて欲しいという手紙が届くのでしたが」

寝静まったアパートの路地から、二人の男の声が近付いてきた。酔っているらしく話している意味は聞き取れない。それに耳を傾けていると、遠くの大通りを唸りを上げて走り去る幾台ものオートバイの音が荒れた川波のように聞こえはじめた。

それはチャンプアン渓谷の両側の棚田から上がってくる蛙の合唱とは対極にある、毛羽立った、神経を逆撫でするような音だ。

茜が日本に帰るのが億劫になったのは、良也流に理解すればこういうことなのだろう。

このノートで茜ははじめて父の病気について率直に語り、「私はウブドに住むようになって、言葉にすれば当たり前のことでしかないのですが、父の苦しみは戦争そのものの苦しみだったのだということが分かってきたようです。生死をかけての戦だったのに、そして多くの生命が失われたのに、センチメンタルに悼《いた》むことはあっても、戦争それ自体を人間の問題として考えない、その上に立ってはじめて戦争責任の問題が明らかにされるべきなのに、例外的な人が潔く自害しただけで、後は民主主義者として日本の復興に余生を捧げるなどと言っている人たちに囲まれて生きなければならない孤独と、父の発病とは深くかかわり合っていたのだと考えるようになりました。父は天皇陛下のことについても決して口にしませんでした。

私ははじめて、父が彷徨し、精神に深い傷を負ったミンダナオ島に行かなければと思いました。記録も失われてしまっている今となっては同じように歩くことは不可能でしょうが、密林に一歩でも踏み入ることで父の苦しみに近付けるような気がするのです。でも、もう私のからだの状態では無理な願いになってしまいました。あなたにお願いがあります。ミンダナオ島に行っていただけないでしょうか、私の身代わりになるような物と一緒に。いつでもいいのです」。

この部分を読んで良也は、持って行くのは茜の写真がいいだろう、彼女と相談してみようと思った。確か遺骨収集団のようなツアーが時々組織されていたと聞いたことがあった。それに参加するのでもいい。会社を辞めて、まだ元気が残っている間ぐらいのタイミングだな、その時までにできれば『潮騒の旅人』をまとめておきたい、などと良也はのんびり考えた。

ミンダナオ島行きの話の後で茜は知枝からの手紙で、彼女が偶然良也に会ったと報せてきた時の驚きを報告していた。

「黙って行方をくらましてしまった私には、あなたにお目にかかる資格はないのだと自分に言い聞かせる時もあったのに、あなたが万緑美術館にいらっしゃって、その時知枝ちゃんが喫茶室のカウンターにいたということは神様が赦《ゆる》してくれたのだと思いました。ウブドに長くいるあいだに、私は宗教的なものに心を引かれる精神の構造になっていたのかもしれません。少し前に、カヤ夫人に勧められてジャカルタの大きな病院に行き、癌だと教えられて手術をしたことも、いくらか私を宗教的なものの方へ近付けていたのでしょうか。

そこへ、あなたの消息を伝える手紙が届いたのです。私は嬉しかったけれども、すぐ喜び過ぎてはいけないと思いました。

この島の神は嫉妬深いのです。あなたが私を赦して下さっていることが分かったのだから、それで充分ではないかとも自分に言いきかせました。私は手術してからカヤ夫人の邸内に戻っていましたが、このあいだあなたに見ていただいた棚田のなかの家にも行ってチャナンを供えるようにしました。この習慣の意味はカヤ夫人から教わったのです。それは私流に言えばこの世に存在するものへの敬いのしるしなのです。そして、あなたの精霊が通ってきてくれるように祈りました」

そうして茜は「知枝ちゃんは私が見ても驚くほど魅力的な女になっていました」と、長い空白の後で従妹に会った印象を率直に綴り、「『彼女をあなたの傍らに残しておけることは安心だなあ』、という考えが空港で知枝ちゃんを見た時浮かんだのです。変でしょう。その考えがどんな内容を含んでいるかを考える前にそう思ったのです。それと同時に、私は人生の晩年をあなたとこの島で暮らすことができないだろうかとそれこそ真剣に考えました。この考えははじめはちょっと顔を覗かせたぐらいだったのですが、日が経つにつれて胸のなかでどんどん膨らんできました。そのために日本で悲しむ人がいてもそれはそれとして私はあなたと一緒にいたい」。

茜はそう書いていた。良也はノートの終わりのこの部分を読んで不思議な気分になった。父親のことを告白する前の彼女なら「誰一人、どんな女性をも苦しめることなく暮らせるのなら」と書くはずのところなのだから。

茜はノートの最後に近い部分で、一転してウブドでの毎日に触れていた。そうした暮らし方が現在の自分を作ったのだと報せたかったのかもしれない。

「私はここで臈纈染めを覚えました。きっかけは知枝ちゃんが関心を持っていて、彼女にチャンティンという蠟を垂らす道具を送ったことでした。下絵をちゃんと描けば私にもできるかな、と思いました。京都にいた頃、浜田庄司、河井寛次郎、富本憲吉、板谷波山、北大路魯山人といった陶芸家の作品を叔父が集めていて、それは彼のヨーロッパの人の絵を集める集め方と奇妙に対照的でしたが、それもこれも趣味なのだからということだったのでしょう。私は日本のそうした陶芸家の書いたものをいくつか読んでいました。そこで、日本の草花をパターン化して染めたら、今でもジャワ更紗と呼ばれることがある染色作品に新しい感じのものが作れるのではないかと考えました」

そう茜は自分が臈纈染めに入っていったいきさつを説明していた。そう言えば良也はいつだったか彼女に幼年時代を送った九州の柳川の話をしたことがあった。その時茜に白秋の「土手のすかんぽ、ジャワ更紗」という童謡を教え、南の国への憧憬はおそらく幼児の頃に培《つちか》われたのだろうなどと説明した。

「私は、あなたが好きだったコスモスを図案化しようと工夫したり、五枚の花弁を持っている日日草はどうだろうなどと考えました」

そうした際、茜が困ったのは日本の花がウブドには咲いていないことだった。彼女は富本憲吉が「模様から模様を造らない」とリーチに約束したことを読んでいた。写生に徹することが因習を破る、という思想に共鳴した覚えがあった茜は、知枝に頼んで日本の草花の画集を送ってもらい、記憶を確かめることにした。その際茜は子供たちに日本語を教えるために、文法の本や小学校の教科書も依頼した。

こうしたやりかたは茜らしい律義さで、カヤ夫人が彼女の仕事を信頼したのも無理はないと良也は思った。そうした毎日のなかで、カヤ夫人が引き取った十二人の子供たちも茜に懐いた。

「ある日私は市場で、中年の奥さんらしい女性と若い遊び好きの現代娘のような女性が相手の髪を摑み合うような烈しい喧嘩をしている光景に出会いました。でも私は、昔だったら嫌悪しか感じられなかったこんな光景にも、彼女たち、ことに中年の女性の方は一所懸命に生きているんだなあ、というようなことを感じたのです」

良也は茜ノートを繰り返して読み、このまま何も決着をつけられずに日本にいる時間を延ばしているのは良くない、一日も早くウブドに戻らなければならないと決心した。翌日、玉川学園前の家に戻って大きな鞄を持ち出し、衣類なども持てるだけ持って阿佐ケ谷に運んだ。幸い翌々日の飛行機の切符が取れた。克子に連絡が取れないのだから、また前回のように手紙を書くしかないが、今回は玉川学園前の家に残して出掛けることにした。

休職願いを、反対している団に強引に預けた。翌日かなり長い手紙を克子宛てに書き、寝ようとしたところに電話が鳴った。

克子からだった。

「さっき帰ってきました。途中で同窓生とも別れヨーロッパで一月を滝沢さんと過ごし、少し自由な考えになりました。あなたもよくお考えになり、お気持が固まり次第、一度お会いしましょう。私はまだ白紙の状態ですが」と、芝居の台詞《せりふ》のような内容にしては、ゆっくりした柔らかい声だった。

良也は迷ったが、「実は明日から少し長期でバリに戻ることになっている。これからは直接手紙を書くか電話をする」と正直に事実を告げた。「分かりました。電話の場合はいないこともあると思いますから、二、三日うちに留守電をつけますので、入れておいて下さい。こちらからは御連絡することは多分ないと思います」

そう言って電話は切れた。

この短い電話だけでは克子の気持は分からず、いろいろな答えが想定されたが、直接話ができたのはよかったと考えることにした。良也は茜ノートの静かな覚悟に押されて、自分の答えもはっきりしてきたような気がした。今晩はなかなか寝付かれないだろうと予想して睡眠誘導剤を飲んでベッドに入った。しかし翌朝、彼はウブドからの電話で起こされた。知枝からだった。彼女は、「茜さんが亡くなりました」と無機質な声で言った。「どうして」という良也の質問に、「昨夜、遅く急に苦しみだして、医者はハートアタックだと言っています。私が異変に気付いた時は、もう手遅れで、済みません」。

知枝はそこまで言ってしまうと、突然堪えていられなくなったようで電話の向こうで泣いた。「まだ、もう少し時間があると思って、川城先生もちょうどいらして、王家の侍医だったお医者様に来てもらいましたが、駄目でした」。ようやく途切れ途切れにそう言った。良也は四時間後の飛行機でそちらに行くと告げ、「茜さんは僕には覚悟の死のように思えます」とだけ告げた。

茜の葬儀はカヤ夫人の采配で、ジャカルタから仏教の僧に来てもらった。密葬が済んだ翌日、彼女の写真を祭壇に飾って偲ぶ会がひらかれた。喪主は葉中知枝、関良也は友人代表という資格で彼女と並び、カヤ夫人が心の温まる追悼の辞を述べてくれた。

彼女に日本語を習った生徒たち、染め物の仲間、知人の絵描き、棚田の村の人、そしてカヤ夫人の子供たちや関係者でびっくりするほど大勢の人が集まった。その様子を見ていて良也は茜が父親を送った時は、彼女と病院の関係者だけだったというノートの記述を思い出していた。

祭壇に飾られている茜の笑顔の写真は、ジャカルタで手術をする一年ほど前の誕生日に、サリ夫人に勧められて茜が珍しくその気になり、デンパサルの写真館で撮ったものだった。フランボヤンの赤い花、プルメリアの淡い色の花、ジャカランダの紫の花などの樹木の花と数々の草花に囲まれて笑っている茜は若やいでいた。恋人として往き来した年月は短いものだったが、写真を見ていると思い出は鮮やかで、良也は見上げたまま周囲の人たちのことを忘れた。「何も謝ることはないよ、僕より早く死んでしまったこと以外は。許せないのは僕の頭の悪さだよ」と無言で話しかけていると、良也は長野時代より今が一番、ずっと深く茜を想っている感じがした。カヤ夫人の子供たちは泣きじゃくっていた。その様子がまた人々の涙を誘った。そのなかの一番小さい五歳ほどの男の子が茜がノートに書いていたカヤ夫人が彼女の前で抱き上げた子ではないかと良也は思った。ジャラック・プティが庭で綺麗な声で囀《さえず》るのが聞こえた。

日本に戻った良也はどうしても克子に連絡をする気になれなかった。もう少しこのままにしておいて欲しいという気持で、当分阿佐ケ谷のアパートに泊まることにした。茜の死はかえって良也の心を克子から引き離してしまったようだった。

夜、茜の二冊目のノートを机の上に置いたまま、もう一度読む気力がなく、ぼんやりしていて良也は、自分より二日後に茜の壺に入ったお骨を持って帰った知枝が「亡くなる三日ほど前に冗談めかした口調で茜さんは『私の亡骸は灰にしてミンダナオの海に撒いて』と言ったんです」と報告していた言葉を思い返した。それやこれやを振り返るともう一度、茜の死はかねて覚悟の死だったと思え、良也は油断して死なせてしまったと嘆く知枝に「僕には自分でも予期していた落ち着いた死に思えるよ、そう感じた方が茜さんも喜ぶんじゃないだろうか」と自らの心を抑えて一所懸命に説得しなければならなかった。

「ミンダナオの海っていうのはミンダナオ島の周辺の海のことでしょうかね」と通夜の晩良也はカヤ夫人に聞かれたが正確に答えられなかったのを思い出し、日本に戻ってから地図を買った。静かな夜、アパートの机の上にその地図を拡げ、虫眼鏡で見て、この島は群島になっていてセブ島との間のリーフの多い島々を囲んでいるのが特にミンダナオ海と呼ばれている海域であることを知った。

秋の終わり、良也は長野の美術館の館長室で小室谷に茜の死の顚末を報告していた。

「どう考えても彼女の死は覚悟の上という気がするんだ」と打ち明けて報告をしめくくった。

「そうかもしれない。僕も何人もの画家の晩年の行動を調べていて、本人が死を予知していたとしか思えない作品を描いていることを知っている。作曲家だってそうだ。茜さんのこのあいだのノートはそれだろう」と小室谷は応じ、それに続けて、「知枝さんはどうしていた？」と聞いた。彼女の留守中、小室谷は何かと万緑美術館の面倒を見てくれていたのだった。彼のその質問で良也は茜の亡骸のそばで泣き崩れた彼女の姿を思い出した。

良也が来るまでは気を張っていたのだが、思いのほか早い良也の到着で緊張が解けたのであったろう。

その知枝と、彼が到着した時、まだ無言で遺体に香油を塗っていたジャムーの少女シド、それをやや離れた隣の部屋で、膝の上に握りしめた拳を震わせて眺めている自分の姿が、舞台の上の役者の配置のように記憶に蘇った。

香油を塗り終わり知枝も手伝って服を着替え、旅支度が整った茜の傍らに良也は近寄った。

知枝は「茜さんは最後は少しも苦しまなかったのよ。見てあげて下さい、とても穏やかでしょう」と繰り返した。良也も同感だった。彼女の表情は死によってはじめてこの世の苦しみから自由になれたと報せているようだった。

「私を見てちょうだい。今、とても幸せなの」と彼女はそっと頭を撫でている良也に語りかけているようだった。心のなかで「ずいぶん苦労したね」と語りかける良也の目からも、静かに涙が落ちた。やがて読経がはじまった。

その茜の遺骨は知枝が万緑美術館に持って帰って安置してあった。彼は次の日、小室谷と同道して知枝と「ミンダナオの海に散骨して欲しい」という茜の望みをどんなふうに叶えたらいいかを相談することにしていた。

「それはそうと、君のいない間にネスチェーンの社長は大変だったみたいだよ」と小室谷が言った。

異母兄の忠一郎のリトアニア行きとその後の成りゆきについては、東京に帰った時、団が渡してくれた切り抜きで読んでいたが、良也は長野に来る新幹線のなかで週刊誌で読み直していた。忠一郎の記事は戦争体験者の〝心の旅路〟という特集のひとつという扱いになっていた。

話が一段落した時、小室谷は「戦争の災厄は次の世代まで及ぶんだなあ」と言った。

良也は週刊誌の特集記事に動かされることはなかったが、なんとなく忠一郎は誰にも理解されないままになってしまったという印象が残った。本人も自分がどういう人間でどんな矛盾を抱えているかを知っているとは限らないから、この問題を解明するのは困難なのだが。

ＮＳＳＣチェーンなどを創業したりせず、父親の趣味を継いで石楠花の世話などをしていればもっと納得のいく生涯を送れたのではないかと思うと、良也の胸中にはじめて忠一郎を哀れに感じる心が動いた。その気持に続けて、花の盛りの時期に茜を赤城へ連れていきたかったが、それももうできないのだと改めて確認していた。

長野に着いた晩、良也は小室谷に連れられて〝信濃〟に行った。女将の志乃はいなかった。「疲れたろうが、まあ、人間生きものだからどう仕様もない時もあるさ」と、小室谷は彼らしい言葉で慰め、「今晩は徹底して飲もう」と誘った。

「志乃さんはどうしてる、元気か」と聞くと小室谷は「うん、多分もうここへは来ないだろう」と意外なことを口にした。良也の「何があったんだ」という質問の視線に応えて、「虎を見にベンガルに行っている。正確に言えば虎に会いにかな」と言う。

彼の説明によれば、一度ベンガルの虎に挨拶しておかなければ気が済まないということだったらしい。志乃の恋人だった元過激派の学生は、名前を変えてこの町の近くの動物園の飼育係になり警察の追及を逃れているうちに、ある夜檻のなかに入り、ベンガル虎を挑発して殺されたのだった。小室谷は、それは覚悟の死だと理解していると良也に語ったことがあった。

ベンガルへ出かけた志乃とその学生、グレタと忠一郎、そして茜と考えていくと、彼らはそれぞれ意識的にか無意識的にか、自分とは何かをからだを張って確かめようとしていたのだ。良也の場合にはそういう心の動きは一度もなかった。茜が彼の前から姿を消した時も迷っただけだった。それは自分が孤独というものを知らない、あるいは持てない人間ということだろうかと良也は自問した。すると、一度も孤独を抱きしめたことのない人間は人を愛せないのではないかというかつて何度か思い惑ったことのある疑問が、そろりと良也の心のなかに入ってきた。

「克子夫人とは話できたのか」と小室谷が聞いてきた時、良也は思わず「一度に、いろんなことできないよ」と自分でもびっくりするように強く言ってしまい、その反動で急に克子はどうしているだろう、という他人事のような心配が湧いてきた。

翌日の午後、良也は小室谷の車で山を越えて安曇野へ向かった。昨夜、今年はじめての雪が北アルプスに降って峰々は輝いていた。

茜が生きることを断念した日のウブドの空気も澄んでいただろうか、などと助手席で考えていた良也に「知枝さんはこれからどうしていくんだろう、美術館は美術館として」と小室谷が前方を見ながら独り言を言った。

知枝は、「私がお料理を作りますから」と二人を万緑美術館に招いていたのだった。その招きの言葉を聞いた時、良也は知枝が用事をいっぱい作り、忙しく立ち働くことで茜の死の打撃を紛らわそうとしていると感じた。

夜になるともう安曇野には冬を想わせる冷気が広がった。どんな罪も鮮やかに照らし出しそうな月が昇った。良也がはじめて知枝に会った喫茶室のなかに席が作ってあった。知枝は貿易商だった父親が所蔵していた四十年ほど経った赤葡萄酒の栓を抜き、小室谷が「茜さんの旅の安らかなこと、そして知枝さんと関のこれからを祈って」とグラスを上げた。

「こんな月夜に会うと僕はどうしても茜さんのノートに書いてあった葉中大佐の頭の後ろに現れた薄紫の光背を想起してしまうんだ」と良也は思いきって気に懸かることを口にした。彼は知枝には茜のノートを貸し、小室谷には口頭で大佐の頭の後ろに薄紫の光背が浮かんだという記述を説明していた。

「光の輪は北半球の現代人がみんな隠し持っているんじゃないかな」と小室谷がいい、知枝が「茜さんもウブドに住んで、バリの人たちの自然な生き方を知って、そのことを直観できたんだと思います」と賛成した。良也は無言で、そうした会話を聴いていた。

それぞれが、それぞれの想いに捕らえられ美術館の夜に沈黙が広がった。すると良也は前の晩小室谷に「知枝さんと一緒になれよ、一度しかない人生なんだ。なんなら僕が」と勧められたのを、その話し方まで思い出した。「よせよ、今、そんなこと言ったら彼女は怒るよ。『私はずっと茜さんのうつしでいるつもりはありません』と言うよ」と、小室谷のおせっかいを遮った。即座にそう言い返したのは、ずっとそのことを考えていたと白状したようなものだったと、良也は今になって気付いた。想像のなかで「厭です」と言い切る知枝の声が聞こえた。その時、不意に、克子が怒るのも同じ理由からだと覚った。良也は頭を切り替えて、「知枝さんの考え次第だけど、ミンダナオの海への散骨は来年の春頃ではどうでしょうか」と提案した。勿論彼は知枝と二人で青い珊瑚礁の上を飛ぶつもりだった。それは良也の潮騒の旅のはじまりであった。

P+D BOOKS ラインアップ

東京セブンローズ（上）　井上ひさし　●戦時下の市井の人々の暮らしを日記風に綴る

東京セブンローズ（下）　井上ひさし　●占領軍による日本語ローマ字化計画があった

天上の花・蕁麻の家　萩原葉子　●萩原朔太郎の娘が描く鮮烈なる代表作２篇

海軍　獅子文六　●「軍神」をモデルに描いた海軍青春群像劇

若い人（上）　石坂洋次郎　●若き男女の三角関係を描いた〝青春文学〟の秀作

若い人（下）　石坂洋次郎　●教師と女学生の愛の軌跡を描いた秀作後篇

P+D BOOKS ラインアップ

終わりからの旅（上）	辻井 喬	●異母兄弟の葛藤を軸に、戦後史を掘り下げた大作
終わりからの旅（下）	辻井 喬	●異母兄弟は「失われた女性」を求める旅へ
ある女の遠景	舟橋聖一	●時空を隔てた二人の女を巡る官能美の世界
居酒屋兆治	山口 瞳	●高倉健主演映画原作。居酒屋に集う人間愛憎劇
父・山口瞳自身	山口正介	●作家・山口瞳の息子が語る「父の実像」
硫黄島・あゝ江田島	菊村 到	●不朽の戦争文学「硫黄島」を含む短編集

P+D BOOKS ラインアップ

四十八歳の抵抗	石川達三	●中年の危機を描き流行語にもなった佳品
変容	伊藤 整	●老年の性に正面から取り組んだ傑作長編
ア・ルース・ボーイ	佐伯一麦	●〝私小説の書き手〟佐伯一麦が描く青春小説
淡雪	川崎長太郎	●私小説家の〝いぶし銀〟の魅力に満ちた9編
時代屋の女房	村松友視	●骨董店を舞台に男女の静謐な愛の持続を描く
北の河	高井有一	●抑制された筆致で「死」を描く芥川賞受賞作

P+D BOOKS ラインアップ

子育てごっこ　三好京三　●未就学児の「子育て」に翻弄される教師夫婦

喪神・柳生連也斎　五味康祐　●剣豪小説の名手の芥川賞受賞作「喪神」ほか

宣告（上）　加賀乙彦　●死刑囚の実態に迫る現代の〝死の家の記録〟

宣告（中）　加賀乙彦　●死刑確定後独房で過ごす青年の魂の劇を描く

宣告（下）　加賀乙彦　●遂に〝その日〟を迎えた青年の精神の軌跡

フランドルの冬　加賀乙彦　●仏北部の精神病院で繰り広げられる心理劇

P+D BOOKS ラインアップ

夢の浮橋　倉橋由美子　●両親たちの夫婦交換遊戯を知った二人は…

城の中の城　倉橋由美子　●シリーズ第2弾は家庭内〝宗教戦争〟がテーマ

交歓　倉橋由美子　●秘密クラブで展開される華麗な「交歓」を描く

記念碑　堀田善衛　●戦中インテリの日和見を暴く問題作の第一部

花筐　檀一雄　●大林監督が映画化、青春の記念碑作「花筐」

小説　太宰治　檀一雄　●〝天才〟作家と過ごした「文学的青春」回想録

P+D BOOKS ラインアップ

時の扉（上）
辻 邦生
● 自己制裁の旅を続ける男が砂漠で見たものは

時の扉（下）
辻 邦生
● 愛のエゴイズムを問い続けた長篇完結へ

ばれてもともと
色川武大
● 色川武大からの〝最後の贈り物〟エッセイ集

エイヴォン記
庄野潤三
● 小さな孫娘が運んでくれるよろこびを綴る

鉛筆印のトレーナー
庄野潤三
● 庄野家の「山の上」での穏やかな日々を綴る

さくらんぼジャム
庄野潤三
● 小学生になったフーちゃん。三部作最終章

P+D BOOKS ラインアップ

残りの雪（上）	立原正秋	●古都鎌倉に美しく燃え上がる宿命的な愛
残りの雪（下）	立原正秋	●里子と坂西の愛欲の日々が終焉に近づく
剣ケ崎・白い罌粟	立原正秋	●直木賞受賞作含む、立原正秋の代表的短編集
私生活	神吉拓郎	●都会生活者の哀愁を切り取った傑作短篇集
サド復活	澁澤龍彥	●サド的明晰性につらぬかれたエッセイ集
都心ノ病院ニテ幻覚ヲ見タルコト	澁澤龍彥	●澁澤龍彥が最後に描いた〝偏愛の世界〟随筆集

（お断り）

本書は2008年に朝日新聞出版より発刊された文庫を底本としております。あきらかに間違いと思われるものについては訂正いたしましたが、基本的には底本にしたがっております。また、一部の固有名詞や難読漢字には編集部で振り仮名を振っています。

本文中には国賊、からゆきさん、白系ロシア人、娼家などの言葉や人種・身分・職業・身体等に関する表現で、現在からみれば、不当、不適切と思われる箇所がありますが、著者に差別的意図のないこと、時代背景と作品価値とを鑑み、著者が故人でもあるため、原文のままにしております。

差別や侮蔑の助長、温存を意図するものでないことをご理解ください。

辻井 喬（つじい たかし）
1927年（昭和２年）３月30日―2013年（平成25年）11月25日、享年86。東京都出身。本名・堤 清二。実業家として活躍する一方で詩人・小説家としても旺盛な活動を行い、1994年『虹の岬』で第30回谷崎潤一郎賞を受賞。

終わりからの旅（下）

2020年12月15日　初版第1刷発行

著者　辻井　喬
発行人　飯田昌宏
発行所　株式会社　小学館
〒101-8001
東京都千代田区一ツ橋2-3-1
電話　編集　03-3230-9355
販売　03-5281-3555
印刷所　大日本印刷株式会社
製本所　大日本印刷株式会社
装丁　おおうちおさむ（ナノナノグラフィックス）

ISBN978-4-09-352405-6

P+D BOOKS